Armadilhas do amor

CHRISTINA
LAUREN

Tradução de Adriana Krainski

Armadilhas do amor

Diretor editorial **PEDRO ALMEIDA**
Coordenação editorial **CARLA SACRATO**
Preparação **DANIELA TOLEDO**
Revisão **BÁRBARA PARENTE** e **MARINA MONTREZOL**
Ilustração de capa e miolo **FREEPIK**
Capa e diagramação **VANESSA S. MARINE**

Dados Internacionais de Catalogação na Publicação (CIP)
Jéssica de Oliveira Molinari CRB-8/9852

Lauren, Christina
Armadilhas do amor / Christina Lauren ; tradução de Adriana Krainski. -- São Paulo : Faro Editorial, 2023.
224 p.

ISBN 978-65-5957-275-5
Título original: The honey don't list

1. Ficção norte-americana I. Título II. Krainski, Adriana

CDD 813

23-0442

Índices para catálogo sistemático:

1. Ficção norte-americana

1ª edição brasileira: 2023
Direitos de edição em língua portuguesa, para o Brasil, adquiridos por FARO EDITORIAL
Avenida Andrômeda, 885 - Sala 310
Alphaville — Barueri — SP — Brasil
CEP: 06473-000
www.faroeditorial.com.br

Todas as pessoas que trabalham incansavelmente nos bastidores, este livro é para vocês.

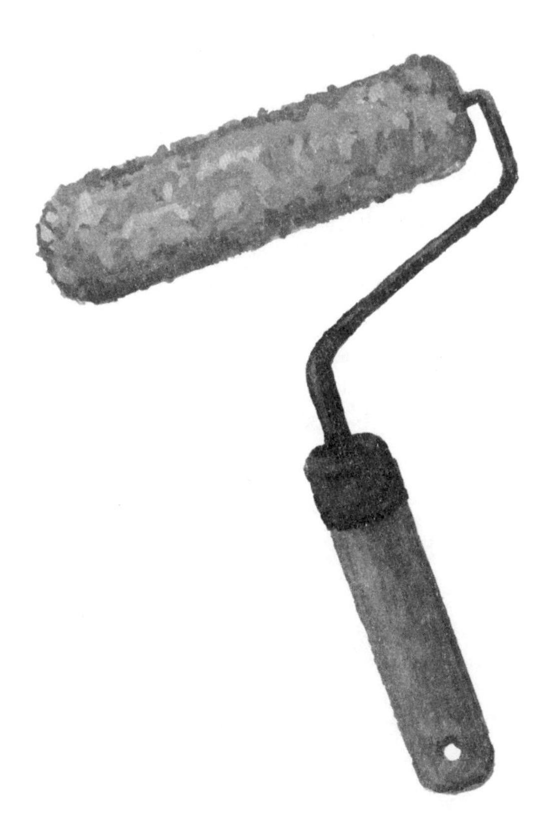

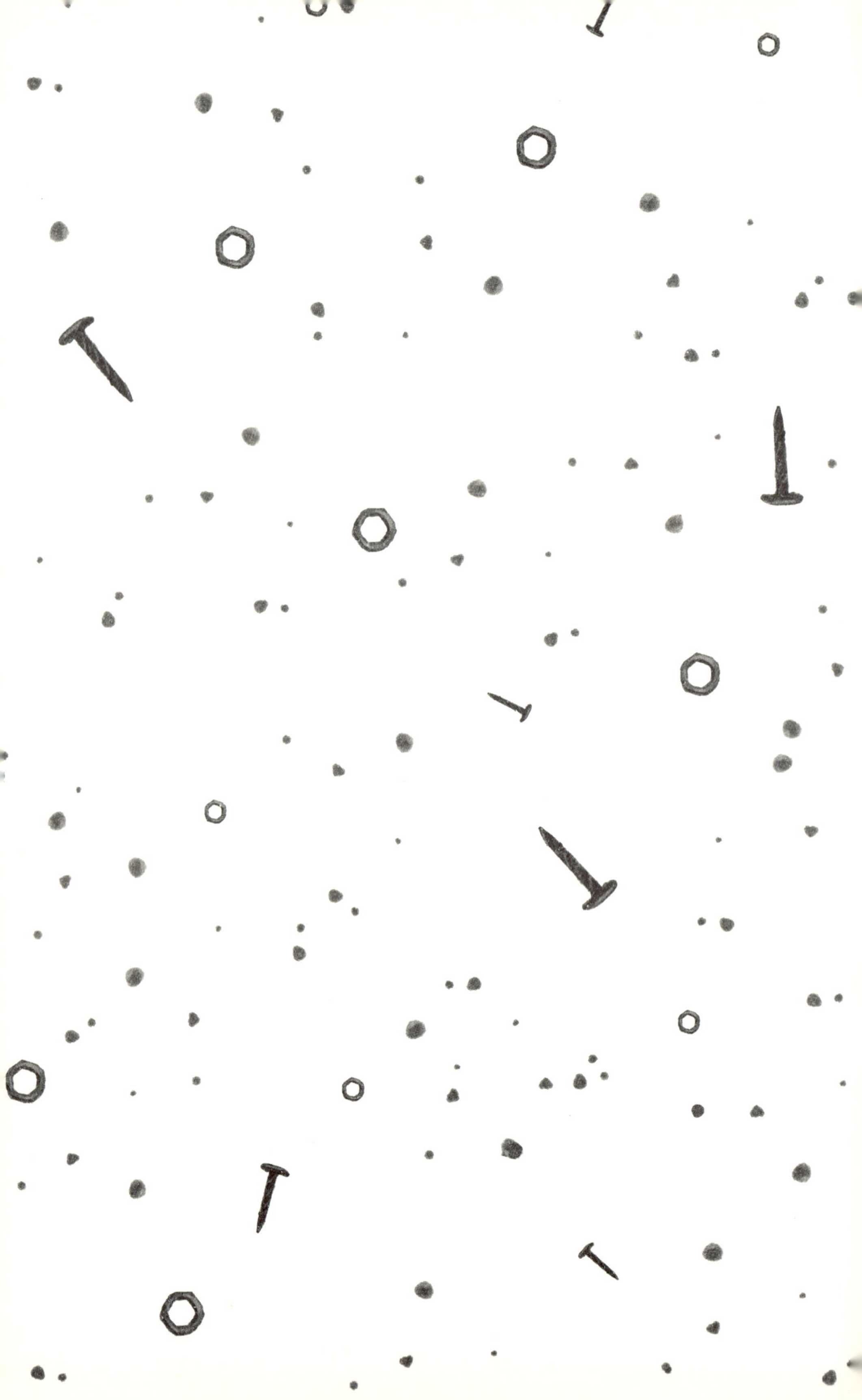

Transcrição parcial da entrevista com James McCann, 14 de julho

Agente Martin: O senhor poderia informar o seu nome, data de nascimento e profissão para constar nos autos?

James McCann: James Westman McCann, 27 de agosto de 1990. Diretor de engenharia da Comb+Honey Renovations.

Agente Martin: Tenho uma informação de que o senhor é assistente de Russell Tripp, mais conhecido como Rusty Tripp.

JM: Às vezes, ajudo o Rusty com as tarefas administrativas, quando estamos sobrecarregados de trabalho, mas fui contratado pelo sr. Tripp para atuar principalmente como consultor de design estrutural e engenharia. Você pode anotar isso, por favor?

Agente Martin: Tudo fica nos autos, não se preocupe. E onde o senhor estava no dia 13 de julho?

JM: Eu estava com a Melissa e com o Rusty em Laramie, Wyoming.

Agente Martin: Você se refere à Melissa, esposa do Russell?

JM: Exato.

Agente Martin: Havia mais alguém lá?

JM: A assistente da Melissa, Carey Duncan.

Agente Martin: Antes da noite em questão, em algum momento você chegou a ter a impressão de que as coisas estavam saindo de controle?

JM: Acho que todos nós sabíamos, à época, que as estruturas do casamento deles estavam abaladas, sem trocadilhos, mas nenhum de nós imaginava que a coisa ficaria tão feia.

Transcrição parcial da entrevista com Carey Duncan, 14 de julho

Agente Ali: A senhora poderia informar o seu nome, data de nascimento e profissão para constar nos autos?

Carey Duncan: Tipo, nome *completo*?

Agente Ali: Sim, por favor.

CD: Tá bom. Carey Fern Duncan. Nasci em 1º de março de 1994. Sou assistente executiva de Melissa Tripp.

Agente Ali: E onde a senhora estava na noite de 13 de julho?

CD: Em Laramie, Wyoming, junto com a Melissa e o Russell Tripp.

Agente Ali: Você poderia informar para os autos quem são eles?

CD: Claro. Melissa e Rusty são coproprietários da Comb+Honey. Mas a maioria das pessoas conhece os dois por causa dos livros e do programa de TV.

Agente Ali: Rusty seria Russell Tripp?

CD: Isso, desculpa. Só a Melly... *Melissa* chama o Rusty de Russell, quando ela está brava.

Agente Ali: Você poderia informar o nome de todas as pessoas que estavam presentes na ocasião?

CD: Eu, o Rusty e a Melly, claro, e James McCann.

Agente Ali: James McCann também era funcionário do casal Tripp?

CD: Vocês já não têm essa informação?

Agente Ali: Por favor, apenas responda à pergunta, srta. Duncan.

CD: Será que… eu preciso de um advogado?

Agente Ali: Depende. Você fez alguma coisa que exigiria a presença de um advogado?

CD: Tipo… na vida toda?

Agente Ali: Em relação aos eventos que aconteceram em 13 de julho deste ano.

CD: Ah, não. Não fui… não fui eu. Vocês sabem disso, né?

Agente Ali: Isto aqui não é um tribunal, e você não está presa, srta. Duncan. Você não é obrigada a responder nenhuma dessas perguntas. Estou só tentando entender a ordem dos acontecimentos daquela noite.

CD: James, Rusty e eu tínhamos acabado de voltar do bar Hotsy Totsy. O James e eu fomos buscar o Rusty. As coisas estavam meio caóticas, e a Melly estava uma *fera*, e…

Agente Ali: Acho que estamos nos adiantando. Gostaria de voltar um pouco mais.

CD: Quanto você quer que eu volte?

Agente Ali: Que tal desde o começo?

CD: Comecei a trabalhar para a Melly quando eu tinha dezesseis anos. Não sei se você quer que eu volte tanto assim.

Agente Ali: Vamos começar falando sobre como o programa de TV deles, o *Novos espaços*, acabou.

CD: É. Tudo bem. É um bom ponto de partida.

Carey

Quando eu era criança, minha família tinha uma galinha chamada Dorothy. Meu pai a apelidou de Dotty. Era uma Wyandotte dourada laceada de azul — chique demais para a nossa vizinhança. As penas cor de tijolo tinham pontinhas azuis, e a cor era tão diferente que parecia de mentira. A Dorothy chamava a atenção no meio da sujeira da nossa pequena fazenda em Wyoming e era sempre o centro das atenções no galinheiro. Era mais bonita do que as outras galinhas, com certeza mais barulhenta e, apesar de ser menos poedeira do que as outras da sua raça, botava duas vezes mais ovos do que as demais. Não que as outras não fossem galinhas perfeitas. É que a Dorothy era muito melhor.

Ela também era meio sacana.

Eu sempre me lembro da Dorothy quando olho para a Melissa Tripp. Sei que isso não soa bem, comparar minha chefe a uma galinha, mas é a imagem que me vem à cabeça sempre que vejo a Melly dando o showzinho dela, como está fazendo agora, na festa. Dorothy se emproava toda no galinheiro, com a cabeça para o alto, bicando tudo o que aparecia pela frente e desafiando as outras a virem para cima dela. Como a galinha, a Melly desfila pela sala, sabendo que todos os olhos estão nela, desafiando qualquer um a tentar ocupar seu lugar nos holofotes.

— Um momento da atenção de todos, por favor.

A multidão se silenciava ao ver Melissa erguendo sua taça de champagne, aqueles olhos azuis-claros cintilando, cheios de lágrimas não derramadas. A Melly só bebe quando não consegue evitar, e a maioria das pessoas nem percebe que na sua taça tem sidra espumante, e não champagne.

— Bebidas alcoólicas são só calorias vazias e podem te deixar um caco — ela me disse uma vez. — Não tenho tempo para nada disso. — Com uma pulseira da Tiffany chacoalhando naquele pulso fininho, uma vez ela tirou uma taça de vinho rosé da minha mão e me julgou com o olhar. — E, enquanto trabalhar para mim, Carey, você também não tem.

Acontece que ela não está errada. Com o programa de decoração que a Melly e o marido têm na televisão, o *Novos espaços*, encerrado oficialmente hoje, o lançamento do novo livro que sai em dois dias e a série supersecreta para o *streaming*, que ainda não foi divulgada e será lançada em poucos dias, eu mal tive tempo para dormir, quanto mais para beber. Mas, por tudo que é mais sagrado, uma noite sem trabalho, uns filmes e umas cervejas seriam maravilhosos.

Infelizmente, como você já deve ter imaginado, na minha taça também só tem sidra espumante.

Os lábios rosados de Melly se curvam em um sorriso agridoce enquanto observa a multidão, que vai se aquietando e olhando, ansiosa, para ela. Com as mãos no coração, ela faz questão de olhar para cada integrante da equipe do programa.

— Sessenta e cinco episódios, três especiais de fim de ano, inúmeros clipes promocionais e uma festa de despedida muito especial. Não teríamos conseguido tudo isso sem cada um de vocês.

Mais uma rodada de contatos visuais solenes, uma pausa. Ela abaixa a cabeça, resignada, fazendo seu cabelo platinado luminoso cair graciosamente sobre os ombros.

— Cinco temporadas! — Ao erguer a taça para a frente em um brinde, sua aliança reflete as luzes do teto do estúdio, reluzindo nas paredes.

Ouvir isso é mesmo impressionante. Estamos no estúdio onde gravamos cinco temporadas do programa, e tudo passou em um piscar de olhos – deve ser porque eu quase não dormi durante esse tempo – e agora está chegando ao fim. Conheci a Melissa Tripp quando eu tinha dezesseis anos, prestes a largar a escola e precisando ganhar dinheiro, porque meus pais estavam com a grana curta. O casal Tripp tinha acabado de abrir uma loja de decoração, a Comb+Honey, em Jackson, no estado de Wyoming, e colocaram um cartaz de "ESTAMOS CONTRATANDO" na vitrine. Embora a hamburgueria da cidade estivesse contratando, a princípio, qualquer estudante de ensino médio da nossa região que quisesse um emprego, a ideia de trabalhar fritando hambúrgueres entre Mitch Saxtons, Mãos Grudentas e John McGinnis, o Banguela, não era lá muito tentadora. Então entrei naquela loja chique e deixei o meu currículo.

Ainda não sei bem o que eu estava pensando ou o que ela viu em mim. Eu estava usando o meu shortinho *bacana* e os meus dedos ainda estavam encardidos de carvão por ter ficado desenhando no ginásio do colégio em vez de assistir às duas últimas aulas do dia. Estava com cheiro de protetor solar; e meu cabelo, descolorido, opaco e ressecado, mas fui contratada.

Nos primeiros meses, eu atendia aos clientes sempre que a Melly estava ocupada e, às vezes, cuidava do caixa. Assim que peguei o jeito, ela começou a me deixar cuidando dos pedidos dos clientes e das faturas. Quando soube que eu gostava de arte, Melly me incentivou a tentar montar as vitrines. Mas sob duas condições: isso não poderia atrapalhar minhas tarefas, e eu teria que concluir o ensino médio.

Naquela época, Melissa e Rusty eram uns queridos: pais de duas crianças, batalhando para fazer a empresa crescer e loucos um pelo outro. Eles me tratavam como uma terceira filha e comemoravam minhas vitórias na escola, até quando os meus próprios pais pareciam não estar nem aí. Minha mãe e meu pai sempre foram melhores em gritar comigo e com os meus irmãos por sermos ingratos do que em tentar ganhar o nosso respeito. E, de repente, os Tripp estavam ali, aparecendo nas minhas exposições de arte, me levando às consultas no dentista e até me ajudando a comprar o meu primeiro carro. Eu não pensaria duas vezes em dar a eles meu braço direito, se me pedissem.

Mas isso foi há dez anos, uma vida atrás. A Comb+Honey não é mais só uma loja de decoração. É uma empresa de sucesso com dez lojas e uma infinidade de linhas de produtos exclusivos, com dezenas de parceiros comerciais. Os filhos dos Tripp já estão com vinte e poucos anos, e a Melly arranjou novos peitos, cílios e dentes. Rusty adotou um visual de pai marceneiro descolado, com jeans Dior e ternos Burberry. O mundo os conhece como um casal apaixonado, divertido, prestativo e inovador.

E engraçados: seus sete milhões de seguidores no Instagram são brindados com poucos anúncios promocionais e muitos vídeos do Rusty fazendo pegadinhas com o elenco e a equipe do *Novos espaços*, com a Melly visitando uma venda de garagem e encontrando, por acaso, um acessório perfeito para uma reforma e com fotos de Melly e Rusty sendo fofos ou se mostrando irritados, mas de um jeito fofo, um com o outro. Os preferidos dos fãs são os GIFs do Rusty sendo o Rusty: deixando cair um martelo no pé, derrubando, todo desengonçado, uma garrafa de Coca-Cola em uma das famosas listas de afazeres da Melly, errando a fala pela enésima vez, fazendo a equipe toda cair na risada. As pessoas adoram a Melly porque ela é educada e paciente. E adoram o Rusty porque ele é bobão e amigável. E adoram o casal porque eles são as duas metades perfeitas de um todo.

Olhando o feed do Instagram deles, não daria para saber que a Melly e o Rusty já não são mais tão gentis um com o outro. Pensando bem, não sei dizer exatamente quando eles decidiram que o casamento era menos importante do que sua marca. A coisa foi se degenerando aos poucos. Um pouquinho de sarcasmo aqui, uma discussãozinha ali. Pouco a pouco, o pior lado deles começou a dominar: a Melly é uma perfeccionista neurótica que não dorme nunca. O Rusty é impulsivo e se distrai com qualquer coisa – ou qualquer pessoa – que esteja por perto. Por sorte, só o círculo de pessoas mais próximas vê que eles estão degringolando, porque os Tripp ainda conseguem manter um showzinho bastante convincente para o público.

Como agora. Rusty está ao lado da Melly, acenando e aplaudindo as partes mais sentimentais do discurso dela. A festa já acabou, então ele está sem o paletó, usando uma camiseta do seu time de futebol americano, o Broncos. *Ele tem direito a relaxar um pouco! É um paizão divertido com quem todo mundo se identifica!*

Ele está com quarenta e cinco anos e, embora o público feminino se encante com seu maxilar forte e seu porte atlético, a mulherada gosta ainda mais da forma como ele olha para a esposa. Rusty olha para Melly como se eles estivessem comemorando o primeiro aniversário de casamento neste ano, e não o vigésimo sexto. É o jeito que ela revira os olhos quando ele conta uma piada, mas depois fica vermelha, toda carinhosa. Quando eles ficam assim, é fácil entender por que a química entre eles nas telas os tornou imediatamente uma das atrações favoritas do *Novos espaços*. Eles eram quase desconhecidos quando o programa começou, mas logo ofuscaram, com todo aquele amor contagiante, a fama das outras estrelas do programa, inclusive da apresentadora Stephanie, ex-Miss América, e do especialista, Dan, um ícone do mundo da decoração, mais jovem e mais badalado, que teve um programa próprio por alguns anos.

O casamento aparentemente invejável dos Tripp é o motivo de a Ford Motor Company ter usado Melly e Rusty em um comercial de caminhões. É o motivo de eles terem linhas de produto no Target e no Walmart, estampados com seus sorrisos alegres e brilhantes; é o motivo pelo qual seus dois livros de decoração estão há tanto tempo entre a lista de *best-sellers* e é também o motivo pelo qual o livro que eles escreveram sobre casamento, que será lançado em breve, já está entre os mais vendidos sem nem mesmo ter sido lançado.

E, é claro, Melly está à beira de um ataque de nervos por conta do anúncio do novo programa que será lançado em breve, o *Lar, doce lar.*

Estamos todos sobrecarregados, tentando aproveitar a oportunidade, mas o que mais podemos fazer além de dar o nosso melhor no trabalho?

— Algumas pessoas dizem que o nosso trabalho é só *decorar.*

Pelo visto, o discurso ainda não acabou, porque a Melly chama a atenção de volta para onde ela está, na frente da sala. A mesa ao seu lado está cheia de garrafas de champagne vazias e sobras de um bolo cor-de-rosa de seis camadas, decorado com pétalas.

— Dizem que são só *reformas domésticas* — ela prossegue. — Só design.

Sua voz alta e doce funciona bem na TV, porque combina com sua personalidade extrovertida, seu cabelo loiro platinado e suas expressões animadas. Mas longe do estúdio – e sobretudo quando ela está aborrecida ou chorando –, aquela voz estridente parece a de um personagem de desenho animado.

— Mas nosso lema sempre foi que as casas refletem as pessoas. Construa a casa dos seus sonhos, seja flexível e a sua vida será um triunfo! Obrigada a todos por ajudarem a espalhar a nossa filosofia! Amamos todos vocês. Um brinde ao próximo capítulo!

Um coro de palmas ecoa pelo grupo. Todos esvaziam as taças e se dispersam para felicitá-los. *Agora sim* o discurso acabou – pouco importa se o elenco do programa é composto de quatro pessoas famosas, e a Melly acabou monopolizando o momento e encerrando com seu slogan pessoal, deixando claro que ninguém mais poderia se manifestar para homenagear o que todos haviam conquistado juntos.

Olho de relance para estudar a reação de Stephanie Flores, a ex-Miss América, queridinha das redes sociais e apresentadora do *Novos espaços*. Ela parecia estar se esforçando bastante para não revirar os olhos. O deus da reforma Dan Eiler está debruçado sobre a mesa ao lado de um produtor, cochichando em um tom irritado, apontando o queixo para a frente do salão, onde a Melly estava. A versão oficial é que o programa está se encerrando para que todos possam buscar novos desafios – como aconteceu com os Tripp, que vão lançar o *Lar, doce lar* –, mas, sinceramente, acho que é porque ninguém mais aguenta ficar à sombra da Melly. Ela pode até vestir 36 e precisar de saltos enormes para alcançar a prateleira mais alta do estoque, mas ela é a chefe da matilha e nunca deixa ninguém se esquecer disso.

Vejo Rusty puxar a mão de Melly e acenar na direção da porta. Não preciso saber ler lábios para entender que ela está lembrando que a festa é deles e que eles têm convidados. Pouco importa se praticamente todas as pessoas do salão trabalham para os Tripp e que uma festa com seu chefe não seja bem uma festa. Não acho que alguém ficaria decepcionado se a Melly e o Rusty encerrassem a noite por ali.

Deixando minha taça na bandeja de um garçom que passava por perto, vejo o relógio e estremeço quando noto que são quase onze horas. Melly cruza o olhar com o meu e olha em volta, horrorizada. *Que bagunça*, sua expressão transparece. Eu sorrio, gritando por dentro. Aquela bagunça não é problema dela. Não importa se Rusty e Melly decidam ficar ou não, eu não estou nem perto de ir embora. Claro, há os garçons servindo comida, mas em meia hora eles vão jogar os aventais na traseira de uma van e ir para casa. Eu vou ter que ficar para arrumar tudo.

Faço os cálculos mentais. Se eu conseguir limpar tudo até uma da manhã, talvez eu consiga dormir algumas horas antes da nossa reunião às nove. Os executivos da Netflix estão vindo de avião até o fim do mundo de Jackson Hole para uma reunião presencial no primeiro horário e, no dia seguinte, os Tripp vão viajar para a turnê do livro em Los Angeles, e *eu* vou ter uma semana inteira para ficar só de pijamas e não responder a nenhuma mensagem no meio da madrugada. Preciso lembrar que estou no quilômetro quarenta da maratona. Se eu sobreviver mais dois dias, vou poder capotar. Mas estou correndo com as pernas cansadas: logo antes de organizar o evento de encerramento de hoje, filmamos as cenas finais dos últimos episódios de *Novos espaços* – com uma família que reformou uma casa rústica para a chegada do primeiro filho, além de uma retrospectiva das cinco temporadas para encerrar o programa. Um dia normal com Melissa Tripp já é exaustivo. Hoje foi completamente extenuante, e o dia ainda nem acabou.

Expiro devagar, com calma, avaliando os estragos na sala, e decido que o jeito de fazer as pessoas entenderem que precisam ir embora é começar a limpar.

Alguns minutos depois, uma sombra surge ao meu lado. Posso perceber, pela presença tensa e irritada, exatamente quem é.

— Você viu para onde o Rusty foi?

Olho para cima e vejo James McCann: alto, esguio, sempre exalando um ar de superioridade.

— Eu não tomo conta do Rusty — digo. — Ele é todo seu.

Ele me encara com um olhar irritado por um segundo, mas sei que a irritação é só em parte direcionada a mim. Trabalho como assistente desde que me tornei adulta. James, ao contrário – um engenheiro com um jeito nerd – não foi contratado para trabalhar como braço direito do Rusty, mas foi exatamente isso que seu trabalho virou. Correr atrás de cerveja de madrugada, mandar roupas para a lavanderia, comprar ingressos para jogos e buscar café todos os dias. Não era bem o que ele esperava.

— Temos uma reunião amanhã bem cedo com o pessoal da Netflix — ele me conta, como se isso não tivesse sido assunto de conversas por semanas; a data ficou impressa no meu cérebro. Como se já não estivéssemos com os nervos à flor da pele, pensando nas impressões do público e no que aquilo vai significar para a empresa.

— Eu sei, James. — Puxo um punhado de latas de cerveja vazias para dentro do lixo reciclável.

— Convenhamos, você nunca anota nada na agenda compartilhada. Achei melhor verificar. — Infelizmente, ele não vê meus olhos revirando, pois pisca, olha para o relógio e novamente para a sala, voltando a ficar tenso. — Você não acha que deveríamos encerrar a festa?

Essa pergunta só poderia vir de alguém que trabalha para o Rusty, um chefe acostumado a receber ordens dos outros. Quem trabalha para Melissa Tripp sabe que tentar conduzi-la para fora de uma festa em sua homenagem é como tentar fazer um gato dançar sapateado.

— Provavelmente — digo.

Coloco com cuidado algumas garrafas vazias de champagne dentro da lata de lixo e chacoalho as mãos. O dia foi longo e a minha mão esquerda está começando a se amortecer. A esta altura, nenhuma massagem resolve, mas de vez em quando tento esfregar os dedos antes de continuar.

— Não sei por que você está me seguindo, ele está ali — digo, indo para a frente da sala, onde a Melly discursou.

— Ali onde?

Resmungo, frustrada, e me viro para mostrar a ele. Mas toda a minha presunção e toda a minha irritação somem quando vejo a Melly sozinha perto dos restos daquele bolo todo enfeitado. Não vejo Rusty em lugar nenhum.

— Você mandou mensagem para ele?

James me lança um olhar vazio através das lentes perfeitamente limpas dos seus óculos. De perto, é impossível deixar de notar como seus olhos são bonitos. Mas, como muitos homens, ele estraga a boa impressão assim que começa a falar.

— Você não acha que eu teria feito isso antes de perguntar para você?

— Só para saber — digo.

Ele franze as sobrancelhas, irritado, fazendo os óculos escorregarem pelo nariz.

— Já mandei mensagem. Ele não responde.

— Talvez ele esteja no banheiro. — Dou a volta ao seu redor, cansada de ficar responsável por todo mundo o tempo todo.

— Ele com certeza responderia, se estivesse no banheiro — James diz, vindo logo atrás de mim. — Ele sempre leva o celular para todo lugar para acompanhar o placar do jogo.

É óbvio que o James é um cara inteligente – só Deus sabe como ele faz questão de me lembrar disso o tempo todo –, mas, como meu pai costumava dizer, às vezes eu me pergunto se ele não está remando com um remo só. Será que é tão difícil dar uma volta sozinho em um estúdio e encontrar um homem adulto de mais de um metro e noventa de altura? Estou prestes a explodir e perguntar isso para ele, mas quando olho para cima, me surpreendo com o desespero que vejo em seus olhos. O horror e a desconfiança que vejo ali fazem meu estômago embrulhar.

Dou uma olhada na sala – nos fundos, onde alguns dos designers do estúdio estão abrindo cervejas geladas, até a área de descanso, onde Dan finge estar gostando de conversar com a Melly. No meio de quase setenta pessoas, eu também não encontro o Rusty.

— Você não quer ir atrás dele, quer? — pergunto, baixinho, por instinto.

Em um gesto lento, James nega com a cabeça e nós trocamos um olhar mais demorado. Não que eu desconfie de alguma coisa logo de cara, mas, como disse, o Rusty pode ser impulsivo. Vai saber em que tipo de enrascada ele pode ter se metido?

— Talvez ele esteja ficando chapado com alguns dos cinegrafistas — digo.

Outro gesto com a cabeça diz que não.

— Ele não gosta de fumar e tentou a versão comestível há algumas semanas, disse que nunca mais faria isso.

— Talvez ele tenha ido embora.

— Sem falar nada?

Eu expiro, tremendo, pois já começo a me sentir um pouco incomodada também.

— Juro por Deus, se ele estiver furando a dieta... — Na última lista de afazeres de Rusty, a Melly incluiu uma ordem para que ele perdesse alguns quilinhos antes do anúncio do novo programa. Segundo ela, ele fica inchado na tela. Se ele estiver se escondendo em algum lugar com um pedaço de bolo no colo, vou ficar ouvindo essa ladainha para sempre.

Em geral, o James e eu seguimos nossas próprias agendas desde que ele entrou para a Comb+Honey dois meses atrás. Não que eu não goste dele, mas o jeito como ele vê o meu trabalho como dispensável e frívolo e me trata como se a minha inteligência só servisse para atividades de assistente – exceto quando ele precisa de ajuda para realizar suas atividades, é claro – me tira do sério. Mas não quero fingir que é fácil entrar no mundo dos Tripp e logo entendê-los. Às vezes, nem eu entendo o que está acontecendo. O Rusty e a Melly pagam bem e me permitem manter o plano de saúde de que eu preciso, mas a relação deles é complicada.

— Tá bom — digo por fim. — Vamos procurá-lo.

De cara feia, James me segue para fora do salão principal, descendo o corredor que leva ao depósito. O ar-condicionado parece fazer um barulho alto e anormal demais para um lugar tão pequeno; alto o suficiente para abafar os passos desajeitados do James no carpete industrial. Ao longo do corredor, há cinco portas, todas fechadas. Uma delas é uma sala de áudio e vídeo, a outra é um depósito de material de limpeza. Depois dessa, há um camarim para convidados, uma área de convívio pequena para a equipe e o estúdio de edição. Fico enjoada ao tentar imaginar o que encontraremos dentro de uma dessas salas.

A sala de áudio e vídeo está escura e vazia. A dobradiça guincha ao abrir a porta da sala. Silêncio.

A porta do depósito está trancada, e o lugar é pequeno demais para ser usado como um esconderijo para um homem adulto.

O camarim também está vazio. A área da equipe também.

A cabine de edição é a última, e a porta está trancada.

Não sei bem por que fico nervosa ao tirar o molho de chaves do meu cinto e procurar a chave correta, me concentrando para manter a mão firme ao inseri-la na fechadura.

Nós dois prendemos a respiração enquanto a maçaneta gira devagar.

O som nos atinge primeiro – gemidos intensos, peles se esfregando – seguido por uma visão de relance de uma bunda branca se movendo para a frente e para trás, testículos balançando e um vestido floral vermelho erguido até os ombros de uma mulher; seu cabelo escuro é tudo o que conseguimos ver. Meu cérebro só liga os pontos depois de alguns grunhidos e estocadas. E então derrete. Sem ser vista, fecho a porta com cuidado.

Rusty não estava exatamente comendo bolo.

Eu me viro devagar. James ainda está com os olhos fixos na porta, agora fechada, sem piscar, sem conseguir fechar a boca.

— Era o *Rusty*! — ele sussurra.

Eu confirmo para o Sr. Tá Na Cara.

— Era.

Eles estão prestes a lançar um programa e um livro. Um livro sobre *relacionamentos*. Rusty – e sua bunda propulsora – escolhe o momento perfeito.

— E a *Stephanie* — James complementa.

Eu esperava ter sido a única a perceber, mas não tive essa sorte. Expiro devagar, tentando encaixar mentalmente as peças que acabei de ver. Momentos como este me fazem entender por que manter distância dos colegas de trabalho é algo bom. Eu já viajei nas férias com os Tripp e os acompanho desde que eles eram os proprietários de uma lojinha, até virarem os soberanos de um verdadeiro império. Não há literalmente parte alguma da minha vida que não esteja de alguma forma entrelaçada e sobreposta à vida deles.

— Sim, James, com a Stephanie. — Aperto os olhos com a palma das mãos, tentando entender qual deveria ser a reação adequada a essa situação.

Quando olho para o James, ele está me encarando, chocado e com os olhos arregalados.

— *Mas ele é CASAD...*

Fecho sua boca com a mão trêmula.

— Cala a boca! — Olho para todos os lados do corredor para ter certeza de que ninguém além de nós viu aquilo. — *Shhhhhhhh*!

Eu o levo para o canto, na direção do depósito. A saída de ar faz um barulho alto, por sorte mascarando as nossas vozes.

— Você precisa manter a calma! — Eu ainda não tinha entendido nem como *eu* estou me sentindo; não dá para, além de tudo, ter que lidar com o chilique do James.

— Carey, ele está *traindo a esposa*!

Eu o encaro, perplexa, por um segundo. A gente tinha mesmo acabado de testemunhar as bolas do Rusty sacolejando? Deixo transparecer um estremecimento.

— Eu percebi.

— Mas... — James balbucia, desnorteado. — Isso não te incomoda?

— Claro que me incomoda — digo com calma, tentando não me sentir frustrada por aquele novato, entre todas as pessoas do mundo, estar me falando como reagir diante de uma cena de adultério de um casal que eu conheço desde que me tornei adulta. Uma atitude defensiva começa a fervilhar em mim. — Mas eu trabalho para eles há muito tempo e aprendi anos atrás que algumas coisas não são da minha conta.

Casamentos têm altos e baixos, Melly certa vez me disse. *Preciso que você se concentre no seu trabalho, e não no que acontece entre mim e o Rusty.*

Cresci vendo o meu pai chegar em casa caindo de bêbado e fedendo a perfume barato, para dois dias depois ver minha mãe e ele felizes e aos beijos no sofá. Vi isso se repetir o suficiente para saber que a Melly tinha razão. Os limites são tênues no meu trabalho, mas faço o que posso para deixar que o casamento dos Tripp seja assunto deles, e que a empresa deles seja assunto meu.

Pela sua expressão, percebo que o James não vai topar encarar a operação Olhar Para o Outro Lado. E o seu espanto me causa uma sensação desconfortável no estômago. Estou nervosa, e triste, e sinceramente horrorizada com o que acabamos de ver, mas não consigo deixar de me sentir constrangida e um pouco protetora também. Coloco as mãos no bolso.

— Eles vão lançar um livro sobre relacionamentos — ele diz, com a voz alta e firme. — Um livro sobre *conselhos matrimoniais.*

— Eu sei — digo, mudando de posição.

— E vão lançar um novo programa que é praticamente todo baseado na marca deles! — ele diz, esforçando-se para manter a voz baixa. — E a marca deles é esse casamento perfeito!

Tento esconder a irritação. Para ser sincera, não vejo James com frequência, porque, goste ele ou não, até agora ele tem trabalhado direitinho e mantido o Rusty na linha. Tanto é verdade que eu nem percebi que o Rusty estava tendo outro caso.

Estreito os olhos.

— Você tem certeza de que não sabia disso? Você estava evitando a todo custo ter que ir atrás dele.

James cora.

— Achei que ia encontrá-lo comendo um *sanduíche*, Carey — ele aponta para a porta dos fundos —, não *aquilo*.

Eu murcho.

— É, eu também. — Fecho os olhos, respiro fundo e olho em volta daquele corredor vazio. — Não podemos deixar ninguém chegar aqui embaixo.

— Você não vai contar para ela, né? — ele supõe.

Adoto uma atitude defensiva como padrão.

— A Melly deixou claro há vários anos que ela quer que eu e todos os assistentes fiquemos de fora da sua vida privada. E isso inclui você.

Percebo pela forma como seu peito se estufa que o seu primeiro impulso é me corrigir – de novo –, dizendo que ele não é assistente, mas o instinto de autopreservação fala mais alto.

— Isso pode acabar sobrando para a gente — ele diz. — Você não percebe?

— O que você quer que eu faça?

Ele respira fundo de novo.

— Acho que a gente deveria contar para a Melissa.

— Você também achou que a gente deveria procurá-lo, e olha no que deu.

Ele me lança um olhar demorado.

— Eu não vou contar para a Melly que vimos o marido dela trepando com a apresentadora do programa deles. — Eu rio. — Ah, não vou *mesmo*.

Falar sobre isso com eles seria o mesmo que falar com os meus pais, multiplicado pelo fator de constrangimento "Eles também são meus patrões". James não deve ter percebido que a minha relação com os Tripp não é apenas de patrão e empregado. Como ele poderia? Nós mal nos falamos.

Mas não serei eu a dedurar o Rusty. Meu pai morreu quando eu tinha dezessete anos. Ele vinha notando um inchaço nas pernas e nos pés, mas não deu importância, dizendo que era consequência de trabalhar de pé o dia todo, subindo e descendo escadas e, às vezes, tendo que trabalhar ajoelhado. Ele adiou a ida ao médico e, quando foi, já era tarde demais. Os anos de cigarro lhe renderam um câncer de pulmão em estágio quatro, e ele morreu poucos meses depois. Rusty tentou não parecer óbvio, mas sempre se mostrou disponível quando eu precisei. Sem contar que ele distrai a Melly quando ela tem um daqueles ataques de nervos, e ele me dá passe livre na loja sempre que eu tenho tempo. Eu não quero mesmo fazer isso.

James olha para mim em silêncio, decepcionado.

— Carey.

— Talvez ela já saiba — digo, esperançosa.

— Se ela souber — ele começa —, precisa falar para ele ser mais discreto. Qualquer um poderia ter entrado naquela sala, e poderia ser alguém menos leal e com uma câmera de celular pronta para estragar a vida deles, e a nossa, com um único tuíte.

Dói admitir que ele está certo. Rusty, seu idiota.

— Tá bom — digo, mas decidida a adiar a atitude por mais um tempo. — Conversamos com ela amanhã depois da reunião.

— *Conversamos* com ela?

— Meu Deus, por que você é assim? A gente vai *contar* para ela depois da reunião. Feliz?

Visivelmente cansado, ele passa a mão pelo cabelo.

— Nem um pouco.

Nós dois ouvimos uma voz vindo do corredor.

— Contamos o que para quem depois da reunião?

É a Robyn, publicitária dos Tripp: uma intrometida neurótica e um pouco recalcada.

— Nada. — Tento despistá-la com uma tranquilidade falsa.

— Fala sério. Vocês estão aqui se escondendo enquanto deveriam estar organizando as coisas e se preparando para ir embora. — Ela olha para nós dois. — É óbvio que está acontecendo alguma coisa.

Eu me ofendo com o recadinho de que eu deveria limpar toda a bagunça que deixaram e faço um gesto obsceno mentalmente para a Robyn.

— O James e eu estávamos dizendo que precisamos conversar com a Melly amanhã. Vou contar para ela...

— Por que o James precisa conversar com ela? — Robyn pergunta, astuta demais para o próprio bem. A Melly nunca precisou do James para nada além de abrir uma porta ou alcançar o alto de uma prateleira. — É alguma coisa importante?

Respondo um alegre "Não", enquanto James profere um sonoro "*Sim*".

Eu me viro para encará-lo. Ele me encara também.

— A Robyn precisa saber — ele diz, baixinho, e dentro da minha cabeça estou me descabelando e gritando: *"Fala sério, James, fica na sua"*.

Mas Robyn parece estar entendendo o que nós dois estamos escondendo. Ela morde o lábio, preocupada por algum motivo.

— Vamos fazer isso hoje.

Solto uma risada incrédula.

— O dia foi longo, e eu ainda preciso limpar tudo assim que todo mundo for embora.

Agora seria um bom momento para um deles, ou quem sabe os dois, se oferecerem para ajudar, mas o silêncio é estrondoso.

Robyn dá um suspiro profundo e olha para o relógio.

— A reunião da Netflix é às nove. Vou trazer a Melissa e encontro vocês dois no escritório daqui uma hora.

Uma hora significa que vou ter que sair correndo daqui para chegar ao escritório da Comb+Honey do outro lado da cidade. Que maravilha.

Robyn se vira para ir embora e eu olho de novo para o James, que dá um sorriso triunfante.

— Estamos fazendo o que é certo — ele diz.

— Agora temos uma reunião de trabalho à meia-noite.

— É o certo — ele repete.

Uma hora. Sorte dele que não dá tempo de eu fazer um boneco de vodu de James McCann.

Transcrição parcial da entrevista com Carey Duncan, 14 de julho

Agente Ali: Srta. Duncan, você já tinha visto Melissa Tripp furiosa alguma vez?

Carey Duncan: É séria essa pergunta?

Agente Ali: Devo entender isso como um sim?

CD: Ela é a minha chefe. É claro que eu já vi a Melly furiosa.

Agente Ali: Você pode explicar?

CD: Quanto tempo você tem?

Agente Ali: Srta. Duncan, por favor, responda à pergunta da melhor forma que puder.

CD: A Melly é perfeccionista. Ela é ambiciosa e impaciente, mas também é insegura. É uma péssima combinação.

Agente Ali: Você diria que ela tem temperamento forte?

CD: Sim.

Agente Ali: Entendo. E o sr. Tripp? Você já a viu irritada com ele?

CD: Eles estão casados há vinte e seis anos. Então, sim.

Agente Ali: Carey, você pode falar sobre a primeira vez que soube que Rusty Tripp tinha um relacionamento extraconjugal?

CD: Bom, foi um ano depois que eu comecei a trabalhar para eles. Então acho que foi em 2011, com uma antiga assistente dele, Marianne. Estávamos só nós duas na loja, eu e a Melly, mas a Susan, uma amiga dela, chegou correndo como um gato pegando fogo. Ela agarrou a Melly, a levou para os fundos e trancou a porta, e logo depois o Rusty apareceu, completamente enlouquecido, e foi atrás delas. Acho que a Susan pegou o Rusty no flagra, se é que você me entende. Susan foi embora e mais ou menos um minuto depois, o inferno começou.

Agente Ali: Você quer dizer que a sra. Tripp ficou chateada.

CD: "Chateada." É um bom eufemismo. Eles saíram do escritório gritando, e a Melly perdeu a cabeça. Começou a chamá-lo de mentiroso e de um monte de palavrões. Aí ela começou a jogar coisas nele, de toda a loja. A Melly se importa muito com as aparências e gosta de parecer muito certinha e dedicada à família. Ela nunca fala palavrão, na verdade, é meio que uma regra: ninguém que trabalha para ela pode falar palavrão. Mas ela pode. E como.

Agente Ali: O sr. Tripp ficou ferido?

CD: Não, não que eu me lembre. Você já deve ter visto a Melly. Ela é miudinha e tem uma mira terrível.

Agente Ali: E o que aconteceu depois?

CD: O clima ficou meio constrangedor, aí eu fui para casa.

Agente Ali: Quero dizer de maneira geral. Como ficou a situação entre o sr. e a sra. Tripp?

CD: Eles devem ter se resolvido, porque ele estava lá no dia seguinte, em toda a sua glória, como se nada tivesse acontecido.

Agente Ali: No dia seguinte? Não parece estranho?

CD: Tipo, eu tinha dezessete anos, e meus pais costumavam brigar o tempo todo, então, na verdade, não. Além disso, os negócios estavam começando a melhorar para eles, então a Melly nunca teria deixado algo assim virar um obstáculo para o que ela queria. Ela falou para o Rusty que se ele fizesse aquilo de novo, ela iria embora e levaria tudo o que eles tinham, e voltou a trabalhar. Ele sempre foi muito paquerador. Deve ser por isso que o James foi parar lá.

Agente Ali: Talvez você possa esclarecer algo para mim. Vejo que o sr. James se formou em universidades

de prestígio, como a Vassar e o MIT, mas ele trabalha como assistente do sr. Tripp. É isso mesmo?

CD: O Rusty é o que a minha vó chamava de rufião: um machão todo cheio de pinta, mas praticamente inofensivo. A Melly não gosta de ter mulheres trabalhando para ele, simples assim. O cargo de assistente também estava aberto quando o Rusty estava procurando um engenheiro para o programa. O James estava fazendo entrevista para o cargo de engenheiro, mas quando a Melissa o viu sentado do lado de fora do escritório do Rusty, ela o contratou na hora. Falou para o Rusty que ele poderia assumir os dois cargos, deve ser porque a Melly não entende nada sobre engenharia ou sobre o que é ser assistente de alguém. Oficialmente, o James é sei lá o que estrutural principal de sei lá o quê. Mas, ainda assim, é ele que pega as roupas na lavanderia, como eu. Deus o livre de ser chamado de assistente. "Eu sou engenheiro." Cheio de palavras difíceis e blá-blá-blá.

Agente Ali: Então, voltando à sra. Tripp e ao incidente entre a Melissa e o Rusty na loja. Isso aconteceu quando o programa *Novos espaços* estava sendo gravado? Ou foi antes?

CD: Ah, foi bem antes. Aconteceu logo depois que a *Tribuna de Wyoming* publicou um artigo sobre a Comb+Honey, dizendo que era uma loja de design original em Jackson. As vitrines chamaram muita atenção na região, e o estilo começou a ficar famoso na cidade. As peças entalhadas em madeira do Rusty estavam vendendo como água. Depois desse artigo, eles apareceram também em uma seção sobre estilo de vida no *LA Times*, e chamaram a atenção da HGTV. E, em 2014, o Rusty e a Melly foram chamados para o elenco do *Novos espaços*, junto com a Stephanie e o Dan. Olhando para trás, acho que foi aí que o Rusty começou a ficar de saco cheio, e a ambição da Melissa falou mais alto. As feridas começaram a aparecer de novo. Pelo menos é o que eu acho.

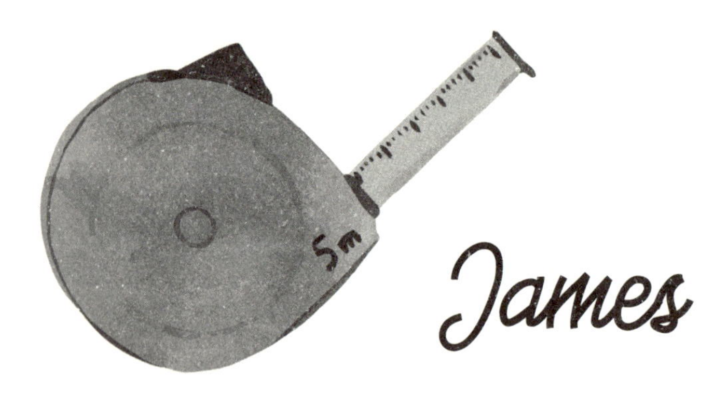

James

São 1h11 da manhã.

Não vou olhar para o relógio por cinco minutos.

Não vou olhar para o relógio por cinco minutos.

Não vou olhar…

1h13.

Droga.

Deveríamos ter nos encontrado aqui há uma hora, mas a Melissa e a Robyn ainda não apareceram. Parece que estamos esperando há um ano. Tentando ignorar as encaradas esporádicas da Carey, passo para o enorme sofá de couro no escritório da Melissa e do Rusty e deixo minha cabeça cair naquele braço esteticamente agradável, mas bastante desconfortável. Deste ângulo, o lance de escadas ali do canto parece chegar ao teto, e essa ideia – de criar algo tão improvável e ousado – injeta uma forte dose de adrenalina no meu sangue.

Olho para o relógio de novo: 1h15.

Resmungo, esfregando os olhos com a palma das mãos.

— Tá bom — finalmente admito. — Você tinha razão.

Carey reage com silêncio. Sabendo que ela trabalha para os Tripp desde muito antes de mim, não posso deixar de imaginar se ela já ouviu essas três palavras juntas antes.

— Não sei se quero acabar logo com essa conversa — Carey finalmente diz, do outro lado da sala — ou se quero adiar para sempre.

— A nossa reunião com a Netflix é às…

— Nove — ela interrompe, e eu ouço uma pontada de irritação na sua voz. — Acredite, James, seria impossível esquecer.

Pode ser estranho que esta noite talvez seja a primeira vez que Carey e eu ficamos sozinhos em uma sala desde que eu comecei neste emprego, mas, na verdade, não é. Os Tripp só costumam ficar no mesmo ambiente durante as gravações, o que significa que a Carey e eu raramente estamos no mesmo lugar ao mesmo tempo.

Torno a olhar para ela. Não é como se tivesse muita coisa para fazer enquanto esperamos a Melissa chegar para a conversa mais constrangedora do século. O meu cérebro estava caótico demais para notá-la antes.

Noto que Carey é mais alta do que pensei e seu cabelo loiro-escuro agora está preso e todo bagunçado no alto da cabeça. Olhos verdes, azuis, algo assim. Suponho que ela está ciente de que ninguém olha para ela nesta empresa, porque sempre se veste de maneira casual, mas ela parece ter relaxado ainda mais em algum momento entre a limpeza do salão e a chegada ao escritório. Ela está vestindo uma calça de moletom cinza, tênis desamarrados e um agasalho com as palavras NAMA-STAY IN BED. Ela também não para quieta com os dedos. Talvez não tenhamos passado muito tempo juntos, mas isso foi uma das coisas que notei. Suas mãos estão sempre se mexendo ou fechadas. Não sei se é um tique nervoso ou o quê, mas ela se senta sobre as mãos ou as mantém escondidas debaixo da mesa. E talvez eu esteja errado, mas acho que ela não gosta que ninguém encoste nela. Ela se encolhe toda contra a parede quando eu passo perto demais ou dá um passo para trás se nós dois tentamos pegar alguma coisa ao mesmo tempo. Eu não levo para o lado pessoal – todo mundo tem as suas manias – e me esforço para respeitar e não fazer nada que a deixe desconfortável.

Ela também usa as expressões mais estranhas. Ao final da primeira reunião que tivemos juntos, ela se levantou e disse que precisava tirar água do joelho. Só mais tarde me dei conta do que aquilo significava e não faço ideia do porquê de ela não ter falado simplesmente que precisava ir ao banheiro.

Agora ela está mexendo em uma estante de livros, fazendo uma careta, porque a estante não está girando os 180 graus completos para mostrar os livros do outro lado da prateleira. É um clássico design Tripp, feito para aproveitar todos os pequenos espaços disponíveis. Carey verifica um dos rolamentos e descobre que há um pino emperrado, mexe nele por um instante e o coloca de volta e então solta um "Isso aí" baixinho e satisfeito ao ver que a prateleira está deslizando com facilidade novamente.

— Há quanto tempo exatamente você trabalha para a Melissa? — pergunto. Ela se inclina para verificar outra prateleira, e uma ruga suave na sua testa é o único sinal de que ela me ouviu.

— Uns dez anos.

Sinto meus olhos arregalarem.

— Quantos anos você tem?

Ela hesita.

— Vinte e seis.

Uau. Uau. Uau.

Eu a estudo de novo. Seu rosto é jovial e tão sem sofisticação e inocente que parece mais com uma nova estagiária do que a pessoa encarregada de praticamente todos os detalhes logísticos da agenda dos Tripp. Será que este é o único emprego que ela já teve? Eu sou o cara recém-chegado e ainda estou tentando entender as coisas, mas estou aqui há tempo suficiente para perceber que a relação entre a Melissa e a Carey não é nada saudável. Os dez anos juntas com certeza explicam como a Carey consegue prever todas as necessidades da Melissa antes mesmo que a própria Melissa perceba e como a Melissa não consegue ou não quer fazer nada sem a Carey ao seu lado.

— Você sempre foi assistente dela?

— Não, comecei como caixa na primeira loja deles. Eu já fiz de tudo um pouco aqui. Quando as coisas decolaram, eu fiquei com eles. — Ela me lança um olhar e parece perceber de repente a minha atenção. Desvio o olhar. Ela vai para o lado oposto da prateleira. — O que você fazia antes de começar a trabalhar aqui?

Escapo de ter que responder à pergunta quando a maçaneta gira e Carey e eu nos viramos e vemos o Rusty entrar, seguido pela Melissa e pela Robyn — uma mulher elegante, mas muito nervosa.

— Jim, Carey! — ele nos cumprimenta, berrando. Seu sorriso está relaxado por conta da bebida, enquanto a Melissa está tensa de irritação.

— James — corrijo, quase como um roteiro que sou obrigado a seguir. De todas as inúmeras coisas que parecem alegrar Russell Tripp neste mundo, uma de suas preferidas com certeza é me chamar de Jim ou algo parecido. Melhor ainda quando ele chama Carey e eu juntos, dizendo "Jim Carey", como se fosse a piada mais inteligente do mundo.

Ele ri, dando um tapinha no meu ombro ao passar.

— Você sabe que eu estou brincando, Jimbo!

Ele desmonta em uma cadeira à minha frente e pisca para mim. É difícil detestar Rusty Tripp, apesar de ele se esforçar – deixando os testículos à mostra e tal – e, pelo seu bom humor, fica claro que ele não faz ideia de que nós o vimos... ou do que está prestes a acontecer.

Melissa desliza pela sala como uma vampira, tirando o sapato de salto alto e os colocando em um nicho em um banco preto elegante próximo à janela. Ela lança um olhar penetrante para os pés do Rusty, apoiados em um delicado pufe de veludo. Sem o benefício da altura extra dos saltos, Melissa fica minúscula e de repente parece muito, muito cansada. Mas só de ver aquele brilho feroz nos seus olhos, sei que qualquer um que insinuar que...

— Você parece exausta, Mel — Robyn diz, preocupada.

Rusty, Carey e eu – em uníssono – prendemos a respiração e esperamos.

Se aprendi alguma coisa nos últimos dois meses é que Melissa Tripp não gosta de ser chamada de Mel e nem que insinuem que ela está cansada, triste, preocupada, ou que já passou dos vinte anos, ou que tenha qualquer característica humana.

— Eu estou *bem*, Robyn — ela sibila e se senta toda elegante na cadeira ao lado do Rusty. Sei que se uma câmera estivesse por perto, ela estenderia a mão e entrelaçaria casualmente os dedos nos dele. Mas na atual situação, com apenas nós cinco naquela sala fria e escura, ela ainda nem olhou para a cara dele.

— E aí, pessoal, qual é? — Rusty pergunta, dirigindo o olhar para mim e para a Carey, enquanto ela se senta no sofá ao meu lado. Como de costume, ouvimos a Robyn ao fundo, digitando no celular.

Carey olha para mim. Eu olho para ela. Quando solicitamos esta breve reunião, nós dois esperávamos que a Melissa viesse sozinha. Com certeza vai ser mais estranho com o Rusty aqui, e é quase impossível conceber essa conversa com a energia nervosa da Robyn deixando o ambiente ainda mais nauseante.

— Queríamos dar uma palavrinha com a Melly — Carey explica, com todo o cuidado.

Melissa franze a sobrancelha, mas apesar de ela estar perto dos quarenta e cinco anos, não há uma ruga sequer em seu rosto.

— Vocês dois? — ela pergunta.

Eu me preparo para falar. Não costumo conversar com a Melissa.

— É um assunto pessoal.

— Vocês dois estão transando? — Ela fica encarando a Carey ao disparar essa pergunta, de forma que ela não vê quando eu quase engulo a minha língua.

— Não. — O maxilar de Carey se contrai enquanto ela e a Melissa se encaram em silêncio e, por dentro, eu fico implorando para ela: "Não desvie o olhar, não desvie o olhar, não...".

Carey olha para o tapete.

— Então desembuchem — Melissa diz e faz um aceno cansado com a mão, como se sugerisse que somos nós o motivo pelo qual ela ainda está acordada e que já está pronta para encerrar o assunto de uma vez. — Não guardamos segredos aqui.

Carey torna a olhar para mim. Eu olho para ela.

Ela ergue a sobrancelha. *Foi por culpa sua que vimos aquilo. Você fala.*

Balanço depressa a cabeça. *Não, você está aqui há mais tempo, você fala.*

Ela aponta com o queixo. *Isso foi ideia sua.*

Ela não pensaria duas vezes antes de me matar.

Ela aperta os olhos, então eu aperto os meus também.

Carey respira fundo e por fim diz:

— Temos uma temporada inteira de *Lar, doce lar* pronta para ir ao ar. O anúncio do novo programa sai na semana que vem, e a turnê do livro de vocês, *Nova vida, velho amor*... — Ela para. — O livro de vocês, sobre relacionamentos que dão certo. Esperamos que esse anúncio seja um sucesso e que o livro vá para a lista dos mais vendidos do *New York Times*.

Melissa solta um resmungo grave que faz minhas bolas subirem para dentro do meu corpo.

— Obrigada pelo breve resumo sobre todos os motivos de estresse que estão me deixando com insônia. Você solicitou uma reunião no meio da noite para falar do óbvio?

— Não, eu solicitei esta reunião porque, mais cedo — Carey diz, respirando fundo para tomar coragem —, o James e eu, bom, nós dois vimos o Rusty e a Stephanie... juntos... no estúdio de edição.

Melissa vira a cabeça. Mas a vira tão devagar e em um eixo tão nivelado que eu preciso piscar para apagar a imagem mental da cabeça de Melissa Tripp girando 360 graus completos, girando cada vez mais rápido até sair voando do pescoço, para fora daquela sala.

Quando eu abro os olhos, fico aliviado ao ver que ela está simplesmente olhando fixo para o marido. Mas não consigo interpretar aquela expressão ou aquele silêncio. A minha pouca experiência com os Tripp me mostrou que um silêncio costuma significar: 1) Melissa não está no ambiente ou 2) Melissa está dormindo. O que é, sinceramente, aterrorizante.

Rusty jogava futebol americano no ensino médio. Ele tem mais de um metro e noventa de altura e aquele tipo de sorriso que deixa uma covinha no rosto, sempre bem barbeado e com um corte de cabelo um pouco bagunçado que o faz parecer um eterno garoto e, portanto, inofensivo. Com a idade, ele ficou mais encorpado, como resultado de uma dieta de gente rica e uma paixão por cerveja americana; seu rosto ficou até mais simpático. Neste momento, ele está com uma expressão feliz e tranquila, como se não fosse o centro de uma tempestade que está prestes a cair na sede da empresa dele. Percebi que ler o ambiente não é bem o seu forte.

Carey olha para mim. Eu olho de volta para ela. Nós dois nos preparamos.

— Repita o que você disse — Melissa diz à Carey, sem tirar os olhos do marido.

A expressão da Carey fica tensa e ela olha para mim, pedindo ajuda – coisa que não posso fazer – antes de, contra a vontade, se voltar para Melissa.

— É... é que vimos o Rusty com a Stephanie.

— É. Isso.

Será que... dá para ir embora? É agora que nós saímos de cena e deixamos os dois se acertarem? Não precisamos ficar aqui para isso, não é? Será que a Melissa precisa de provas? Do jeito que a sua expressão vazia se transforma aos poucos em uma fúria homicida, imagino que a nossa palavra tenha sido o suficiente.

Rusty deixa a cabeça cair e solta o suspiro mais longo que se possa imaginar. Por fim, ele olha para o outro lado da sala, onde está Robyn.

— Eu não quero mais fazer isso.

A risada aguda da Melissa poderia cortar uma pedra ao meio.

— Ah, é *mesmo*?

— Rusty — Robyn balbucia como se estivesse falando com uma criança. — Não é isso que você quer dizer, querido.

— É, sim. Eu preciso de um tempo de toda essa loucura.

Melissa joga a cabeça para trás e solta uma risada tão maníaca que parece ter saído de um ralo de esgoto ou de uma hiena parada em cima de uma pilha de carcaças de filhotes de leão.

— Você quer *dar um tempo* dois dias antes do lançamento do nosso *livro sobre conselhos matrimoniais*?

E essa reação – sarcasmo, não fúria – me deixa bastante confuso de repente. Eu já não queria estar aqui antes, mas agora, se eu pudesse desaparecer desta sala, deixando apenas um recorte em formato de James na parede, eu desapareceria. Eu queria estar em qualquer lugar longe daqui. Me mandem para a casa da tia Tammy e do tio Jake em Poughkeepsie, eu poderia ficar vendo os dois brigarem por horas. Me mandem de volta à infância, aos dias em que eu precisava jogar futebol com a minha total incapacidade de correr e chutar ao mesmo tempo. Me mandem de voltar ao

Pior Primeiro Encontro do Mundo, com Bekah Newmann, quando a comida indiana não me caiu bem e não consegui chegar ao banheiro a tempo.

Qualquer lugar menos aqui. Estou há pouco tempo neste emprego e ainda não entendi bem o que acontece por trás da fachada do casamento feliz e mal posso esperar para deixar de ser um quase-assistente e começar a fazer o trabalho que me foi prometido: criar peças exclusivas e criativas para a segunda temporada do programa *Lar, doce lar* dos Tripp.

Eu me levanto.

— A Carey e eu podemos voltar am...

— Senta. Agora. — A voz estridente de Melissa é assustadora quando ela fica nervosa e aponta o dedo para o chão. — Ninguém desta equipe sai daqui enquanto não resolvermos isso.

Esta... equipe? Até entendo que a Carey, por estar há tanto tempo trabalhando para os Tripp, seja uma parte importante da rotina da Melissa – o que inclui estar a par de alguns dramas do dia a dia. Mas a Robyn mora em Nova York, e eu... bom, todo mundo sabe que eu sou um novato e basicamente inútil aqui.

— Você transou com a Stephanie? — Melissa explode. — Com a *Stephanie?*

Rusty ergue o queixo, como se estivesse sendo corajoso por admitir.

— Eu tentei chamar você para ir embora da festa!

— Você...? — Ela o encara, sem palavras. — Você é idiota assim, Russell, ou teve um derrame?

Solto um grunhido por dentro. *Credo, Melly.*

— Estávamos dando uma festa. — Ela articula cada palavra, como se estivesse ensinando uma criança a falar. —Trabalho em primeiro lugar.

— Não era isso que você costumava dizer — ele diz, baixinho.

— Será que estou entendendo direito? Eu não queria ir embora naquela hora, aí você achou que poderia levar a Stephanie para uma trepada na sala de edição?

Ele puxa o ar com mais força pelo nariz, balançando a cabeça.

— Não foi assim.

— Os implantes dela são um horror, seu imbecil — Melissa rosna, e eu desvio minha atenção para a Carey, que está afundando no sofá, como se quisesse ser engolida por completo.

Isso não está saindo como eu imaginava. Não que eu tivesse comprado a ideia de casal perfeito dos Tripp – afinal, nenhum casamento é só alegria –, mas eu nunca teria imaginado aquilo. Nenhum desgosto lacrimoso, nenhum lamento de "por que você fez isso", nenhuma desculpa. Apenas um homem indiferente e uma mulher com tino para os negócios.

— Você não consegue segurar o pau dentro da calça? Tudo bem. Mas trepar com ela na nossa festa de encerramento, onde qualquer um poderia ter encontrado vocês? Onde dois dos nossos funcionários *encontraram* vocês? — Melissa balança a cabeça. — Você é tão *desleixado.* — Ela diz isso como se fosse a mais ofensiva das críticas. Suponho que, no mundo de Melissa Tripp, seja mesmo. — Eu não entendo qual é o seu problema! Você sabe o tanto que trabalhamos para chegar aonde estamos?

— Eu sei exatamente o tanto que trabalhamos — Rusty retruca. — Só estou dizendo que não quero continuar com isso.

Sua esposa, com uma expressão gélida, pergunta:

— *Isso* o quê, exatamente?

— A turnê do livro. Os malditos *livros.* E, quer saber, talvez o programa também.

Robyn ergue as duas mãos trêmulas, tentando pacificar os ânimos.

— Tudo bem. Nossa. Vamos respirar fundo. Inalem pelo nariz, exalem pela...

Uma veia aparece na testa de Melissa, antes tão lisinha.

— *Vai pro inferno com a sua respiração, Robyn, você está de sacanagem comigo?*

Deixo minha visão desfocar de propósito.

— Vou ligar para o Ted — Robyn diz, com a voz hesitante.

Ted Cox, produtor de *Lar, doce lar*, não vai gostar nada dessa ligação da Robyn à – olho de novo para o relógio – 1h30 da manhã.

Robyn coloca o celular no viva-voz para que todos possam ouvir a chamada. Melissa se levanta e anda pela sala, como se quisesse pegar um dos troféus esportivos que Rusty insiste em guardar e atirá-lo na cabeça dele.

Ted, muito sonolento, atende o telefone.

— Ted Cox.

Fecho os olhos, tremendo contra a repugnância que sinto por pessoas que atendem o telefone dizendo o próprio nome.

— Ted, aqui é a Robyn Matsuka. Olha, a Melissa e o Rusty estão em crise aqui. Acho que precisamos de umas palavras de incentivo para que a gente possa voltar aos eixos.

— Não precisamos de *palavra de incentivo* nenhuma, Ted — Melissa grita. — Precisamos que alguém estrangule esse idiota. — Ela se vira para o Rusty, de olhos arregalados. — Eu não estou nem aí para os seus casinhos, para a cerveja que você bebe ou para quantas malditas vezes por dia você olha a escalação da bosta do seu time de mentirinha. O que me deixa maluca, Russell, é que você fez besteira. Você acha que a imprensa deixaria passar uma história dessas?

— Esperem aí — Ted interrompe, sonolento. — O que está acontecendo?

Melissa o ignora.

— Quem subornou o repórter que ficou sabendo que o TJ destruiu um quarto de hotel em Las Vegas? — Ela espera pela resposta de Rusty e o único som que se ouve vem de Ted, do outro lado da linha, se lamentando ao perceber para onde ele tinha sido arrastado. Se os pombinhos estão se armando assim, é porque a conversa vai acabar mal.

— Você — Rusty admite por fim.

— Isso mesmo — Melissa diz, agora disparando. — E quem deu um jeito de enterrar a história da lavagem gástrica de Kelsey logo depois da primeira festa na faculdade? — Desta vez ela nem espera pela resposta. — Isso mesmo. *Eu*. Porque, nas duas vezes, você estava assistindo à TV ou brincando com as suas tralhas e nem se deu ao trabalho de atender o telefone. Você acha que se ficarem sabendo que você está tendo casos por aí, que o nosso *casamento perfeito* é um fiasco, a imprensa vai pensar duas vezes antes de vasculhar essas histórias e envolver os nossos filhos nesta confusão? Você consegue imaginar a alegria da imprensa ao dar a notícia de que, além de sermos um péssimo casal, somos péssimos pais? — Ela o encara, com o queixo tremendo. — Você acha que se largarmos tudo agora, você vai conseguir manter o seu avião e os seus ingressos para o Super Bowl? Você acha que vamos conseguir manter as nossas quatro casas e a sua coleção ridícula de picapes? Você acha que os seus filhos vão levar isso numa boa e vão viver felizes para sempre, nadando em dinheiro?

Quando ela balança a cabeça, seu cabelo se desprende do coque, e as mechas soltas grudam na sua bochecha, onde as lágrimas rolaram.

— Não, Rusty. Nós vamos perder tudo. Então, é lamentável que você tenha sido pego transando com uma *miss* decadente que não consegue soletrar "amianto", mas isto aqui é muito maior do que qualquer outra coisa que está acontecendo. Estamos envolvidos demais. É melhor você aguentar e continuar ganhando milhões de dólares com o seu papel de idiota na televisão.

Isso foi brutal, mas magistral. Preciso me esforçar para controlar o impulso de soltar um assovio baixo e impressionado.

O silêncio toma conta, cobrindo aos poucos o eco deixado pelo discurso de Melissa.

— Acho que resolvemos o problema — diz Ted, sonolento do outro lado da linha. Antes de desligar, ele pergunta: — Quando começa a turnê do livro?

Robyn responde com uma animação que não cabe ali:

— Depois de amanhã!

— Robyn — Ted diz —, imagino que você vá viajar com eles?

— Sim — ela responde, ao que Melissa retruca com um enfático *"Não"*.

— Não? — Robyn olha para ela. — Melly, o plano era que eu...

— A Carey virá com a gente — Melissa interrompe.

Meu estômago embrulha, porque já virei até vidente. Sei o que vai acontecer em seguida. Melissa olha para mim e duas palavras saem de sua boca em câmera lenta.

— O James também.

Robyn dá um sorriso forçado.

— Mas eu sou a publicitária de vocês. Vocês vão precisar de mim.

— Não, eu preciso de você aqui, com uma conexão confiável de onde possa monitorar tudo que está acontecendo e apagar qualquer incêndio que surgir. Preciso da Carey ao meu lado e o Rusty precisa que o James o ajude a segurar o pau dentro da calça.

— Hã... — Tenho medo de corrigi-la, mas preciso pelo menos tentar argumentar antes que isso se concretize. — Eu não acho que... não deveríamos fazer planos para eu cuidar do... Ele não precisa de mim para isso.

— Preciso sim. — É a primeira coisa que o Rusty diz desde o discurso da Melissa. Ele olha para mim com uma determinação incomum, como se estivesse fazendo um ponto contra a esposa ao concordar tão veementemente com ela. — Eu não vou sem o James.

Carey e eu nos olhamos, e tenho certeza de que ela também está explodindo por dentro.

Logo começo a barganhar.

— Eu havia entendido que, além da Robyn, a empresa responsável pela turnê tinha disponibilizado um encarregado em cada local para coordenar tudo, assim vocês terão um funcionário por perto.

Ted suspira, lembrando-se de que ele ainda está ali sendo profundamente importunado.

— Vou pedir para vocês dois acompanharem a turnê. Precisamos que vocês ajudem a administrar as questões voltadas ao público, e a Robyn pode cuidar dos bastidores. Tenho certeza de que não precisamos lembrá-los de que é de interesse de todos manter esse navio navegando em águas calmas. Descansem, e nos vemos amanhã cedo.

Quando o silêncio parece não acabar mais, percebo que o Ted já desligou.

Robyn tira os olhos da tela do celular e olha para a sala. Vejo o momento em que ela percebe que esse é o único jeito e, para salvar sua dignidade, ela precisa parecer perfeitamente de acordo com o plano.

— Sim — ela diz, se animando. — *Sim*. Com certeza. Ted tem razão.

Já estou balançando a cabeça. Negociei essa semana de folga quando fui contratado. Seriam as minhas primeiras férias de verdade em quatro anos. A carga de trabalho no meu antigo emprego em Nova York era tão esmagadora que eu não tirei nem um único dia de descanso enquanto trabalhava lá. E, depois, fiquei tão desesperado para encontrar outro emprego quando o FBI começou a fazer buscas nos escritórios da empresa que eu me candidatei a quinze vagas – inclusive a de diretor de engenharia para a Comb+Honey –, e me ofereceram o emprego logo na entrevista, algumas semanas depois. Eles foram os únicos que me chamaram para uma entrevista.

Embora eu ainda não tenha começado a atuar como engenheiro de fato, trabalho quase quatorze horas por dia cuidando de agenda, reuniões, papelada, contratos, projetos e outras bobagens do Rusty. Eu não tive nem um segundo para respirar desde que comecei.

— Na verdade — digo em uma sala cuja tensão está deixando o ar pesado —, vou para a Flórida ver a minha irmã e os meus sobrinhos. — Faço uma pausa. — Acertamos tudo quando vocês me contrataram. Eu não posso ir.

Carey encontra meu olhar, e acho que é razoável afirmar que ela me estrangularia com as próprias mãos se estivéssemos mais perto.

— Eu também fiz planos — ela diz, com a voz fraca.

— Eu pago o salário de vocês dois — Melissa nos lembra —, e se vocês quiserem que esse salário caia na conta de vocês no mês que vem, é melhor começarem a fazer as malas. — A passos largos, ela caminha até a porta, abre, sai e bate com força.

— Desculpa, Jimbo. Se eu estou nessa, você também está. — Com um dar de ombros irritante ao estilo "opa, foi mal", Rusty se levanta e também vai embora.

— Robyn — Carey começa a falar com um desespero parecido na voz —, nós não precisamos ir. Eu conheço esses dois. Eles vão se acertar amanhã cedinho. Eles sempre se acertam.

— Não podemos arriscar, Carey. — Robyn balança a cabeça, decidida e alheia ao nosso sofrimento. — Tudo depende disso, inclusive o emprego de vocês. Mudem os planos e façam as malas para uma viagem de uma semana. O único trabalho de vocês pelos próximos dez dias é evitar que os Tripp se arruínem. — Ela tenta sorrir, mas a única coisa que sai é um sorriso bem triste quando ela olha para o relógio. — Vejo vocês dois para a reunião com a Netflix daqui a sete horas e meia.

Ela sai, e, quando a porta se fecha, Carey pega uma almofada, se inclina e solta um grito abafado surpreendentemente primitivo.

Eu também solto uma sequência de palavrões indecentes. Quero gritar alto: *Por que não consigo encontrar um emprego que seja legítimo e compatível com a minha formação acadêmica?* Será que é pedir demais? Estou me transformando no garoto de recados em tempo integral do Rusty?

Se eu pedir as contas agora, o único outro cargo que tenho no meu currículo é a mancha negra da antiga empresa, que ainda aparece nas capas de jornais de todo o país por conta de um escândalo contábil que acabou em quatorze detenções, demissão de quase duzentos funcionários e um prejuízo de centenas de milhões de dólares em fundos de pensão da empresa. Alguns poucos meses na Comb+Honey não agregarão nada ao meu currículo. Estou encurralado, e os Tripp sabem disso.

— Isso é uma palhaçada. E a culpa é toda sua — Carey diz.

— *Minha* culpa? Não fui eu que… — Encolhendo o corpo todo, aperto os olhos com a palma das mãos e começo a ver luzes. Talvez se eu pressionar com mais força, pare de enxergar para sempre. — Não fui eu que traí a minha esposa. É tudo culpa do Rusty, e nós dois vamos pagar por isso.

— Eu sabia que não deveria ter ajudado você. — Ela apoia as costas no sofá e resmunga. — É isso que eu ganho por tentar ser legal.

— É assim que você tenta ser *legal*? — começo, mas não digo mais nada quando ela se vira e me encara. Afundo a cabeça nas mãos. — Pelo menos você está fazendo o que foi contratada para fazer. Eu não estudei para ficar servindo de babá para adultos.

Parece que escolhi mal as palavras. A última pessoa a sair enfurecida do escritório é Carey, dizendo:

— Pois é, James, todo mundo sabe que você é *brilhante*.

Carey

As garotas com quem eu divido o apartamento, Peyton e Annabeth, param no meio da conversa quando, pouco mais de vinte e quatro horas depois, me veem arrastando a droga da minha mala pela sala e a colocando ao lado delas. Olho para trás, e o sofá de couro enorme da sala me deixa só na vontade. Não tem nada de bonito naquele trambolho velho, mas eu estava ansiosa para fazer dele a minha casa pela próxima semana. Porém, aqui estamos: em vez de passar as férias em casa de pijama, vou ter que encarar oito dias enfiada em uma van com um casal em crise e o sr. Engenheiro Certinho.

— Não se preocupem — digo às minhas amigas. — Não vou estragar a viagem romântica de vocês.

Annabeth olha primeiro para a mala e depois para mim com seus olhos claros e curiosos. Seu rosto é tomado pelo desânimo.

— Ah, não.

— Ah, sim. — Dou a volta no balcão que separa a sala de estar e a cozinha e abro a geladeira para pegar um *shake* de proteína. — O James e eu vamos ter que ir junto com os Tripp na turnê do livro.

Peyton solta um suspiro solidário.

— É o cara novo, né? O assistente nerd bonitão?

Engulo devagar um gole do *shake* de proteína – junto com uma vontade mesquinha de pedir para ela repetir devagar a palavra *assistente* para eu gravar e mandar para ele.

— Isso.

— O que houve? — Peyton prende toda aquela cabeleira cacheada castanha em um rabo de cavalo. — Achei que você teria uma semana de folga.

— É complicado. — É tudo o que consigo dizer. Além da questão da privacidade, eu nunca reclamo do trabalho, só das horas extras, e nunca contei como a Melly é exigente, como o Rusty é irritante e como o trabalho é difícil quase o tempo todo. Em outras palavras, eu sempre faço o que posso para proteger os Tripp. Devo essa lealdade a eles.

Por conta disso, a Peyton e a Annabeth acham que meus chefes são exatamente aquilo que o público acredita que eles são: carismáticos, criativos, apaixonados. É uma imagem tão feliz, eu odeio estragá-la para qualquer um. Até mesmo para as duas pessoas com quem eu tenho um relacionamento mais próximo fora do trabalho.

Não é deprimente? Que o casal que eu conheci através de um anúncio de jornal, quando elas estavam procurando alguém para alugar o segundo quarto do apartamento, e que eu quase nunca vejo, seja o que tenho mais próximo de uma amizade? Não é terrível que eu não consiga tempo para ver meus irmãos há pelo menos seis meses, mesmo que eles morem a meia hora de distância daqui? Será que eu sou um monstro por não ter ido passar o Natal em casa nos últimos dois anos?

É claro que a resposta para todas essas perguntas é sim. A minha vida é uma vergonha. Foi por isso que comecei a fazer terapia. Eu nunca tinha feito antes – nunca achei que fosse para mim –, mas, em algum momento do último ano, me dei conta de que eu nunca *converso* com ninguém. Eu não tinha ninguém com quem pudesse desabafar para conseguir organizar as ideias do jeito que organizo a lista de tarefas, as planilhas e a agenda da Melly.

Pode ser que o fato de o nome da minha psicóloga ser Debbie ajude. Ela é fofa, e sempre tem uma palavra de conforto, e se parece muito com a minha tia Linda. A primeira coisa que vi quando entrei no consultório da Debbie foi uma daquelas mantas de crochê xadrez bem vovó, tipo as que meu pai deixava no encosto da sua poltrona. Depois de algumas poucas sessões, comecei a me sentir em casa. Estamos trabalhando agora com a minha assertividade e pensando no que eu posso usar para assumir o controle da minha vida. Como dá para ver pela mala que eu não queria preparar para uma viagem na qual eu não queria embarcar de jeito nenhum, eu não estou exatamente arrasando nesse lance de assertividade.

Olho para a bagagem das minhas amigas — elas vão para a ilha de Kauai para comemorar o quinto aniversário de namoro. Não consigo nem me imaginar indo para o Havaí sozinha, quanto mais com alguém especial. É como se eu tivesse escolhido um caminho e, de repente, um dia virou uma semana, que virou um mês, que virou um ano, e aqui estou eu, dez anos depois sem saber se esse é o caminho certo e sem saber o que fazer quando não estou caminhando.

Me jogando no sofá, eu resmungo em um tom dramático.

— Divirtam-se, mas lembrem-se de sentir pena de mim de vez em quando.

Annabeth se aproxima e se senta perto dos meus pés. O cabelo curtinho e acobreado contorna seu rosto com perfeição, e eu já posso imaginá-la toda bronzeada quando ela voltar.

— Vamos brindar com um drinque todo enfeitado com frutas em sua homenagem.

— Ai, meu Deus — lamento —, eu planejei ficar dias deitada neste sofá tomando vinho barato e maratonando umas setecentas séries.

Peyton se debruça atrás de mim e coloca a mão no meu ombro.

— Sei que já falamos isso antes, mas se você quiser um emprego com um horário de trabalho decente, podemos arranjar uma vaga para você.

A oferta é gentil, mas a única coisa que me parece pior do que ser assistente de Melissa Tripp é ser assistente de um corretor de seguros.

— Eu agradeço a oferta... — começo, mas Peyton me interrompe.

— Mas você quer manter o plano de saúde — ela diz.

Eu quero. Os benefícios médicos são incríveis e não acho que seria possível encontrar um plano privado que não me levasse à falência.

— E mesmo se não fosse esse o problema, sei que você preferiria morrer — ela acrescenta.

Eu rio.

— A ideia de trabalhar das nove às cinco e tirar três semanas de férias por ano me parece quase um sonho, mas...

— Mas aí você não estaria trabalhando para a Melissa Tripp!

Olho para Annabeth e vejo que ela praticamente cantarolou a frase. Eu sorrio.

— Exato.

Ela não está sendo sarcástica. Annabeth é uma querida, um anjinho inocente, seria uma pena estragar a imagem que ela tem da Melly, que, devo confessar, costumava ser a chefe dos sonhos. Mas a fama – e a necessidade de Melly de se agarrar a ela – foi corroendo aos poucos tudo o que havia de gentil e leve nela. Eu sentiria pena de Rusty se ele não tivesse sido corroído de uma maneira oposta, mas equivalente.

Annabeth e Peyton já estão vestidas e prontas, o que significa que elas estão prestes a sair para o aeroporto, o que significa que já são quase sete horas, e eu também preciso me mexer. Eu me levanto, me arrastando do sofá, abraço uma de cada vez e tento não olhar para trás para não ver seus vestidos alegres e ensolarados no meu caminho até a porta.

É verdade, eu nunca fui uma aluna exemplar – minhas maiores façanhas no ensino médio foram um C em Literatura e ser eleita secretária do nosso clube de Futuros Fazendeiros da América –, mas a curta distância do meu carro até a van só pode ser um tipo de metáfora sobre o que uma formação universitária pode fazer com uma pessoa. A minha mala velha e surrada se arrasta pelo caminho, chacoalhando cada vez que passa por cima de uma pedra. O tecido está desgastado, o cadeado está quebrado e as rodinhas estão quase caindo do suporte. Ali na frente está James McCann, todo lustroso, saindo da sua chiquérrima BMW coupé e trazendo uma mala de alumínio brilhante. Ele a coloca no chão, como se fosse superleve, e a traz deslizando atrás de si, atravessando o estacionamento como se fosse um robozinho obediente de última geração.

Quero jogar alguma coisa nele, de preferência a merda da minha mala.

Além disso, ele está usando um terno azul-marinho bem passado, como se estivéssemos indo para outra reunião com a Netflix, e não entrando em uma van lotada para uma viagem de quatorze horas entre Jackson e Los Angeles.

Sinto a irritação subir pela minha espinha.

— Você está usando roupa de trabalho? — Preciso gritar para abafar o guinchado horroroso das rodinhas da minha mala, lutando para se manterem firmes.

Ele não se vira.

— E não estamos indo trabalhar?

— Não é bem *trabalho*. Vamos ficar sentados um bom tempo. — *Graças a você*, eu penso. — Achei que a gente deveria vestir algo com pelo menos cinquenta por cento de lycra e nenhum zíper.

— Deixei a minha roupa de yoga em casa. — Ele nem se dá ao trabalho de olhar para trás. — É assim que eu me visto, Carey.

— Até para relaxar?

— Temos um evento hoje à noite.

— E podemos trocar de roupa na última parada. Você não vai ficar todo amarrotado?

Desta vez, ele olha para mim, por cima dos óculos.

— Eu não amarroto.

Fico olhando para ele porque, por mais estranho que pareça, se há alguém que consegue não ficar todo amarrotado ou manchado, esse alguém é o James. Ele continua andando, e eu tento vasculhar a minha memória. Nos poucos meses em que ele trabalhou para o Rusty, acho que nunca vi James usando roupas casuais ou vestindo qualquer coisa que não parecesse ter sido recém-passada. Nada de jeans. Moletom, então, nem pensar. Agora só consigo imaginar James McCann lavando sua BMW prateada na entrada da garagem usando uma calça de sarja de alfaiataria e uma de suas muitas camisas estampadas de botão.

Ele com certeza nunca derrubou um copo de refrigerante inteiro na *sua* blusa.

— Por que você está tão interessada nas minhas roupas? — ele pergunta.

Que fique registrado, eu não estou interessada. Quer dizer, não muito. É irritante o fato de ele estar todo engomadinho, mas se eu tenho que aguentar isso aqui por uma semana, *vai ser* vestindo calças com cós elástico.

— Porque estamos aqui contra a nossa vontade — digo — e estamos prestes a embarcar em uma viagem que vai durar o dia todo antes de chegarmos a Los Angeles. Vou usar o que eu quiser.

— Tenho certeza de que a Melissa não terá nada a dizer sobre isso — ele diz, indiferente.

Olho para a minha legging e a minha camiseta desbotada. A Melly não gosta das minhas roupas mesmo quando eu me arrumo direitinho, embora *se arrumar* não seja exatamente o que eu faço. Moda não é o meu forte. Mas, já que eu preciso aguentar a cara de desaprovação dela de qualquer jeito, melhor estar confortável.

Puxando nossas malas, damos a volta em um prédio onde fica um dos depósitos da Comb+Honey, e James para de repente. Bato o rosto no ombro dele.

Estou ocupada demais com a minha própria irritação por notar que, por baixo daquela camisa social, suas costas são firmes e bem definidas, para perceber de imediato o que o fez parar no meio do caminho.

— Pelo jeito, eles não vão tentar ser discretos — ele diz.

Sigo seu olhar e vejo um ônibus gigantesco estacionado na plataforma de carga.

Uau.

— Será que só eu que achei que a editora alugaria uma van? Tipo, uma van chique, claro, mas não isso.

James solta um suspiro resignado ao meu lado.

— Não.

— Eu nunca imaginei que a gente viajaria dentro da cabeça da Melly e do Rusty.

Mas por que eu me surpreendo? A Melly adora aparecer e *ama* a própria marca – a logo da Comb+Honey está estampada ou bordada em literalmente tudo, das camisetas polo aos chaveiros, incluindo toda a papelaria do escritório. (Se ela não achasse que tatuagens fossem o cúmulo do mau gosto, tenho certeza de que ela teria feito uma da Comb+Honey anos atrás.) Então é óbvio que eu esperava que houvesse uma logo na porta. Imaginei até que o título do livro estaria escrito com bom gosto ao lado. Mas eu não esperava um ônibus de viagem imenso e estampado com uma foto gigante da Melissa e do Rusty.

Os sorrisos excessivamente brancos deles estão esticados no adesivo vinílico que cobre uns quinze metros de vidros e aço. Não me entenda mal, os Tripp são um casal bem bonito, mas ninguém fica na sua melhor versão em grande escala e alta definição.

Deixo minha mala no meio-fio e dou alguns passos para a direita, depois alguns para a esquerda.

— Os olhos deles ficam me seguindo.

James nem esboça um sorriso. Pelo visto, engenheiros não têm o mesmo bom humor dos assistentes.

Uma cabeça marrom surge na porta do ônibus, seguida pelo resto de um homem de ombros largos cujo par de bíceps testa a durabilidade da sua camiseta. Eu nunca liguei muito para músculos, mas... tipo, admito que aqueles ali são bem interessantes.

— E aí! — o sr. Bíceps grita, pulando com facilidade os três degraus do ônibus e aterrissando com um molejo despreocupado. — Vocês devem ser os assistentes.

Ao meu lado, James fica completamente imóvel, em uma aparente tentativa de se controlar para não dar um ataque de birra infantil no estacionamento. Eu, é claro, fico radiante. Arrastando a mala na direção do ônibus, sorrio, fecho o punho e chacoalho os dedos antes de estender a mão.

— Sim, somos nós. Eu sou a Carey.

Vejo que ele está observando meus movimentos, mas ele segura a minha mão, animado ao me cumprimentar. Nunca gostei muito de apertos de mão, mas, neste caso, terei todo o prazer em fazer uma exceção.

— Joe Perez. Serei o encarregado do ônibus. O nosso motorista, Gary, está lá dentro se preparando. — Ele aponta o dedão para um senhor mais velho e rechonchudo sentado atrás do volante.

Joe olha para atrás de mim e vê James, que, a contragosto, vem se encontrar conosco e sorri, apresentando-se de novo.

— James McCann — Jimbo responde. — Diretor de engenharia.

Olho para ele, achando graça, mas ele não faz contato visual.

Os dois apertam as mãos e fazem aquele aceno com a cabeça, indispensável e característico dos caras, então o Joe nos mostra o imenso compartimento de bagagens debaixo do ônibus.

— Sei que não é uma turnê muito longa — ele diz, destravando a portinhola de metal —, mas estarei com vocês para garantir que tudo saia conforme o planejado.

É bem possível que o Joe seja o cara mais bonito que eu já vi de perto. E ele vai viajar com a gente? Tipo, a viagem inteira? Muito bom. Vasculho minha bolsa mentalmente, tentando lembrar onde guardei meu brilho labial. Talvez seja uma chance de seguir o conselho da dra. Debbie e me afirmar, sair dessa de dezoito horas de trabalho por dia e sem vida social. Colocar meu celular no silencioso e fazer o que eu quiser, só para variar. No meu caso, misturar trabalho e diversão deve ser a única forma de fazer isso acontecer, e eu aguentaria o tranco por aqueles bíceps.

Joe tem cabelo escuro, curto dos lados, mas cacheado no topo. Ele tem uma covinha quando sorri, e sua pele é morena e bronzeada. Quando ele se estende para colocar a minha mala no compartimento aberto, sua camiseta se estica nas costas, com os músculos contraídos. Eu acompanho o movimento com os olhos, do mesmo jeito que o nosso cachorro Dusty ficava olhando faminto para as galinhas no galinheiro.

— Controle-se, Duncan — James diz num sussurro.

— Cala a boca, Jim — revido baixinho também.

Endireitando-se, Joe se vira e bate a palma das mãos com animação. Importante: ele não está usando aliança.

— Agora sim, quem quer dar uma espiada lá dentro?

— Puta merda — digo pela quarta vez, passando os olhos por cada canto. Tenho certeza de que este ônibus sensacional nunca carregou nada tão encardido quanto a minha mala.

— Um espetáculo, né? — Joe acaricia o banco do passageiro. Que eu possa um dia ter um homem que olhe para mim como o Joe está olhando para o couro macio da cadeira do motorista.

Caminho devagar pelo corredor e meus pés afundam no carpete espesso, melhor do que o do meu apartamento. Há faixas de luzes roxas embutidas no teto; as cabines e a escrivaninha são de madeira sólida com tampo de mármore. Este ônibus de turismo é uma combinação estranha entre casa de campo de luxo e limusine badalada.

— São duas salas. — Joe vai andando e apontando. — Nove assentos na frente, um balcão com pia, uma cozinha de bordo completa com micro-ondas e máquina de expresso. — Ele segue para os fundos do ônibus, apontando para todas as regalias. — Banheiro com chuveiro completo, vaso sanitário com descarga. Controle de temperatura para cada ambiente para ninguém brigar por causa disso.

Joe sorri e a covinha na sua bochecha esquerda dá o ar da graça de novo.

— Duas TVs de 46 polegadas — ele continua —, todas com TV a cabo e aparelho de blu-ray. Wi-Fi em todo o ônibus. — Ele abre uma porta no final do corredor e aponta para o que eu acredito ser a sala dos fundos. Sofás de couro em forma de U, uma poltrona reclinável onde cabem pelo menos mais dez pessoas sentadas, e uma TV gigante pendurada no meio. — Ah, diga ao sr. Tripp que os canais premium de esportes foram ativados.

James olha para mim, com seu ar de superioridade habitual.

— Você pode falar para ele quando for explicar o itinerário.

— Você é o braço direito dele, Jim — retruco. — Deixo você dar as boas notícias.

Expirando devagar, James ergue a cabeça e vê o próprio reflexo no teto espelhado. Joe e eu acompanhamos o movimento e há um silêncio estranho por um momento quando nossos olhares se encontram no reflexo. Tenho certeza de que estamos pensando a mesma coisa: ficaremos presos aqui dentro juntos por *dias*.

Joe quebra o silêncio constrangedor.

— Enfim. — Ele bate as mãos e vai buscar um folder que estava escondido em um canto no balcão da cozinha. — Estou com o itinerário bem aqui… — Ele revira os papéis. — Vocês já devem ter recebido, mas eu imprimi uma cópia para cada um.

James concorda com a cabeça, pega o dele e coloca dentro da pasta. Eu dobro o meu e enfio dentro da minha bolsa.

— A agência reservou todos os hotéis que vocês solicitaram, mas vou confirmar de novo o de vocês dois — ele acrescenta, fazendo referência à correria de última hora que foi para arranjar quartos para mim e para o James. — Quando a gente chegar a cada parada, vou cuidar de tudo e trazer as chaves. Os Tripp podem ficar aqui dentro e evitar as aglomerações do público.

— Deve ser uma boa ideia manter os Tripp bem longe do público — James me diz, e eu dou uma cotovelada, com jeitinho!, na sua barriga irritantemente trincada. A regra número um do Projeto Perrengue no Paraíso é *Problema? Não sei o que é isso.*

Joe nos olha intrigado por um instante.

— Vou deixar vocês se ajeitarem. Acredito que os Tripp chegarão em breve, e alguém virá para fazer os pedidos de comida. A gente deve botar o pé na estrada daqui a meia hora.

Fico observando o Joe até ele sair de vista e depois trato de me ocupar espiando cada armário. Quando sinto a pressão de estar sendo observada pelo James, eu me viro e o flagro olhando com nojo para o jeito como eu enfiei de qualquer jeito o itinerário na bolsa.

— Quer reclamar de alguma coisa?

Ele pisca e olha para o outro lado.

— Não.

Olho para sua coleção de pastas catalogadas por cores. Ele até imprimiu etiquetas para cada uma: ITINERÁRIO. NETFLIX. ACLAMAÇÕES DA CRÍTICA. CONTATOS LOCAIS.

— Ninguém consegue ser tão organizado quanto Jim McCann. É um dos muitos motivos que fazem de você um assistente tão bom para o Rusty.

Sob o fogo do olhar com que ele reage, abro outro armário e solto um gritinho de satisfação ao descobrir uma latinha cheia de jujubas.

— Olha só — digo —, eu posso não carregar uma pasta cheia de papéis arrumadinhos, mas eu tenho um sistema que até agora não falhou. — Meu tipo de organização provavelmente o enlouqueceria. Eu anoto tudo em diversos cadernos, costuma ser o primeiro que eu encontro, e os carrego comigo. Não é nada tecnológico e a minha letra não é bonita, mas funciona. James é tão organizado que deve ter uma planilha para controlar suas planilhas.

Nós dois nos endireitamos quando ouvimos que os Tripp estão se aproximando do ônibus. O pavor que eu sinto é como um balde de água gelada jogado em cima da minha cabeça. E sinto escorrer até os pés. James encontra meu olhar, e eu vejo morrerem lenta e dolorosamente as nossas esperanças de que eles pudessem ter desistido de última hora. Isso, sem sombra de dúvidas, será constrangedor e deprimente, e eu duvido muito de que eles consigam manter o teatrinho de casal perfeito diante do público.

— Você bem que poderia cortar o seu cabelo assim de novo — Melly diz, e eu presumo que ela esteja se referindo ao corte arrumadinho que o Rusty exibe no adesivo gigante do ônibus. O corte atual é um estilo meio desgrenhado que faz parecer que ele sempre acabou de acordar. Se pintasse de preto, ele poderia se fantasiar de uma Joan Jett mais corpulenta.

— Os estilistas acharam que um cabelo mais comprido agradaria o público mais jovem — diz Rusty. — Meio hipster, sabe como é.

— Os estilistas não sabem de nada.

James e eu nos ajoelhamos, um ao lado do outro, em um dos sofás, tentando ver os Tripp pelos buraquinhos minúsculos nas janelas cobertas de adesivo. Os nossos ombros se tocam, mas nenhum de nós se afasta. Fico surpresa por não sentir aversão ao me aproximar dele, mas sim uma sensação de conforto e alívio. Apesar de todas as nossas diferenças de temperamento e estilo, acho que tenho sorte de ter um aliado aqui.

Mas então ele diz, em voz mais alta do que deveria:

— Estou vendo que começou bem.

Coloco um punhado de jujubas na mão dele.

— Quando você se sentir tentado a falar, coloque uma dessas na boca.

Do lado de fora, Joe dá uma corridinha para encontrá-los.

— Nossas estrelas chegaram. — Ele bate as mãos com uma animação muito fofa. Já estou triste por saber que sua bolha vai estourar.

— Sim! Estamos tão animados! — Melly exclama. Um momento de silêncio se prolonga entre os três, e eu a conheço bem o suficiente para saber que, ao olhar para baixo, vou ver o salto afiadíssimo dela sutilmente esmagando o dedão do Rusty.

— SUPERANIMADOS! — ele grita.

— Credo — James sussurra ao meu lado e, obediente, enfia uma jujuba na boca.

Meu estômago embrulha.

— Só precisamos... trabalhar no desempenho dela. — Eu me levanto quando eles se aproximam. — Vai dar certo.

Melly é a primeira a entrar no ônibus; seus olhos azuis-claros afiados fazem uma varredura estilo RoboCop no interior, e eu posso jurar que até o ônibus prende o fôlego enquanto espera o veredito.

— Quanto mármore — ela diz, com um sorriso piegas, e pisca para mim. — Carey, preciso repassar o projeto de Belmont. — Ela passa, esbarrado em mim, e deixa cair no sofá sua bolsa Birkin de um alaranjado vivo, para então deslizar para o banco que circunda a mesa. Ela faz uma ceninha para se acomodar e, por fim, olha para o Joe: — Não dá para colocar uma cadeira melhor aqui, não?

Acho que não é arriscado supor que ninguém quer negar nada à Melly.

Joe se sacrifica pela equipe.

— Não sei se vamos conseguir trazer outra antes do horário de saída — ele olha mais uma vez para o relógio —, mas eu posso tentar, claro!

— Ótimo. — Melly tira o laptop da bolsa e praticamente murmura: — Pelo que estou pagando por essa turnê, gostaria de poder sentar em algo que não me deixe mancando quando eu chegar a Los Angeles.

Hoje não vamos nem fingir que somos legais. Bom saber.

Quando o Joe passa pelo Rusty para sair à caça de uma cadeira, Rusty lhe dá um olhar de compaixão que tenho certeza de que é o que os homens usam para dizer: “Te entendo, cara”. Mas então Rusty entra na sala dos fundos e seu tormento, como sempre, dura pouco.

— Baseball o dia todo? Que beleza, rapaz! — ele grita, alegre.

Melly respira fundo e abaixa a cabeça para massagear as têmporas. Por mais estranho que pareça, eu me simpatizo.

PARAMOS EM UM POSTO DE gasolina em Salt Lake City para ir ao banheiro, abastecer e comprar umas porcarias para comer. Uma música country toca baixinho nos autofalantes, e eu encontro James no balcão do café, digitando furiosamente no celular. Parando ao lado dele carregada de salgadinhos, petiscos, balinhas e amendoins, bato meu ombro no dele.

— Ainda está contente por termos contado para a Melly? — pergunto, dando uma mordida em um palitinho açucarado.

Em vez de responder, ele afunda.

— Eles acabaram de andar de montanha-russa.

Com certeza estou perdendo uma parte importante dessa conversa.

— Eles quem?

James vira a tela do celular na minha direção, e eu vejo uma morena linda sorrindo para a câmera, parada logo atrás de dois garotos desgrenhados usando orelhas do Mickey. Eles parecem exaustos, e suados, e eufóricos.

Ela tem os mesmos olhos castanhos brilhantes e o nariz estreito do James, mas é o sorriso que entrega. Parece que os McCann têm dentes excelentes.

— Sua irmã? — pergunto.

Fazendo que sim, ele guarda o celular no bolso e pega um copo de isopor na vitrine.

— Tá bom, a sua irmã está na Flórida. Você deveria estar com eles. Seriam suas férias. — *Argh*. Eu até poderia continuar perturbando o coitado por ele ter estragado as férias dele *e* as minhas, mas acho que perder uma viagem para a Disney com a irmã e os sobrinhos já é castigo suficiente.

— Tudo bem. — Ele coloca o copo de isopor debaixo de um bocal que diz SUMATRA SUAVE.

— Não está tudo bem, mas acho que é assim que tem que ser. Sinto muito, James.

Ele olha para mim, surpreso.

— Obrigado.

— Quando foi a última vez que você os viu?

James pega outro copo e o coloca embaixo do bocal que diz LATTE AMÊNDOAS. Viu só? É o café do Rusty. Assistente.

— Faz um ano e meio, no Natal. — Ele fuzila a máquina de café com os olhos. — Culpa do Rusty. E do maldito pau dele.

Arregalo os olhos.

— Tanto tempo assim? — Acho que eu imaginava que todas as pessoas com mais ou menos a minha idade eram muito melhores do que eu em manter um equilíbrio entre a vida pessoal e a vida profissional.

— Andrew tinha três anos, Carson tinha seis. Passamos o Natal na casa da minha mãe. Por acaso, foi a última vez que eu fui para casa também. — Ele ajeita o cabelo, e eu me distraio com a força e o tamanho da sua mão. — Para essa viagem, prometi aos meus sobrinhos que a gente andaria de montanha-russa até vomitar. — Ele coloca a tampa daquela bebida açucarada do Rusty com um pouco mais de força do que o necessário, e o café escorre pelos lados.

— É um objetivo digno. Entendo a sua decepção.

Com o copo enfiado em uma embalagem de papelão para viagem, ele para um segundo para analisar a seleção de comida que eu carrego nos braços e encontra meu olhar, suas sobrancelhas estão erguidas.

Eu ergo as minhas também. *O que foi?*

Ele coça o queixo. *Que lanchinho reforçado.*

Eu sorrio. *E daí?*

Ele sorri de volta e sinto meu coração bater forte pela pressão da cantada em seu olhar. Por essa eu não esperava, mas não é nada mau. A viagem já está uma chatice mesmo.

— Estou uma pilha de nervos — explico, desviando o olhar e quebrando a tensão. — Quando fico nervosa, eu como. — Não é o jeito mais saudável de lidar com as coisas, mas é comida ou o meu vibrador, e isso seria estranho para todo mundo no ônibus.

Pelo jeito como o James pega um palitinho açucarado e dá uma mordida, dá para ver que ele tem aqueles dentes e aqueles músculos por algum fator genético, e não por ter cortado comidas gordurosas ou açucaradas da dieta.

— É por causa da viagem ou... dos viajantes? — Ele fez uma careta com a insinuação.

Eu rio e dou mais uma mordida.

— Dos dois, eu acho. Não estou acostumada a ficar tomando conta deles desse jeito — admito. — Normalmente, eu só ajudo com a logística da coisa toda.

Paramos na fila do caixa ao lado de duas garotas de vinte e poucos anos. A morena olha distraída a prateleira de revistas. A amiga de cabelo roxo está rolando o *feed* do Instagram no celular. Eu sigo o olhar da primeira para as revistas e meu coração acelera quando lembro que há quatro revistas semanais com diversas imagens do casamento eufórico dos Tripp na capa.

— Juro por Deus, esses dois estão em todo lugar — a morena diz, pegando uma cópia da *Us Weekly*.

Na capa, há uma foto dos Tripp na fazenda deles, apoiados, descontraídos, em um portão de ferro. Melly está rindo, com a cabeça jogada para trás. Seus dentes são tão brancos que eu tenho certeza de que poderiam ser vistos do espaço. Rusty sorri para ela com carinho, feliz por ainda conseguir fazer a esposa rir depois de tanto tempo casados.

— Eles são bem o tipinho de casal perfeito! — a morena diz, sarcástica, para a amiga. Ela passa a falar mais baixo ao virar a página e, por instinto de me esconder, me abaixar ou bisbilhotar mais discretamente, eu me aproximo mais de James, e ele chega mais perto também. — É sério — ela continua. — Aposto que ela nunca andou a cavalo na vida, mas olha só para ele. Olha o jeito como ele olha para ela. Eu preciso de um homem assim.

A garota de cabelo roxo tira os olhos do celular e resmunga.

— Sei lá. Sempre que eu vejo um casal famoso nas revistas, a minha primeira impressão é a de que eles estão só tentando controlar o estrago. — Mesmo assim, ela se inclina e começa a ler a revista, encostada no ombro da amiga.

James e eu trocamos outro olhar e, desta vez, nós dois fazemos cara de *eca*. Por instinto, eu me inclino para a frente para espiar pela janela e perco um pouco o fôlego. Lá de fora, Rusty e Melly estão discutindo na frente de qualquer um que queira ver.

Melly aponta o dedo para o peito de Rusty e se inclina, ralhando com ele. Rusty tem a petulância de nem olhar para ela. Ele está virado para o lado, com o olhar entediado no horizonte. Eu me lembro de quando ele prestava atenção em tudo o que ela dizia. Também me lembro de quando a Melly topava qualquer coisa, sempre com otimismo. Agora parece que ela sempre começa uma briga em uma casa vazia.

James e eu trocamos outro olhar.

— É assim que essas merdas caem na boca do povo — digo, baixinho.

— Acho que é hora de agirmos — James responde.

Eu aponto o queixo na direção da porta. *Vai lá então.*

Ele aponta também. *Não, vai você.*

Em vez de me irritar, eu estou prestes a ter uma estranha crise de riso. De riso nervoso. De riso enjoado. Eu nunca tive que fazer isso antes. O meu trabalho sempre me permitiu passar despercebida. Fico me imaginando tendo que sair e mediar seja lá o que estiver acontecendo entre os dois. Imagino a Melly com seu olhar duro e Rusty tentando evitar o contato visual. Sinto como se existisse uma criação de minhocas no meu estômago.

— Não tô a fim.

Ele pega uma moeda na bandeja de "Deixe um centavo, pegue um centavo".

— Cara ou coroa?

— Cara.

Dá coroa. Droga. James me dá um sorrisinho daqueles. Dou uma nota de dez dólares para ele pagar pela minha comida e ele me devolve, empunhando o gordo cartão de crédito corporativo da Comb+Honey. Agora vou sair daqui irritada por ter que lidar com os Tripp *e* furiosa porque ninguém nunca me deu um cartão de crédito sem limites.

COLOQUEI UM PÉ NO ASFALTO manchado de óleo e parei um momento para absorver a visão de Melly e Rusty parados na frente da versão adesiva gigantesca daquele casamento abençoado.

— Ei, vocês dois aí! — grito, numa melodia patética. Minha voz está trêmula e esganiçada; minha barriga é um caldeirão de ansiedade borbulhante. Desde que eu mandei meu currículo para uma vaga há alguns anos, mas não fui contratada e tive que engolir uns sapos quando o possível empregador ligou para a Melly pedindo uma referência, sinto que estou sempre pisando em ovos com a minha chefe.

Ela olha para mim, de olhos arregalados, como se tivesse esquecido que estava em um local público. Eu a conheço bem o suficiente para entender que ela não gosta da minha intromissão, mas estamos todos juntos nesta situação constrangedora, e o único culpado é o Rusty. E, para ser justa, provavelmente a Melly também.

Seus braços estão cruzados em frente ao peito, mas ela logo os deixa cair para os lados. E, Deus do céu, por que ela precisa viajar assim? Aquela saia lápis preta de alfaiataria e os sapatos Louboutin são completamente inadequados para aquele estacionamento sujo. Sal da terra, ela é que não é.

Fora o chilique na loja em Jackson há muitos anos – e o do escritório naquela noite –, eu nunca vi os dois brigarem, e eles costumam tomar bastante cuidado para discutir longe de qualquer testemunha. Esse desleixo de agora me faz pensar que a Melly está mais magoada do que deixa transparecer. Talvez a traição com a Stephanie tenha sido um ponto crítico na relação deles e não esteja sendo tão fácil para ela conseguir voltar à sua persona esfuziante.

— Ei, Careyzinha! — Rusty diz. É a primeira vez que ele se dirige a mim diretamente desde que tudo aconteceu.

— Ei. Tá tudo bem aqui? — pergunto.

A Melly encara o Rusty antes de sorrir de um jeito que faz parecer que sua boca está grudada dos lados. Ela então dispersa sua atenção para inspecionar o estacionamento, mentalmente vendo se alguém chegou a testemunhar a discussão.

— Claro, querida!

— Que bom! — devolvo, tão empolgada quanto ela. — Só para lembrar que tem olhos por todos os lugares aqui! — Como eu odeio essa minha nova função. É como se eu estivesse vestindo lã molhada. — Tá bom, vou voltar para o ônibus!

— Já chegamos lá! — Melly abre um sorriso radiante.

Subo dois degraus de cada vez e vou direto para os fundos, onde sei que a Melly não vai me encontrar, porque é onde fica a área de esportes. Fico apavorada só de pensar que, assim que estivermos de portas fechadas, ela não vai hesitar em ralhar comigo por ter interferido no assunto deles. A turnê vai ser assim sempre que estivermos diante do público? É provável.

Hoje à noite, temos uma sessão de autógrafos na Barnes & Noble de Los Angeles. Depois, vamos até Palo Alto. Em seguida, São Francisco, Sacramento, Portland, Seattle, Idaho. Os eventos são sempre iguais. Somos levados a um camarim onde há um corre-corre para encontrar uma cadeira em que Melly possa se sentar, que não seja um banquinho ou – Deus nos livre – uma cadeira de diretor de TV. Normalmente, há um vendedor legal na livraria, alguns fãs histéricos do lado de fora, as piadas de tiozão do Rusty e os dois respondendo às mesmas perguntas em todas as paradas.

Como vocês começaram?

Quando vocês entenderam que tinham feito algo importante?

Como é trabalhar com o seu parceiro?

Vocês alguma vez já discutiram?

Quais novidades podemos esperar?

Eles atuam na frente das câmeras todos os dias. Contanto que sejam fiéis ao roteiro, vai dar certo... não vai?

O ÔNIBUS BALANÇA SUAVE DURANTE o trajeto pela rodovia; os pneus fazem um zunido agradável que me distrai do barulho do James digitando como louco. Sempre que eu começo a gostar dele, ele precisa ficar de alguma forma mais intenso. Será que ele está fazendo alguma transcrição ali?

Melly está em uma ligação há uns quarenta e cinco minutos. Durante esse tempo, consegui matar um pacote inteiro de salgadinho de cebola – que tragédia – e estou tentando me concentrar no software de design à minha frente. O projeto é uma casa familiar de cem metros quadrados que esperamos incluir na próxima temporada. É uma família de cinco pessoas – sete em breve, já que estão prestes a receber um par de gêmeos adotivos. Nos velhos tempos, os projetos da Melly privilegiavam um estilo ornamental de rio rochoso – com muitas plantas, pedras e água –, mas ela acabou construindo a sua marca com base na ideia de que qualquer espaço pequeno pode ser adaptado para atender às necessidades de qualquer pessoa.

No início, era mobília "transicional". Tudo começou com uma vitrine que eu havia montado, porque estava entediada nas tardes intermináveis depois das festas de fim de ano, quando ninguém pensa em redecorar a casa. Na vitrine, junto com uma bela espreguiçadeira trabalhada à mão, coloquei uma mesinha que o Rusty havia feito, na qual acrescentei rodinhas para poder arrastá-la para lá e para cá ao longo do dia. O espaço poderia ser uma sala de jantar pequena, uma sala de estar aconchegante e, mais tarde, um quarto pequeno.

A Melly recebeu uns dez clientes novos naquele dia. O Rusty também adorou. Eu lhe mostrei alguns dos meus desenhos, e ele colocou a mão na massa. Todos nós já vimos uma mesa que pode ser estendida com uma chapa de madeira, mas e uma mesa circular que esconde duas chapas em formato de meia-lua? Ao girar o círculo principal, as chapas se encaixam, se transformando em poucos segundos de uma mesa para quatro pessoas em uma que pode acomodar oito. Rusty vendeu umas quarenta mesas daquelas em poucos meses.

Juntos, projetamos painéis que se expandiam usando os aspectos estéticos e estruturais dos kits de ferramentas multifuncionais preferidos do meu pai, ilhas de cozinha que funcionavam como canivetes suíços e tinham mil e uma utilidades no menor espaço possível. O conceito se expandiu e passou a ser aplicado nas próprias construções: escadas retráteis, quartos construídos sob plataformas que, por baixo, escondiam camas ou compartimentos de armazenamento, paredes que se abriam, mostrando guarda-roupas completos escondidos no espaço atrás de uma TV de tela plana comum.

Estilo e design sofisticado usando um espaço limitado. A proposta fez sucesso até em casas maiores e mais caras em Jackson, mas bastou que clientes de cidades maiores ouvissem falar para que aquilo se tornasse a marca registrada da Comb+Honey – e da Melly.

Minhas mãos estão me incomodando mais do que de costume e espero conseguir dar conta de transformar um sótão em um escritório com meio banheiro e uma área de descanso antes que fique óbvio que estou lutando contra a caneta *touch*. Eu costumo fazer esse tipo de coisa sozinha ou perto da Melly, que já sabe que eu tenho um tique nas mãos quando fico muito agitada, e é difícil esconder com todo mundo aqui perto – ainda mais com o James.

É então que eu percebo que ele parou de digitar e, ao erguer o olhar, vejo que ele está me observando.

— Será que estamos quase chegando? — ele pergunta e, se ele notou algo fora do comum nos meus movimentos, não deu a entender. Seus óculos com filtro de luz azul escorregam pelo nariz. A cor da lente faz com que toda a área em volta dos olhos dele fique amarelada, como se ele estivesse com icterícia. Eu rio baixinho, pegando minha mochila.

— É uma viagem de quatorze horas — eu lembro. — Só foram cinco.

Fechando o laptop, ele se levanta para se alongar e o grunhido que solta é ao mesmo tempo sexy e assustador.

Olho para cima e rio dele.

— Achei que engenheiros fossem bons em matemática...

Seu olhar de desprezo é cortado por um grito que vem do fundo do ônibus:

— Jimbo! Vem cá!

— Fala sério. — James se joga de volta na cadeira.

Para não ser ignorado, Rusty grita outra vez:

— Jimbalaia!

Enfio a pilha de anotações bagunçadas dentro da minha bolsa.

— Ele não vai parar enquanto você não atender.

— Ô menino! — Rusty grita, ainda mais insistente. — Venha aqui atrás!

Melly tampa a orelha que está sem o celular e entra no banheiro para continuar a conversa, fechando a porta com uma batida cortante. James me lança um olhar de súplica, como se qualquer coisa que eu pudesse fazer fosse salvá-lo de ter que distrair o Rusty pelas próximas nove horas.

— Você não pode dar uma mão lá? — ele pergunta, tentando se justificar ao mostrar o laptop fechado. — Estou tentando terminar um trabalho aqui.

— Ele deve ter uma dúvida muito importante sobre engenharia, e eu estou ocupada fazendo coisas de assistente. Além disso, é você que ele está chamando, *Jimbo*.

— É mais provável que ele queira que eu abra um buraco no chão do ônibus, como ele viu em *Velocidade Máxima*, e que eu volte deslizando em um pedaço de lata até o posto de gasolina para pegar um pacote de Doritos. — Sua expressão fica ainda mais rabugenta quando ele olha para o meu iPad na mesa. — Isso não *parece* coisa de assistente. — Ele se curva para olhar mais de perto. — Você está... jogando Minecraft?

Por instinto, eu aperto o botão lateral para que ele não veja o meu software de design.

— Tô.

— Jimmy Dean!

— Vai lá, engenheiro! — digo. — Tenho certeza de que eu não sou qualificada o suficiente para seja lá o que ele quer que você faça.

Resignado, James se levanta, resmungando, e passa por Melissa quando ela está saindo do banheiro.

— O James está com algum problema que eu deveria saber? — ela pergunta assim que ele some, sentando-se no banco à minha frente, com a mesinha no meio. Seu corpo é tão pequenininho, esculpido com anos de treinos e uma dieta restrita à base de bolas de algodão e água. É brincadeira: ela também guarda as minhas lágrimas em um potinho. É o que mantém o seu cabelo loiro e sua pele em dia.

Quando James entra na salinha dos fundos, Rusty fala tão alto e animado que abafa o som do jogo de beisebol.

— Só o seu marido — digo.

— Bom, então nós temos o mesmo problema. — Melly abre o computador e tenho certeza de que ela já está em todos os sites de vendas, lendo as resenhas dos livros, verificando a posição no ranking. Fico dividida entre manter esse momento de paz ou querer dizer algo sobre a viagem e sobre como será muito mais fácil se eles conseguirem deixar de lado tudo o que está acontecendo até voltarem à privacidade do lar.

Penso no que a Debbie me diria: tome a decisão que fará você se impor e vá até o fim. Decida o que você quer e seja sincera ao se comunicar. Não suavize, não peça desculpas e ouça a resposta. Mantenha a calma. Diga *eu* sempre que possível. Pratique mentalmente, se você precisar.

Penso no que quero dizer, mas quando olho para ela – tensa, controlada, pragmática –, as palavras secam na minha garganta.

— Deixe-me ver o que você está fazendo — ela diz, apontando para o meu iPad.

Eu deslizo para o outro lado da mesa e ela avalia o meu trabalho.

— Muito bom — ela diz, passando pelas várias imagens geradas pelo programa. — A escrivaninha não me convence.

Olho para a tela. O espaço ocupado é mínimo.

— Como você faria?

Ela franze os lábios enquanto pensa.

— Não está funcionando legal desse jeito. Eu quero que seja mais, mais...

O silêncio se prolonga, e eu venho ao resgate.

— Que tal se eu deixar na vertical? — sugiro, dando um clique e aproximando da área. — Dois níveis em vez de uma única superfície plana? Ninguém imaginaria um espaço de trabalho com dois níveis aqui.

— *Isso*! — ela diz com firmeza. — Era exatamente nisso que eu estava pensando.

Por dentro, eu estou radiante. Melissa não economiza nos elogios, mas é preciso merecer. Ela nunca é tolerante com isso, o que eu sempre admirei. Mas, por fora, eu só agradeço com um gesto de cabeça, mantendo o sorriso sob controle. Melly também não gosta de que fiquemos nos gabando por causa dos elogios.

— Termine e mande para mim — ela diz, devolvendo o meu iPad. — Ted pediu alguns rascunhos antigos para usarem nas fotos promocionais. Gostaria de enviar para ele antes de voltar. — Ela faz uma pausa e olha para as minhas mãos. — A menos que você precise de um tempo.

Preciso ser honesta quando é importante.

— Talvez eu precise de um tempinho.

Voltando os olhos para o computador, ela pergunta:

— Quando é a sua próxima consulta?

— Daqui a algumas semanas.

— Está na minha agenda?

Antes que eu consiga responder, ouço uma voz se erguer no fundo do ônibus: a fala enrolada inconfundível de Russell Tripp depois de tomar umas cervejas.

— Há alguma coisa acontecendo entre você e a Carey?

Fico de cabeça baixa, fazendo barulho ao revirar a minha bolsa, como se eu não tivesse ouvido nada.

— De jeito nenhum — James responde, sem hesitar.

Pera lá! Tipo, não que eu esteja interessada no James, mas ele também não precisava parecer tão horrorizado. Olho feio para a minha camiseta estampada e sacudo algumas migalhas de salgadinho que ainda estavam por ali.

Quando olho novamente para o meu iPad, sinto que a Melissa está me observando com aquele seu olhar astuto e faço a besteira de cruzar meus olhos com os dela. Revirando os olhos, ela volta a olhar para a tela.

— Como se nós duas tivéssemos tempo para ter vida pessoal.

Algo naquela petulância com que ela descartou a possibilidade me irritou.

Nós?

É verdade; eu não tenho mesmo tempo para ter vida pessoal. Mas é porque estou sacrificando tudo pela marca. Eu administro a agenda dela, as aparições promocionais que os filhos dela fazem às vezes. Respondo aos e-mails e lido com a Robyn, o Ted e o editor deles. E, além de tudo, sou eu que crio a maioria dos designs. Passo mais tempo vivendo a vida da Melly do que a minha própria vida.

Olho para a minha bolsa e para todo o trabalho que eu organizo para ela. Eu não tenho tempo para uma vida pessoal, mas com tudo o que eu faço por ela, Melissa Tripp com certeza deveria ter a dela.

Dica de leitura do *LA Weekly*: *Nova vida, velho amor*, do casal Tripp, é uma leitura obrigatória para o verão

A sessão de dicas de leitura do *LA Weekly* traz os lançamentos mais esperados da semana: de biografias a manuais e clássicos reeditados, passando pelos *best-sellers* românticos do verão e novos autores que estão dando o que falar. Confira nossas dicas todas as semanas antes de se decidir pela leitura do fim de semana.

Nova vida, velho amor é um projeto ambicioso do poderoso casal queridinho das reformas, Melissa e Rusty Tripp. Seus dois livros anteriores, que entraram para a lista dos mais vendidos do *New York Times*, o *Guia de decoração doméstica dos Tripp* e *Pequenos espaços: projetos faça-você-mesmo para transformar casas de qualquer tamanho na casa do tamanho perfeito* foram exatamente o que os fãs do programa *Novos espaços* estavam esperando do casal. Mas em vez de permanecer no território seguro das reformas e decorações, o próximo livro, *Nova vida, velho amor* (em pré-venda por 24 dólares e 95 centavos), se concentra no relacionamento de vinte e cinco anos do casal, com uma análise honesta e comovente sobre como eles se conheceram, os sacrifícios que fizeram para abrir a loja de decoração em Jackson, no estado de Wyoming, e os vários obstáculos que ameaçaram o relacionamento enquanto eles construíam suas carreiras.

Ao superar esses obstáculos, o casal conta que sempre saiu mais forte e com mais lições aprendidas. Eles afirmam que não brigam: eles *negociam*. As agendas alucinantes não são uma novidade: Melissa sempre escreveu listas detalhadas dos objetivos que ela espera que os dois realizem a cada semana. E eles não precisam ficar afastados, já que acreditam que é na companhia um do outro que se abastecem da chama criativa de que precisam para manter as ideias sempre frescas.

Mas longe de ser um livro que se aplica apenas ao casamento e às circunstâncias dele, *Nova vida, velho amor* é um guia poderoso que mostra o que significa uma parceria verdadeira, ensina a transformar diferenças em forças complementares e quando é hora de ouvir, e não de pressionar. É uma leitura otimista e envolvente que casa completamente com o slogan do casal, "Seja flexível!", trazendo conselhos autênticos para que os leitores consigam seguir o mesmo caminho.

O casal embarcou em uma turnê pela Costa Oeste para o lançamento do novo livro, sendo a primeira parada na Barnes & Noble de Grove. O local estava cheio de blogueiros e influenciadores, alguns deles usando camisetas com o slogan do casal e esperando por até três horas na fila para conseguir um autógrafo. Brincando e se provocando o tempo todo, o casal parece mesmo colocar em prática o que aconselham: Melissa ri com uma irritação carinhosa das piadas sem graça de Rusty; Rusty olha para a esposa com adoração enquanto ela responde às perguntas do público. Era tudo que os superfãs do casal queriam ver, e nós conseguimos encerrar a noite com uma rápida sessão de perguntas e respostas com eles.

LA Weekly: Para quem ainda não leu o livro: como vocês se conheceram?

Melissa Tripp: Nós nos conhecemos em uma festa na primeira semana da faculdade. Logo de cara, já soubemos que queríamos empreender juntos, então abrimos a loja de móveis em Jackson, a Comb+Honey, que é um jogo de palavras que remete à estrutura de uma colmeia e à função que acontece dentro, o mel. A loja era dividida em diversos ambientes. O Rusty construía boa parte dos móveis, e eu fazia a curadoria das peças de decoração para destacar o design. Depois que aparecemos no jornal regional, o *LA Times* fez uma reportagem sobre a nossa loja na revista semanal, a HGTV nos descobriu e o resto vocês já sabem.

LA Weekly: Quando vocês perceberam que estavam fazendo algo importante?

Rusty Tripp: Eu lembro que estava voltando do almoço um dia e vi uma porrada de vans estacionadas na frente da loja. Foi difícil atravessar a multidão que estava parada na frente da vitrine. Eu me lembro como se fosse hoje, era uma vitrine com uma sala de estar com alguns detalhes em prata e uma peça estilo anos 1950 em azul-safira que eu tinha construído. Eu havia comprado uma tábua de nogueira fantástica de um cara de Billings, e não sabia o que fazer com ela, até que...

MT: [rindo] Querido, concentre-se na pergunta.

RT: Viu só? É ela que faz a coisa andar. Enfim, a vitrine da sala estava de cair o queixo mesmo. A Melly tinha criado uma fonte na parede usando algumas pedras de rio que trouxemos de uma viagem para Laramie. Os tons de azul juntos brilhavam de um jeito que parecia de outro mundo, e as pessoas estavam com câmeras em volta do pescoço, paradas lá, admiradas. Nem tiravam fotos, como se estivessem olhando para algo que nunca tinham visto antes. Foi aí que eu percebi.

MT: Naquela época, já tínhamos aparecido no *Casper-Star Tribune*...

RT: Isso, então foi logo antes de explodirmos. Depois da matéria no *LA Times*, tudo mudou. Mas foi naquele momento que eu percebi.

LA Weekly: Preciso perguntar. Como é trabalhar com o seu companheiro?

MT: Sinceramente? É incrível. Não consigo imaginar outra vida para mim.

RT: Ela mantém meus pés no chão, mantém o foco. Você já deve ter percebido [risos dos dois] e é verdade: nós somos duas metades que se completam.

LA Weekly: É inacreditável a quantidade de pessoas que querem saber isto: vocês brigam?

MT: Você quer saber se a gente *negocia*? [risos] Temos os nossos desentendimentos, claro, mas são como os de qualquer casal que passa muito tempo junto. No que se refere aos negócios, nós não brigamos. Estamos nisso juntos e somos mais fortes quando trabalhamos em equipe.

LA Weekly: E o que vem pela frente?

RT: Bom, *isso* ainda não podemos contar. Mas, acredite, ainda nesta semana vocês podem esperar por uma novidade bombástica.

LA Weekly: Bom, Rusty, sendo fã de tudo o que vocês fazem, eu mal posso esperar.

Enviado pela repórter Leilani Tyler

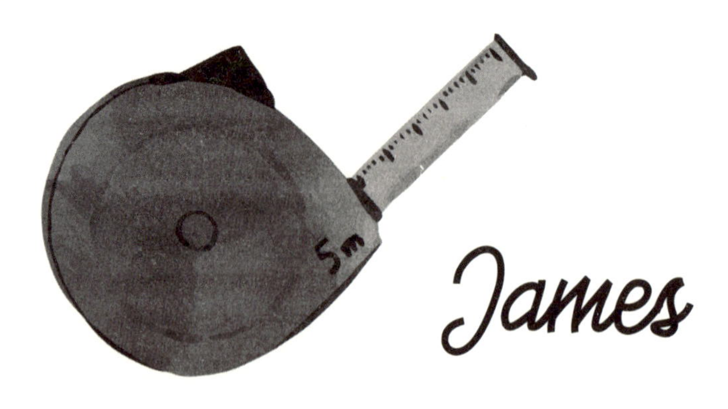

James

Encontrei a Carey no lobby do hotel às cinco e meia na manhã seguinte. Fiquei aliviado e, confesso, um pouco decepcionado, porque agora ela parece estar se vestindo adequadamente para a turnê. Sinceramente, eu gostava da camiseta estampada com a cara da Dolly Parton, ainda mais quando ela me contou sobre o show no qual a comprou, usando a expressão *pra lá de Bagdá* para explicar que estava tão bêbada que a única coisa de que se lembrava era de ter comprado a camiseta. Mas agora ela está vestindo uma camisa rosa e uma regata branca e justa… que eu preciso me esforçar para não analisar com tanta atenção.

A cultura de massa nos faz acreditar que os homens olham para as mulheres e imediatamente as imaginam nuas. Não é bem assim, na verdade. No contexto do meu trabalho, eu costumo estar tão ocupado, esgotado e preocupado em *manter* meu emprego que mal consigo pensar na Carey como uma mulher de sangue quente com partes do corpo sensíveis. Hoje de manhã é uma exceção. Mas, convenhamos, o ar-condicionado do hotel está muito gelado.

Hotel, não. Estamos hospedados em uma *espelunca*, e eu tenho mais é que agradecer pelas quatro horas que consegui dormir naquele colchão duro e barulhento. Os travesseiros eram tão firmes e espessos quanto um papelão, e os cobertores eram tão macios e quentinhos quanto uma mochila de viagem.

Carey, segurando um caderno de couro e um copo de isopor fumegante, parece interpretar corretamente as minhas olheiras.

— Não é culpa minha — ela me cumprimenta. — Esta viagem está marcada há meses. O Ritz estava cheio e eu tive, tipo, duas horas para encontrar outra opção de hotel.

— É de se imaginar que exista um meio-termo entre o Ritz e esse hotel de beira de estrada.

— Você acha, né? — ela diz com um sorriso sarcástico, mas fofo. O sarcasmo se desfaz e ela ergue os ombros, admitindo. — Eu estava em negação e depois entrei em pânico absoluto.

— Estamos em Los Angeles — eu lembro. — Deve ter um bilhão de quartos de hotel aqui.

— *Jim*. — Ela esfrega os olhos com a mão e toma um gole de café. — É cedo demais para ficar discutindo. Coloque o meu nome na sua planilha de "negociações" para mais tarde.

Eu contenho a tentação de lembrá-la de que poderíamos ter evitado precisar acordar tão cedo. Nosso encontro com os Tripp está marcado para às seis e meia no ônibus da turnê, que está estacionado no hotel deles. Carey, que nitidamente não tem noção alguma de Los Angeles, reservou este hotel em Hollywood, que fica a cerca de doze quilômetros do Ritz-Carlton, no Olympic Boulevard. Num dia de semana normal em Los Angeles, isso significa uma hora de trânsito.

— Você está agindo como se a gente não fosse ficar dentro do ônibus por sete horas — ela diz.

— Não, estou agindo como se uma hora a mais de sono na cama fosse melhor do que uma hora no carro.

— Não é tão ruim assim, vai.

Olho para ela, erguendo as sobrancelhas, sem acreditar no que estou ouvindo.

— É sério, o lugar era limpo e a cama era relativamente confortável pelo preço. — Ela estende a mão para ajeitar um quadro em preto e branco de algum ponto turístico de Hollywood. — É só meio sem graça e previsível. Nada que um pouco de cor e móveis novos não pudessem melhorar. Poderiam fazer com que a simplicidade parecesse intencional. Nem custaria muito.

Ela rabisca alguma coisa no caderno antes de voltar a atenção para mim, me analisando com uma irritação fingida.

— De novo de terno?

— Você já ouviu a frase "vista-se para o trabalho que você quer, não para o que você tem"?

— Você já ouviu a expressão "metido a besta"?

Eu rio.

— Alguém ainda fala assim?

Fingindo não me ouvir, ela puxa a mala destroçada na direção de uma fileira de máquinas de venda automática, guarda o caderno e começa a vasculhar dentro da bolsa.

— Eu conheço a frase — ela finalmente responde —, mas parece algo que só dizem para as mulheres.

Vou atrás e tiro um fiapo da manga da minha camisa.

— Minha irmã diz que os homens deveriam seguir mais os conselhos que as mulheres ouvem.

Se ela planejava dizer alguma coisa em seguida, a resposta ficou travada na garganta. Ela me analisa outra vez, com a carteira aberta na mão, mas desta vez não tira os olhos de cima de mim.

— O que isso quer dizer?

Fico um pouco perturbado com a pressão da sua atenção, nervoso sem saber por quê.

— Deve ser porque as mulheres são sempre aconselhadas a se comportarem de uma forma que torne tudo mais harmonioso, produtivo e acessível. Elas recebem conselhos sobre tudo, de como se vestir a como sorrir. Homens nunca ouvem que precisam deixar as coisas mais fáceis para os outros, mas talvez devessem.

Ela ainda está me encarando.

— Quem é *você*?

— Como assim quem sou eu?

— Por que você está aqui? — ela me pergunta. — Por que você aceitou esse emprego? Por que você não pediu demissão no minuto em que a Robyn falou que a gente teria que acompanhar a turnê? Quer dizer, por que você não pediu demissão na primeira vez que o Rusty pediu para você pegar um café e limpar as bolas de golfe dele?

Eu estremeço e aperto o estômago com a mão.

— Há alguma coisa nessa pergunta que não vai me cair bem agora.

Ela ignora.

Eu a observo colocar com cuidado um bolo de notas de dinheiro amassadas em uma das máquinas. Ela se movimenta de um jeito rígido e artificial, e eu estou prestes a oferecer ajuda quando a máquina finalmente engole o dinheiro. Olho para o outro lado e ela aperta o botão para comprar uma barrinha de cereal.

— Falando sério — ela retoma. — Por que você está aqui?

Por um instante, penso em contar a verdade, mas decido que evitar tocar no assunto é mais fácil.

— É uma longa história.

Olhando para o celular, ela diz:

— Temos onze minutos até o carro chegar.

— É uma história deprimente.

— Eu vivo para ouvir o drama dos outros. — Guardando a barrinha de cereal na bolsa, ela sorri para mim.

Pisco e olho para longe. No balcão da recepção, há uma funcionária mexendo no celular e seu colega dormindo na cadeira. Eu não aprecio a ideia de contar a coisa toda para a Carey. Não por me importar se isso vai criar uma péssima imagem de mim, mas receio que ela comece a sentir pena de mim, e poucas coisas são mais destruidoras para a masculinidade do que a pena.

— Meu último emprego... quer dizer, o único emprego que eu tive desde que terminei o mestrado, foi na Rooney, Lipton & Squire.

Carey aperta os olhos e então os arregala quando se dá conta. Azul-esverdeado. Nem verde, nem azul, mas uma bela mistura das duas cores.

— Calma aí. Como é? É sério?

— É sério.

Por sorte, sua expressão não é de pena, mas de fogo.

— Não é a empresa que desviou um monte de dinheiro para...

— A própria. — Levo a mão ao rosto, coço o queixo, me sentindo daquele jeito desconfortável e enjoado que me sinto sempre que me lembro dos quatro anos de jornadas de trabalho intermináveis e noites sem dormir que serviram apenas para ajudar uma empresa completamente corrupta. — Então eu preciso ganhar mais experiência e fazer contatos aqui. Não posso simplesmente largar tudo. — Reconsidero. — Ou melhor, até poderia, mas aí seria difícil achar outro emprego. O Rusty me prometeu um emprego como engenheiro. O Ted me prometeu um emprego como engenheiro. Na prática, eu sou só assistente do Rusty, mas acho que se eu conseguir aguentar até o início das gravações da segunda temporada, posso começar a gostar do que estamos fazendo aqui. Além disso, admito que estou muito satisfeito de ver que ninguém por aqui está agindo contra a lei.

Ela assovia.

— Caraca...

Pois é, caraca. Também há o fato de que o meu plano só vai funcionar se o Rusty e a Melissa conseguirem segurar as pontas. Querendo mudar de assunto, eu pergunto:

— E se me permite a pergunta, por que você ainda trabalha para eles?

Sua resposta é imediata.

— A Melly precisa de mim.

Eu acredito nisso, embora, pelo que vejo, a Melissa não trate a Carey tão bem assim, então é estranhamente generoso que a Carey priorize as necessidades de Melissa em vez das dela.

Mas é óbvio que ela quer a minha piedade muito menos do que eu quero a dela.

— Você não acha que ela consegue se virar, depois de tanto tempo?

Carey ergue os olhos para mim e, com liberdade para olhar diretamente para ela, eu me impressiono ao perceber que, além de ser uma mulher com sangue correndo nas veias, ela tem uma beleza desconcertante. Bonita. Mais do que bonita. Linda. Pele perfeita, o rosto sempre corado. Gosto da sua boca, do jeito que um lado sobe antes do outro quando ela acha algo engraçado. O maxilar bem-marcado, as covinhas discretas nas duas bochechas.

Cuidado, James. Olho para o lado, tentando não encarar. Parte do trabalho de Carey é passar despercebida, mas agora que eu a vi – vi de verdade –, uma chave virou dentro de mim, e não tenho certeza se vou conseguir desvirar.

— O que mais eu poderia fazer? — ela pergunta. — Tenho a impressão de que dei tudo o que tinha para os Tripp. Sei que não parece, mas eu os ajudei a construir isso tudo.

— Eu tenho certeza disso.

— Não quero começar tudo de novo.

Tenho vontade de dizer "Você só tem vinte e seis anos", mas ela respira fundo, inspirando o vapor que sai do copo de isopor, parecendo retomar o foco e até apreciar o cheiro daquele café que não tem como ser bom. O momento passou.

— Pelo menos eles se comportaram direitinho ontem à noite — ela diz, sutilmente mudando de assunto.

É verdade. Melissa e Rusty se *comportaram* no encontro com os fãs. Eles encantaram o público, fizeram piadas e me deixaram com uma ponta de esperança de que talvez esta não seja a pior semana da minha vida.

— Foi a primeira vez que fui a uma sessão de autógrafos, então não tenho parâmetros para comparar, mas... eles foram ótimos. Talvez a gente tenha se preocupado à toa — digo, tentando ser otimista.

— Pois é... — Carey começa a falar, mas faz uma pausa pensativa.

— Mas...?

— Eles *foram* ótimos ontem à noite, mas talvez seja só a adrenalina do primeiro evento. Eu nunca atravessei o país com eles dias depois de um caso de adultério em um casamento de *vinte e cinco* anos. Estamos em mar aberto aqui. Qualquer coisa pode acontecer.

Isso é o oposto do que eu queria que ela dissesse.

— Você imaginava que o casamento deles estava tão ruim assim? — pergunto. — Eu não tinha ideia.

Ela vira o café e dá alguns passos para abastecer o refil, erguendo o copo para me oferecer. Eu recuso, balançando a cabeça de leve.

— Eu sabia que as coisas não estavam às mil maravilhas — ela admite. — Mas qual casamento não é assim? — Ela coloca um leite em pó enjoativo e três saquinhos de açúcar no café. — Pode não parecer, mas eles costumavam ser um casal muito fofo. Eu até sinto saudades de como eles eram.

Eu resmungo.

— Não seria melhor se todo mundo fizesse o que deveria fazer?

— E como.

— E pensar no que eles construíram juntos, na sorte que eles têm. Rusty precisa aprender a se controlar, Melissa precisa se acalmar um pouco. Eu poderia ajudar na parte da engenharia e... — eu hesito, constrangido — você teria que lidar com menos confusões.

— Claro. — Carey pisca com aquele jeito de espertinha e mata o segundo copo de café. — Mas aí você não se divertiria tanto, se fosse só o engenheiro! Tipo, com todo o seu conhecimento sobre os hotéis de Los Angeles, você é que deveria ter reservado os quartos!

Ajudamos o Joe a colocar as bagagens de volta no ônibus enquanto os Tripp davam autógrafos a uma multidão reunida na frente do Ritz. Eu estou sempre alerta, esperando que os Tripp explodam a qualquer momento, mas os dois estão com sorrisos tranquilos e firmes estampados no rosto.

A viagem de sete horas até Palo Alto também corre tranquila: Carey está de novo no iPad. Rusty fica quase o tempo todo nos fundos do ônibus. Os dois costumavam conversar mais, mas percebi uma tensão diferente naquela relação estranha tipo pai e filha que eles têm. O som da ESPN atravessa a divisória do lounge fechado, e a Melissa se acomoda ao lado do motorista, onde ela se sente menos enjoada e pode esperar o Dramin fazer efeito. Eu tenho a clara impressão de que aquele é o lugar onde o Joe costuma se sentar, então ele deve estar passando o tempo lá atrás. Estranho.

— Joe — chamo, e ele olha para mim, tirando os olhos do monte de papéis que estava revirando. Aponto para o sofá à minha frente.

Fico o observando passar por Carey e vejo que ele olha para ela. Uma pontinha de satisfação esquisita me invade ao ver que ela está tão concentrada em sei lá o quê que nem chega a olhar para cima. Ela está usando a caneta *touch* do iPad com a mão direita – e eu sei que ela é canhota. Mesmo assim, ela move os dedos fazendo traços pequenos e precisos. Tenho certeza de que ela não está jogando Minecraft. Nem meus sobrinhos se concentram tanto assim quando estão jogando. Parece mais é que ela está desenhando.

Ela inclina a cabeça, morde um lábio e o gesto provoca uma onda de calor no meu corpo.

Minha visão fica bloqueada quando o Joe se senta perto de mim, me trazendo de volta ao foco.

— Enjoou do canal de esportes? — pergunto. Já estamos na estrada há um dia e meio e, com a Melissa lá na frente, Joe passa uma boa parte do tempo nos fundos do ônibus. E por mais agradável que o Rusty possa ser, tenho certeza de que a ideia de passar o dia todo bebendo cerveja e assistindo a esportes na TV perde o encanto rapidinho.

Joe olha nervoso para o lugar onde Melissa está apagada e depois para Carey, que ainda parece não perceber que estamos olhando para ela.

— Eles são diferentes do que parecem na TV — ele confidencia.

Um leve terror pesa no meu estômago e afunda. É claro que eu entendi o que ele quis dizer, mas, por mais que eu odeie a função que me deram, eu deveria tentar investigar mais a fundo.

— Como assim?

Joe se vira, hesitante.

— Nada específico. É que... eles não são tão, sei lá, felizes quanto eu imaginava.

Fecho meu livro e o deixo no sofá.

— É a viagem — explico, me recostando e passando o braço por trás do assento, tentando bancar o despreocupado. — O estresse da estrada. Saudade dos filhos.

— Quantos anos os filhos deles têm?

— Vinte e vinte e quatro. — Eu engasgo quando ele ergue as sobrancelhas, demonstrando surpresa. Tenho certeza de que ele imaginava que eram bebês. No máximo, crianças em idade escolar. — Mas eles são muito unidos.

Isso... pode ou não ser verdade. No pouco tempo em que trabalho para os Tripp, só ouvi Rusty conversando com TJ uma vez.

— Além disso, tudo está acontecendo tão rápido para eles que acho que os dois estão se sentindo um pouco sobrecarregados.

— Sei. — Joe sorri de um jeito um tanto forçado. Os Tripp são megafamosos já há alguns anos, mas ele tem a gentileza de deixar de lado esse detalhe. — Às vezes leva alguns dias para se acostumar com o ritmo da turnê. Qualquer um ficaria tenso.

— Eles vão pegar o jeito. — Faço uma pausa. — Eles foram ótimos ontem à noite.

Joe concorda com a cabeça.

Estou tentando entendê-lo melhor. Ele não parece tão empolgado assim com o evento da noite passada.

— Eles não fizeram nada que chamasse a atenção ontem, fizeram?

Ele dá de ombros, distraído por uma pequena mancha no sofá cuja cor se parece muito com o batom rosa que é a marca registrada da Melissa.

— Não, eles se saíram bem.

— O público parecia encantado — eu pressiono.

Mas Joe está distraído. Apontando na direção da mancha, como se quisesse arranjar alguma coisa para tirá-la de lá, ele se levanta e vai até um dos armários da frente do ônibus.

Quando ergo os olhos, percebo que a Carey está me encarando e rindo. Ela se inclina e sussurra:

— Muito bom, Jim, mui-to bom! Que belo trabalho de espionagem.

— Do que você está falando?

Ela se levanta e vai se sentar onde o Joe estava e, olhando em volta, pergunta, baixinho:

— Onde foi o seu treinamento? Na CIA? — Ela olha por cima do meu ombro e depois para mim outra vez. — Tudo bem, pode me contar.

Lanço um olhar demorado e inexpressivo para ela, mas, por dentro, estou me controlando para não rir. Eu gosto das brincadeiras dela.

— Estava só tentando entender o que ele achou do evento com os blogueiros.

Carey se recosta, pega o celular e começa a deslizar a tela.

— Tudo o que eu vi até agora foi bastante positivo. — Ela sorri e vira a tela do aparelho para mim. — Além do Joe, existem várias redes sociais na internet que dão uma boa ideia sobre a impressão que os Tripp causam nos eventos.

— Tá bom, Duncan. — Volto a olhar para o meu caderno, esperando que ela entenda meu longo suspiro como um sinal de irritação, e não que eu estou me deixando abalar por ela. — Não me importo em deixar todo o trabalho de detetive para você.

Carey ri e leva um susto quando a Melissa se mexe e acorda lá na frente. É uma mudança brusca de humor, como se um tigre tivesse acabado de entrar na arena.

— Onde está o meu celular? — Melissa pergunta com a voz grogue.

— Coloquei para carregar, aguenta aí. — Carey dá um pulo e corre para pegar o celular em cima do balcãozinho da cozinha. Antes de entregar para Melissa, ela diz: — Mas nada de resenhas.

— Eu não vou ler resenhas — Melissa retruca.

Carey volta na minha direção revirando os olhos. Ela não está muito convencida disso.

Como era de se esperar, a Melissa passa as três horas que faltam para chegarmos à baía de São Francisco lendo resenhas. Pelo que vejo, a maioria é positiva, mas algumas são bem desagradáveis. Por mais que o Joe tente aliviar o clima e explicar que todos os autores que ele acompanhou em turnês receberam resenhas negativas e por mais que a Carey lembre que livros são subjetivos e que não dá para agradar todo mundo, Melissa não ouve nada disso. Quando chegamos ao estacionamento da livraria de Palo Alto, a Melissa está com um humor *daqueles*.

Ela é pequena, mas sua energia, não. A porta do ônibus abre, e ela passa batida por nós, mal parando para esperar que a sorridente coordenadora do evento a acompanhe até o camarim.

Talvez seja o meu lado pessimista, mas logo de cara eu já me preocupo, achando que o evento está fadado ao fracasso. Eu me pergunto se, em três horas, quando tudo tiver acabado, vou perceber que eram só os meus nervos falando mais alto ou se a tensão parece mesmo mais palpável do que a neblina em São Francisco. A noite passada agora parece uma utopia do tipo Vila dos Smurfs perto do que está acontecendo.

O Rusty veio logo atrás dela, mas cada um toma um rumo: Rusty vai direto para a mesa de aperitivos de um lado, e Melissa vai até o refrigerador de bebidas do outro. Enquanto Rusty – alheio ou ignorando de propósito o mau humor da esposa – conversa com um dos vendedores da livraria, a coordenadora de eventos, Amy, repassa a agenda da noite a ninguém em particular: quinze minutos de conversa, sessão de autógrafos, fotos com VIPs e momento de troca com os fãs. Melissa abre uma garrafa de água com força excessiva, acena com sorrisos tensos e perambula pela sala. Ela faz questão de não olhar para o marido.

Carey entra carregada com a bolsa de Melissa, uma caixa de camisetas de brinde, um pacote com o almoço de Melissa acompanhado de um suco fresquinho e mais cinco sacolas. A barra da sua saia fica vários centímetros acima do joelho e a blusa de alça mostra ombros macios e bronzeados que me dão vontade de morder. Mas a sua expressão diz: *Estou prestes a derrubar alguma coisa aqui.* Corro para ajudar, mas assim que tomo o peso todo nos braços, lanço um olhar perdido para ela.

— Onde eu deixo isso?

Carey ri.

— Agora eu tenho um assistente?

O meu primeiro instinto é dizer que eu não tenho problema algum com o título, mas meu cérebro trava ao ouvir com o eco disso, como soaria desesperado, e fico em silêncio por tanto tempo que acabo deixando o comentário sem resposta.

Com uma piscadela, ela me leva até uma mesa e eu fico de pé ali ao lado, enquanto ela descarrega tudo dos meus braços. Ela prende o cabelo, fazendo um tipo de nó, mas algumas mechas se soltam e caem graciosamente pelo seu pescoço.

— Vou ficar com isso aqui. — Ela tira a alça do pacote do almoço de Melissa do meu dedo.

Nossos olhares se cruzam por alguns tensos segundos. Me faz pensar em como, sempre que ouço uma música pela primeira vez – mesmo das bandas que curto –, eu não gosto do que ouço. Resisto à ideia de que algo novo pode ser tão bom quanto algo antigo, mas então a música nova começa a penetrar no meu cérebro, e eu me esqueço de como era não gostar dela. Estou agora olhando para o rosto de Carey, pensando que é como uma música que eu já ouvi algumas vezes e, a cada vez que a escuto, passo a gostar ainda mais.

— O que foi? — Ela arregala os olhos, horrorizada, e leva a mão à boca para se limpar. — Estou com algum farelo no rosto?

— Não, é só que… — Eu paro, me recompondo. Estou começando a me interessar por ela e não sei o que fazer com isso. — Avisa se eu puder ajudar em alguma coisa hoje à noite.

Vejo seu rosto se encher de gratidão.

— Ah. Pode deixar. — Ela olha para toda a sala. — Precisamos fazer a Melissa relaxar. Ela parece prestes a explodir.

Acompanho seu olhar até o outro lado da sala, e nós dois respiramos fundo. É para isso que estamos aqui, certo? Talvez seja impossível esconder tudo do Joe, porque ele ficará com os Tripp por dias dentro do ônibus, em território desprotegido, mas aqui nós conseguimos manter algum controle.

Só que eu não sei como melhorar o clima tenso do ambiente. Me coloquem para decifrar os códigos de obras municipais e estaduais que mudam o tempo todo. Me coloquem para entender as complexidades dos exames de suficiência de engenharia ou me deem um elemento impossível para incluir em um projeto acabado. Mas lidar com sentimentos assim? Entre duas pessoas que eu mal conheço e que, para ser bem sincero, nem deveriam mais estar casados e muito menos dando conselhos sobre casamento para os outros? Eu me sinto tão útil quanto um cortador de grama em uma cozinha.

Mas, por sorte, a Carey sabe administrar o estado de combustão da Melissa. Com jeitinho, ela faz Melissa ir para o outro lado da sala. Ao lado de Melissa, Carey parece tão alta, mas ela se inclina para parecer menor e fala com uma voz suave e calma.

Meu Deus, quantas vezes será que ela teve que desempenhar esse papel? Por um instante, eu fico possesso com isso – possesso por Carey ter só vinte e poucos anos e já ter que ser assistente, faz-tudo, pacificadora, agente de viagens e sabe-se lá o que mais.

Eu me sinto um completo inútil. Sem nenhum preparo para esse tipo de mediação, sou só um corpo parado no meio de uma sala. Tentando pensar como a Carey, vou até a Amy e finjo estar repassando a agenda. Ela fica mais do que satisfeita em poder explicar tudo de novo, e eu consigo ficar de olho na Melissa e na Carey. A distância não me permite entender tudo o que estão dizendo, então só pego a parte em que Carey murmura: "Tá bem?... uma multidão lá fora". E a Melissa respondendo baixinho: "... mas as resenhas. Como é que eu vou... sangue, suor e lágrimas e...".

— Isso faz sentido? — Amy pergunta, esperançosa.

Volto minha atenção a ela. Eu não tenho ideia do que ela acabou de falar.

— Perfeito. Obrigado por todo o trabalho em organizar isso tudo. — Olho para o outro lado da sala e fico apavorado quando vejo o Rusty batendo papo com uma vendedora bonitinha. — Hã, com licença, um minutinho. Eu vou ali só... — Faço um gesto, apontando para o meu chefe.

— Ah, sim, claro.

Ele não olha para mim, ainda sorrindo todo faceiro para a morena de vinte e poucos anos, mas ciente da minha presença, porque vem me dar um tapinha no ombro e me cumprimentar com um descontraído "Oi, Jimmy Jams".

Deixo passar e sorrio para a mulher.

— Você poderia nos dar licença por um momento, por favor?

Seu rosto fica rosado e ela faz que sim, saindo apressada. Eu me encosto em uma prateleira.

— Rusty.

E assim eu ganho uma piscadela inocente.

— O que foi?

— Você *sabe* o que foi.

— É uma garota bacana — ele diz, balançando a mão. — Uma fã. Eu só estava fazendo um agrado.

Será que ele faz isso para deixar a Melly maluca ou realmente não se dá conta de que ficar paquerando na frente da esposa é sempre uma péssima ideia, mas neste momento é ainda pior?

— Bom, vamos pensar em outra coisa. — Aponto com o queixo. — Parece que a Melly está tendo um dia de cão.

Ele dá de ombros e tira o celular do bolso para ler as mensagens.

— A gente se acostuma.

— Rusty. — Eu espero até ele olhar para mim de volta. — É aí que você entra. Ela está magoada e se sentindo insegura. Ela está *chateada*. Você precisa ir lá acalmá-la.

— Duvido que eu seja útil para isso.

— Mas pelo menos pareceria mais envolvido com a sua esposa, né? — Eu inclino a cabeça para olhar para o Joe, que acabou de entrar e foi se apresentar para a Amy. — Pelo menos durante esta semana, as aparências importam. Para todos os presentes aqui, é como se você não estivesse nem aí para o que está acontecendo com ela.

— O que você quer que eu faça, Jimmy? Fingir que está tudo bem e que nós — ele tem a cara de pau de fazer um gesto indicando nós dois — não estamos aqui completamente contra a nossa vontade?

Contra a nossa vontade? Eu respiro fundo. Rusty está aqui para poder continuar tendo uma vida mansa e passear por aí de *jet-ski* personalizado. Eu estou aqui para não ser mandado embora do meu emprego e do meu apartamento alugado.

— Você quer que o povo perceba que vocês estão em crise? — pergunto, ficando cada vez mais desesperado ao ver a Melissa tendo um chilique ao lado da janela e o Rusty parecendo totalmente despreocupado. Amy e Joe ainda estão ali, mas outra mulher entrou na sala e está observando a Melissa andar impaciente e descontar a frustração na Carey por causa das resenhas negativas.

— Ela já deveria saber que não pode ficar olhando essas resenhas! — Rusty ralha comigo. — Essas resenhas sempre a deixam mal e nem são tão negativas assim! Ela sabe disso.

— Não está ajudando — resmungo.

Exalando com irritação, ele vai até a esposa. A princípio, parece que ela vai explodir com ele, mas uma olhada por cima do ombro do Rusty a faz notar que eles têm plateia, o que parece ser a única coisa que traz Melissa Tripp de volta à sensatez. Ela se deixa ser envolvida pelo conforto do abraço firme de Rusty.

Carey olha para mim. Eu olho para ela. A sensação é que nós dois finalmente vamos poder soltar um suspiro longo e lento. Mas a calma é desfeita pelo som que nenhum de nós queria ouvir hoje.

— Olá para os meus dois favoritos! — Stephanie Flores tem uma voz rouca e sensual, e quando a antiga Miss América entra no ambiente, completamente alheia a tudo, somos tomados por um calafrio. Rusty fecha os olhos e solta um resmungo que parece expressar mais um lamento pela inconveniência do que um arrependimento profundo. Será que é mesmo possível que Rusty não tenha se dado ao trabalho de avisar a Stephanie que a Melissa já sabe sobre o caso dos dois?

Ela vai até eles e primeiro abraça Melissa, que está dura feito uma tábua, e depois cumprimenta o Rusty com dois beijinhos no rosto. Carey e eu ficamos olhando para os três como se estivéssemos observando uma granada sem o pino. A sala está cheia de pessoas com o Instagram e o Twitter engatilhados no celular e que adorariam postar que estão *conferindo os bastidores dos Tripp*!

Para seu mérito e o meu choque sem fim, Melissa consegue colocar um sorriso cheio de graça no rosto e soltar um animado "Stephanie! Meu Deus, o que você está fazendo aqui, querida? Que surpresa!".

Carey se aproxima de mim, escondendo as mãos por baixo dos braços cruzados.

— Puta merda. Que maluquice.

— É como ver um carro voando de um penhasco — concordo.

— Eu queria tanto que a merda não batesse no ventilador *logo na segunda parada da turnê* — Carey sussurra, olhando para onde a Melissa e a Stephanie estão conversando, como se fossem duas velhas amigas que se encontraram depois de meses sem se ver, e não como inimigas secretas que se viram há menos de uma semana.

— Você tem ideia do que ela veio fazer aqui?

— Ela não sabe que a Melissa sabe — eu lembro. — Na cabeça da Stephanie, ela é só uma amiga aparecendo de surpresa. E não uma...

— Babaca traíra?

Olho para baixo e vejo que ela já está sorrindo para mim. Sinto meu sangue aquecer ao me aproximar e ver um brilho no seu olhar, que no fundo eu sei que é por conta do cansaço e do estresse, mas que poderia muito bem ser interpretado como uma malandragem, como quem diz "dane-se esta merda toda". Porra. Estou a fim dela.

— Isso resume tudo muito bem. — Olho de volta para as duas mulheres. — O que vamos fazer? A Melissa já estava desequilibrada sem a babaca traíra e há uma sala cheia de gente lá fora e muitos outros eventos como este pela frente.

— Primeiro — ela diz —, precisamos deixá-la longe dos sites de resenhas. Vou programar uma lista de palavras proibidas para bloquear no Twitter e reunir só as resenhas que derem quatro ou cinco estrelas. Se eu der a ela uma lista dessas todos os dias, vai ser o suficiente para mantê-la alegrinha.

— E depois? — pergunto.

— Depois? — ela diz, então exala ao vermos que o Rusty está indo outra vez até a mesa de lanches e que a Stephanie está de olho nele, como se pensasse se não daria tempo para uma rapidinha. — Depois, vamos manter esses dois afastados e... torcer para a água não bater na bunda.

Mesmo nunca tendo ouvido esse ditado na minha vida, eu entendo exatamente o que ela quer dizer.

É UMA TAREFA ÁRDUA, MAS a intervenção da Carey e o abraço do Rusty parecem ter reanimado um pouquinho o espírito de equipe: a Melissa parece determinada a segurar as pontas. Andando atrás da Stephanie, Melissa sorri para todos que passam por ela. Parece que o Rusty está fazendo o seu papel direitinho, mantendo a mão apoiada na parte inferior das costas da esposa, guiando-a ao andar ao lado dela. Carey e eu ficamos na retaguarda, e é só desse ângulo que dá para ver que o Rusty só toca a esposa com a ponta dos dedos, como se estivesse avaliando quanto contato físico ele pode manter.

A cada passo eu penso: *Eu poderia dar as costas, cair fora daqui e nunca mais voltar. Eu poderia recomeçar, trabalhar como engenheiro iniciante em algum fim de mundo.* Eu teria que viver a base de macarrão instantâneo e contando moedinhas para conseguir pagar as contas, mas o que poderia ser pior do que isso?

Sou arrancado desse debate interno quando paramos na entrada do andar da livraria. Está cheio de serpentinas, balões e pôsteres da capa de *Nova vida, velho amor* por todos os cantos. A multidão explode em um coro ensurdecedor quando os Tripp entram e vai à loucura de novo quando percebe que ganhou uma aparição bônus de Stephanie Flores, que acena timidamente e indica que vai esperar nos fundos, como uma fã qualquer.

— Muito obrigada por estarem aqui conosco esta noite — diz Amy para iniciar a conversa. — Tem sido uma aventura e tanto, não é? Ouvi dizer que vocês estão viajando de ônibus, é isso mesmo?

No momento certo, Melissa e Rusty trocam um olhar afetuoso.

— Sim! — ela cantarola. — Um ônibus enorme e muito lindo. — Ela se lembra de sorrir e fazer contato visual com pessoas aleatórias do público, e é fácil entender por que milhões de mulheres sentem como se a *conhecessem*.

— Mas até um ônibus enorme pode parecer pequeno quando estamos viajando com uma equipe grande — ela continua, com um sorriso autodepreciativo. — Vamos só dizer que eu vou ter que escolher melhor onde deixar os meus sapatos.

— Eu quase fui parar no pronto-socorro! Eles são prova disso! — Rusty diz, apontando para os fundos da sala onde estão Carey, Joey e eu, a *equipe*. Nós todos damos de ombros e entramos na brincadeira. O público cai na conversa. *Eles largam o sapato no chão! São gente como a gente!*

A próxima pergunta vem de uma mulher de uns vinte e poucos anos que está no fundo da sala.

— Vocês se lembram da primeira vitrine que fez alguém entrar na loja e dizer: "*Aquilo,* eu quero aquilo ali"? — ela pergunta.

E sem esperar a esposa responder, Rusty olha novamente para o fundo da sala e diz:

— Qual foi a primeira vitrine que você montou, Carey? Foi aquela da sala de jantar, não foi?

Carey endurece ao meu lado quando vê que toda a sala se vira para olhar para ela. O silêncio toma conta do lugar, porque a forma como ele deixa Melissa de fora dessa memória é nitidamente constrangedora. Quando noto a expressão horrorizada da Carey, percebo que isso é muito mais do que uma piadinha sobre a equipe dos Tripp: Rusty jogou uma bomba no meio da livraria.

Vic @Bonekeenha • 8 de julho

Humm, alguém mais ouviu falar que o Rusty Tripp está comendo a coleguinha de elenco?

19 replies 39 retweets 194 likes

Show this thread

Jesey @Jeseyamantedesapatos
@Bonekeenha CALA BOCA MEU NÃO CREIOOO

Vic @Bonekeenha
@Jeseyamantedesapatos Acabei de ver um thread no reddit de alguém que foi lá no evento deles.
"Eles estavam na sala dos fundos e mal se falavam – e isso foi antes da pivô aparecer. Eles se comportaram, mas a coisa tava tensa"

Jesey @Jeseyamantedesapatos
@Bonekeenha ELA APARECEU POR LÁ? Nooooossa que cara de pau

Bennifer @benniferpicadinha
@Bonekeenha para de trollar. Sem chance. Você já viu os dois juntos? Tudo que eu quero pra mim.

Tae @Zoinha_91
@Bonekeenha porra a Melissa ficou louca???

barbie @mamãebarbie
@Bonekeenha @Zoinha_91 Ouvi falar que o Rusty quer cair fora e a Melly não aceita. E por que aceitaria? Não vale a pena. Eles ganham tanta grana que é melhor se fingir de morta. A galera se revoltaria se descobrisse que é um embuste. Imagina os patrocinadores

Tae @Zoinha_91
@mamãebarbie @Bonekeenha falando em livro, eles não estavam em turnê? Espero que eles estejam pagando uma grana danada pra quem tá por trás disso tudo

Ella @1967_Disney_bonde
@Bonekeenha o programa acabou agora. Alguém sabe se vem alguma novidade por aí? Tô achando que tem coisa

babanlê @banbanlê
@1967_Disney_bonde @Bonekeenha O FBI devia contratar essa galera fanática. Ouvi falar que os filhos deles não são florzinha que se cheire também. Filho de rico é tudo igual. Quero ver o circo pegar fogo

See more replies

James

De volta ao hotel em São Francisco, em algum momento entre o chilique de Melissa – "Você não tem *ideia* de tudo que eu sacrifiquei por esta família" – e os rosnados de Rusty – "Nossos filhos acham que todo dia é sábado e que todo o nosso dinheiro é só deles!" –, Carey e eu desistimos de tentar fazer os Tripp pararem de gritar um com o outro. Eles mal percebem que estamos parados ali, assistindo ao colapso nuclear logo na entrada do quarto da Melissa no hotel.

Isso foi outra coisa que descobri: os Tripp não dormem na mesma cama há dois anos, seja em casa ou em hotéis. Carey sempre tenta reservar quartos adjacentes, com a desculpa de que eles gostam de bastante espaço. Quando não há quartos conectados disponíveis – e, para deixar tudo mais fácil, isso acontece com frequência –, os Tripp nem se importam de ficar em andares separados.

— Puta que pariu — resmungo e percebo o jeito como a Carey se vira para olhar para mim. — O que foi?

— Acho que nunca ouvi você falando um palavrão — ela diz, pensativa.

— Eu falo. Às vezes.

Ouvimos o barulho de algo quebrando do outro lado da sala e parecia um controle remoto sendo arremessado contra a parede.

— É, mas com esse terno, cabelinho penteado e de óculos, parece que estou ouvindo um bebê falar palavrão.

— Você conhece algum bebê que use terno e óculos?

Ela sorri e começa a responder, mas a nossa atenção é desviada para o outro lado da sala, onde a Melissa abre a cômoda e atira no Rusty a Bíblia que estava na gaveta, acertando-o no ombro.

— Melly, quer que eu pegue algo para o jantar? — Carey diz, gentilmente.

O ar parece gelar quando ela se vira para encarar a Carey. Seu peito está arfando; e o rosto, vermelho de tanto gritar.

— *Jantar*? — ela pergunta, com o rosto contorcido de raiva. — Jantar? Você está de sacanagem? Você e o Russell me humilharam na frente de duzentas pessoas e agora você quer calar a minha boca com comida?

Eu ergo a mão.

— Desculpa, mas eu preciso me intrometer. A Carey não teve nada a ver com...

— Eu não estava falando com você, James. — Melissa cospe o meu nome. — Isso aqui é entre nós três. Carey acabou de levar a fama pelo *trabalho de toda a minha vida*, então talvez você devesse voltar para o seu quarto, ler um livro de cálculo e ficar fora dessa.

Olho para a Carey para tentar entender o que ela quer que eu faça e ela acena um *Tá tudo bem* e aponta com a cabeça na direção da porta.

Não quero abandoná-la ali, mas não tenho ideia de qual seja o protocolo nesse tipo de situação. Não há nenhuma política corporativa para me orientar. Nem podemos contar com a presença atrapalhada da Robyn aqui, preocupada com os riscos trabalhistas por Melissa estar falando com uma funcionária daquele jeito. Se eu me recusar a sair e continuar defendendo a Carey, talvez eu seja demitido e, pela primeira vez, a ideia de ser demitido não me causa nem um tipo de alívio, porque significaria que eu teria que deixar a Carey resolvendo isso sozinha.

Ela vê a minha hesitação e abre a boca para falar, mas eu vejo que ela está corada pelo constrangimento. Cara, que situação.

— Tá bom — eu recuo. — Me liga mais tarde?

Não chego nem na metade do corredor quando ouço a porta do quarto dos Tripp abrindo novamente. Ao me virar, vejo Carey sair, enxugando o rosto com as mãos e andando apressada na outra direção do corredor.

JÁ SÃO ONZE HORAS, MAS não há chance alguma de eu conseguir dormir depois da loucura da sessão de autógrafos, da briga no quarto de hotel e após ter visto a Carey sair às lágrimas de lá. Eu não a vi desde então, e ela não atende o celular. Imagino que a Melissa esteja tomando um daqueles longos banhos de banheira reservados para os momentos de indignação, mas sei exatamente onde posso encontrar o Rusty.

E, sim, ele está mesmo encostado no balcão do bar do hotel, com um copo de cerveja pela metade e com o rosto voltado para a tela da televisão pendurada lá no alto.

— Você... — Olho para os times que estão jogando e preciso de um segundo para decifrar as siglas do placar — torce para o Red Sox?

Ele dá de ombros e toma mais um gole de cerveja.

— Prefiro futebol americano, mas não está na temporada.

Eu não faço ideia de quando seja a temporada de futebol americano, porque o meu contato mais próximo com esportes foi quando eu era arrastado para os jogos de softbol da minha irmã. Não é difícil decidir que, se eu não me importei com futebol americano por vinte e nove anos, com certeza não vai ser hoje à noite que vou começar a me importar. Sem dizer nada, eu pergunto, apenas erguendo a sobrancelha, se posso me sentar na banqueta ao lado dele, e peço um uísque com tônica.

— Como a Carey está? — Rusty pergunta.

Sinto um aperto estranho na barriga.

— Não sei. Ela saiu do quarto depois de mim e disparou na outra direção. — Eu agradeço o barman quando ele serve a minha bebida. — Ela não está atendendo o celular.

Rusty balança a cabeça e olha para o resto de espuma no copo.

— Falei para a Melly tratá-la melhor. Mas ela não consegue se controlar, simplesmente desconta tudo em mim e na Carey.

Eu entendo isso como um sinal de que ele está querendo se abrir.

— Posso ser sincero? — digo.

Ele olha para mim com uma certa cautela e dá de ombros de um jeito casual.

— Manda.

— Você não está colaborando — digo.

Ele segura o copo de cerveja no ar e me lança um olhar. O Rusty costuma ser o cara mais legal do mundo. Mas agora, sendo observado por aquele olhar intenso, fico com um pouco de medo.

Por fim, ele solta o ar em um suspiro resignado e devolve o copo para o balcão.

— Justo.

Solto o ar.

— Então por que você deixa tudo para a Carey resolver?

— Eu sei que eu sou um mulherengo. Sempre gostei de chamar a atenção das mulheres. Mas agora eu não consigo ir a um bar sem voltar com pelo menos um número de telefone. — Eu me seguro para não dizer que o limite estratosférico do cartão de crédito dele tem algo a ver com isso, mas acabo preferindo deixá-lo prosseguir. — Sabe como é ter gatas te dando número de telefone a torto e a direito, enquanto a sua própria esposa nem te dá bola?

— Eu nunca fui casado, então...

— A gente fazia tanta coisa juntos, mas quanto mais famosos fomos ficando, menos eu consigo vê-la.

— Você já tentou conversar com a Melissa sobre isso?

Ele ri dentro do copo de cerveja.

— Até agora você foi poupado do temperamento da Melly, mas imagine a reação dela se eu falasse algo do tipo. Você viu como ela reagiu hoje.

— E por que a Carey continua trabalhando para ela? — Eu já perguntei isso para ela, é claro, mas sua resposta foi estranha e insatisfatória. *A Melly precisa de mim*.

A resposta de Rusty é bem diferente da de Carey.

— Por vários motivos. Primeiro, porque ela precisa do plano de saúde e, por mais que a Melly seja uma cretina a maior parte do tempo, ela ajuda com isso e com algumas consultas.

Percebo que não é a primeira vez que falam sobre consultas e planos de saúde, e isso desperta a minha curiosidade. Eu deveria deixar passar. Carey me contaria se achasse que fosse da minha conta.

— E o que mais? — pergunto, encorajando-o a continuar.

— *E* a Melly acabaria com ela.

Eu recuo, confuso.

— Como assim?

Ele vira o rosto para mim, e eu percebo que aquela não é a primeira cerveja da noite. Ele está com um boné afundado por cima dos olhos, mas vejo que o seu olhar está perdido, lacrimoso e desfocado. Os sinais do álcool começam a aparecer por baixo da pele, em volta do seu nariz.

Rusty Tripp dá um sorriso irônico e termina de soltar a bomba que tinha começado a explodir no começo da noite.

— A Carey está em tudo, sempre esteve. Nos projetos, na marca original, nas vitrines. A Carey fez tudo. Foi ela que teve a ideia dos projetos para espaços pequenos, eu só construí. Continua sendo assim. Por que você acha que não trabalha como engenheiro? Não podemos deixar que ninguém saiba como são as coisas. — Ele soluça e bate no peito algumas vezes. — A Melly estaria ferrada se a Carey fosse embora, e ela a odeia por conta disso.

Trecho de *Nova vida, velho amor*

CAPÍTULO QUATRO

A comunicação não tira férias

Os relacionamentos são muito parecidos com as casas: sem uma boa base, podem desmoronar. Quando uma lâmpada em casa queima, não compramos uma casa nova, simplesmente trocamos a lâmpada. Quando a torneira está com vazamento, você não começa a enxugar o chão antes de consertar o cano que está vazando. Em outras palavras, por mais profundo que seja o problema, é importante chegar à raiz.

Eu e o Rusty nos conhecemos quando éramos muito novos. Ainda não tínhamos a loja – nem tínhamos ideia de que abriríamos uma loja. Na verdade, não tínhamos um tostão furado. O que tínhamos era muita paixão e nenhuma experiência em comunicação.

Não sabíamos o que significava brigar de uma forma saudável. Eu ficava irritada quando Rusty deixava as meias espalhadas pelo chão, e ele me deixava falando sozinha. Ele ficava chateado quando eu fazia uma bagunça na cozinha, e eu começava a gritar e chorar. Sempre que brigávamos, eu pensava: *É isso. Acabou. Casais felizes não brigam. Acho que não somos felizes, então é melhor terminar de uma vez.*

Mas aqui está o segredo: é claro que casais felizes brigam! Duas pessoas de espírito forte, quando estão juntas, não vão concordar em tudo, e é saudável expressar esses sentimentos. Mas o que aprendemos é que a *forma* como estávamos expressando os nossos sentimentos não era saudável. Gritar não faz ninguém se sentir melhor. Evitar discussões não resolve problema algum.

De certa forma, tivemos que reaprender tudo isso quando a marca Comb+Honey decolou. Quanto mais pressão, mais estresse, e o estresse prejudica o processo de comunicação. Mesmo sabendo há muito tempo que sempre que estou magoada preciso dizer ao Russ como estou me sentindo, às vezes, quando ficamos ocupados demais, nos esquecemos de priorizar o nosso relacionamento.

Nós voltamos a essa questão, de forma mais consciente, quando começamos a escrever este livro. Conversamos todas as noites. Chegamos a trocar algumas cartas. Sei que preciso dizer ao Russ quando algo me incomoda, ou o problema vai ficar apodrecendo. E, às vezes, isso significa que precisamos nos mostrar vulneráveis diante do outro. É preciso ter bastante confiança.

Antes de começar a ferver de raiva, eu prefiro simplesmente dizer: "Russ, eu me senti rejeitada àquela hora". Ou então ele diz: "Melly, estou começando a me sentir sufocado" e nós nos conhecemos bem o suficiente para saber que isso não seria dito se não pudesse causar problemas de verdade mais tarde.

Leva tempo para criar confiança. Mas quando há muito amor envolvido, não é preciso ter medo de se sentir vulnerável e de se comprometer.

Gostaria de compartilhar com os leitores algo que gostamos de chamar de TERAPIA SAGRADA. Usamos em todos os dias do nosso casamento e nunca deu errado!

Sempre que você tiver algo que precisa comunicar, estas palavras são SAGRADAS:

1. Sinta seu coração ao perceber algo errado;

2. Admita que você tem um problema a ser resolvido;

3. **G**entilmente, expresse os seus sentimentos;
4. **R**eflita sobre o motivo de você estar se sentindo assim;
5. **A**bra-se com o seu parceiro para resolver a questão de uma forma proativa;
6. **D**edique um tempo após a briga para resgatar o amor;
7. **A**me seu parceiro como quando vocês se conheceram.

E quando o seu parceiro estiver dizendo algo SAGRADO, a sua missão é conduzir a TERAPIA:

1. **T**ente ouvir as palavras do seu parceiro;
2. **E**xpresse suas perguntas para obter esclarecimento e compreensão;
3. **R**econheça que aquilo que ele está dizendo é importante;
4. **A**dmita sua culpa no conflito;
5. **P**arta para a discussão sem raiva ou ataque;
6. **I**magine uma solução com as intenções mais honestas;
7. **A**prendam, como parceiros e como pessoas, a resolver os problemas em conjunto.

Carey

A PISCINA ESTÁ BEM VAZIA a esta hora. Um bando de adolescentes barulhentos que está aqui para algum tipo de competição esportiva – a julgar pelas mochilas iguais – está pulando e brincando de luta lá do outro lado, mas parece que meu rosto vermelho e meus soluços patéticos estão passando o recado de que eles devem manter distância.

Não que eu fique mais feliz quando estou sozinha, mas, agora, estou dividida entre o constrangimento pela forma como a Melly falou comigo e a raiva de mim mesma por não ter retrucado. Por mais louco que pareça, eu estou triste de verdade pela forma como as coisas terminaram hoje à noite, porque, apesar de tudo, eu me importo com a Melissa. Ela já perdeu a paciência comigo antes, mas nunca desse jeito, nunca na frente de outras pessoas e sempre tinha a ver com trabalho ou era porque ela estava frustrada com alguma outra coisa. Em todo o tempo que eu trabalho para ela, ela nunca questionou o meu caráter ou me acusou de ser desleal.

Enxugo o rosto de novo. Eu queria estar mais furiosa e menos magoada. Queria ter enfrentado a Melissa e não ter deixado que ela me visse chorar.

Você e o Russel me humilharam na frente de duzentas pessoas e agora você quer calar a minha boca com comida?

A Carey acabou de levar a fama pelo trabalho de toda a minha vida…

Fiquei tão agradecida quando ela deixou o James ir embora, mas não parou por ali.

Eu fiz tanto por você e é assim que você retribui?

Melly, eu nunca…

Você está dizendo que eu sou uma mentirosa?

Não…

Mais uma dessas e você vai para a rua na hora. Entendeu? Você não é nada especial, Carey. Não se esqueça disso.

Nada especial.

Rusty ficou lá parado. Seus olhos estavam suaves pela pena, mas não se atrevia a contrariá-la e arriscar ser golpeado na cabeça por mais algum objeto arremessado pela Melissa.

TERAPIA SAGRADA uma ova.

E aí havia o James. Queria agradecê-lo por ter tentado me defender, mas ainda estou tão morta de vergonha por ele ter testemunhado aquele fiasco que nem consigo me imaginar falando com ele de novo.

Tiro o último salgadinho do pacote e olho para os garotos, invejando toda aquela liberdade e despreocupação juvenil, e me controlo para não ir até lá e aconselhá-los a estudar bastante, passar na faculdade e fazer todo o possível para ter mais opções de vida. Fazer planos e mais planos. Fazer conexões, conhecer pessoas e nunca ter medo de experimentar e falhar. Experiência é tudo. Queria aconselhá-los, antes de mais nada, a não se acomodarem no primeiro emprego que arranjarem.

Um dos garotos começa a correr em volta da piscina e dá um pulo estilo bola de canhão tão épico que acaba molhando todos os amigos e uma boa parte do deque da piscina.

— Eu estava com o celular na mão, seu babaca! — um deles grita. E segue-se um coro de gargalhadas gostosas que ecoam por todo o ambiente. A área da piscina fica em um pátio em forma de U cercado pelos muros externos do hotel, e de frente dá para ver as janelas dos quartos. Fico esperando que alguém abra uma cortina ou que algum pai ou responsável apareça para dizer para eles ficarem quietos e se comportarem, mas nada disso acontece.

Como eles *obviamente* não estão sob supervisão de nenhum adulto, o que acontece depois é uma espécie de luta inofensiva entre garotos, com alguns dos palavrões mais sujos que eu já ouvi – e olha que meu pai era pedreiro, então já ouvi de tudo e mais um pouco. Os espirros de água começam a virar ondas que chegam até o lugar onde minhas pernas estão mergulhadas na água. Aos poucos aquilo já não parece mais só um bando de jovens à solta, mas sim uma encenação de *O Senhor das Moscas*. Mas, ainda assim, prefiro o caos ali a seja lá o que eu tiver que enfrentar lá dentro.

O meu celular começa a vibrar, e eu olho, meio a contragosto. Algumas chamadas não atendidas do James. Nada da Melly. Mas já imagino que ela só vai ligar amanhã mesmo. Depois de esfriar a cabeça por algumas horas – e sem ninguém para tentar acalmá-la –, ela vai pedir desculpas amanhã de manhã, como sempre. Acho que vai.

Mas há uma mensagem nova no meu grupo com a Peyton e a Annabeth.

Annabeth
E aí, como estão as coisas?

Penso por um momento na melhor resposta. Ter que digitar uma mentira dizendo que está tudo bem vai fazer minha cabeça explodir, mas também não consigo explicar o que está acontecendo. É estranho, mas acho que a única pessoa que me entenderia de verdade seria o James.

E eu não posso me abrir com ele.

Carey
Sabe quando seus pais dizem que é melhor ficar quieto se você não tem nada de bom pra dizer?

Annabeth
Aham.

Peyton
Os meus nunca disseram isso.

Annabeth
Porque a Liz e o Bill Gibley adoram um babado.

Peyton
É verdade. Adoram mesmo.

Annabeth
Arrisco dizer que a turnê do livro não começou muito bem. É isso, Carey?

Que eufemismo.

— Ei.

Fico tão surpresa que quase deixo o celular cair na piscina e, quando olho para cima, vejo James bem ali. As mangas da camisa social dele estão arregaçadas, destacando tão bem seu antebraço que isso acaba me distraindo da minha ressaca mental.

— Não quis interromper a diversão. — Ele pigarreia, e eu pisco para tentar focar e meus olhos descem até os seus braços (e que braços), que seguram um pacote de salgadinhos numa das mãos e uma cerveja na outra. É o que basta para fazer dele o homem dos meus sonhos neste momento.

Como meu pacote já está vazio, fico com água na boca na hora. Por causa dos salgadinhos, não do seu braço. Eu acho.

— É para mim?

— Achei que você pudesse precisar depois... — ele acena com a cabeça para o hotel — *daquilo*. Mas estou vendo que você já se adiantou.

Aquilo.

A vergonha toma conta de mim de novo. Murmurando um *obrigada* sem graça, eu aceito o pacote que ele me oferece e abaixo a cabeça. Meu cabelo escorrega no rosto, por sorte tapando a visão das minhas bochechas vermelhas.

— Posso fazer companhia?

Consigo pensar em pelo menos doze coisas que eu preferiria fazer agora a ter que falar sobre esse assunto, mas acabo apontando para o chão perto de mim.

— Fique à vontade.

Ele leva um tempo para tirar os sapatos e arregaçar as calças caras antes de se sentar ao meu lado e mergulhar devagar os pés na água. Solta um suspiro baixo e retumbante que faz minhas pernas arrepiarem.

— É agradável aqui fora — ele diz, olhando para o pátio e para as sacadas com vista para o lugar onde estamos sentados. — O meu quarto tem vista para o Hooters do outro lado da rua.

Solto uma risada.

— Você deve ser o primeiro homem hétero a dizer isso com essa cara de decepção.

— Nunca gostei muito da cor laranja. — Quando ele ri com a boca bem aberta, lembro que ele tem dentes lindos e bem branquinhos, mas uns caninos muito afiados e, estranhamente, muito sedutores. Ele muda a expressão de nerd sério e faz uma cara meio de malandro, meio sexy.

— Que pena — concordo.

Colocando a mão no bolso, ele tira um abridor de garrafas, abre a cerveja e deixa a garrafa no chão entre nós. Eu consigo esperar dois segundos inteirinhos antes de levantar a garrafa devagar e tomar um gole bem longo.

Fico vendo os garotos fazerem uma algazarra do outro lado da piscina. Quero tentar evitar ao máximo aquele problema de cabelo platinado e voz estridente que há entre mim e o James. Abro o pacote para pegar um salgadinho e acabo mastigando meio que alto demais neste silêncio constrangedor que paira no ar entre nós.

— Foi mal — digo, ainda mastigando. James ri, segura o pacote, pega uns salgadinhos e manda alguns para dentro da boca.

— Você estava aqui fora o tempo todo? — ele pergunta. *Desde que sua cabeça foi arrancada*, ele quer dizer.

— Dei um pulo ali na loja de conveniências da esquina. Bizarro. Eu não pensei que comprar umas guloseimas chorando pudesse deixar o cara do caixa tão constrangido. Imagino que ele tenha achado que eu estava de TPM. — Faço uma pausa e, não sei por quê, explico: — Mas eu não estou.

Quero escorregar para a piscina e ficar afundada ali para sempre. Como era de se esperar, James fica em silêncio por alguns segundos. Então ele solta um simples:

— Que bom.

Um dos garotos mais velhos encontra dois macarrões de piscina escondidos atrás de uns arbustos, e então ele e outro garoto começam a se golpear. Quando eles se unem para bater em outro garoto, de um jeito tão empolgado que a vítima cai na piscina feito um saco de areia, James olha nervoso para dentro do hotel.

— Será que a gente deveria chamar um adulto?

Mas a cabeça do garoto ressurge para fora da água e ele ri loucamente.

— Eles só estão de bobeira. Eu também cairia na água, mas não vou pagar 85 dólares por um biquíni de redinha na loja de presentes do hotel. — O som de uma paulada, desta vez mais alto do que os outros, vem do outro lado da piscina, e eu olho para o James. — Você não se lembra de quando era assim?

— *Assim*? — ele pergunta e ergue a garrafa, como que perguntando *Posso?* Faço que sim e, do nada, começamos a compartilhar uma cerveja. — Nem de perto. Você era assim?

— Não *desse* jeito, mas eu gostava de uma bagunça na represa. De descer o rio Snake com boias de pneu com os meus irmãos. Nadar pelada com as amigas. A gente sempre nadava pelada.

Ele tosse, engasgando. Nunca o vi fazer essa cara antes, mas ouso dizer que ele ficou um tanto impressionado.

— É mesmo?

— A nossa infância foi meio selvagem. Os meus pais não ligavam muito. Minha avó costumava nos chamar de "crianças caipiras".

No verão, era sempre igual: a gente saía de casa de manhã e só voltava quando estava anoitecendo. O campo era enorme, então não tinha ninguém para ficar de olho nas crianças.

— Sempre esqueço que você foi criada em Wyoming. Você viveu lá a vida toda?

Pego a cerveja e dou um gole.

— Naquela época era diferente. Eram mais fazendas familiares, menos latifúndios multimilionários.

— Você cresceu em uma fazenda?

— Uma chácara. Quando a gente deixava a porta aberta ou algo parecido, minha mãe gritava: "Vocês foram criados no curral?". Aí a gente levava uma surra por retrucar: "Você saberia dizer". Meu pai era pedreiro e carpinteiro e plantava alfafa. Minha mãe vendeu boa parte das terras, mas a gente costumava construir fortes, brincar na lama e fazer muita bagunça nos campos, coisas que meus pais nem sonham. Agora está tudo loteado.

— Fazer a pedra quicar na água e pular em poças — ele me provoca, com um sotaque caipira horroroso.

Eu o empurro com o ombro e pego o pacote de salgadinhos outra vez.

— Tipo isso. Lembro que alguém pendurou uma corda que balançava por cima do rio. Costumava ser muito cheio, mas em alguns anos o nível da água ficava baixo e bem rasinho nas margens. Os pais mais superprotetores cortavam a corda todos os anos, mas não demorava muito para alguém pendurar outra. Ainda não sei como a gente não se matou com aquilo.

— Parece muito legal, de verdade. A coisa de mergulhar, não de se matar.

— E era mesmo. Saudades. Tanto espaço para explorar, tanto tempo de vida ao ar livre. Isso foi antes da internet, mas nem parece que faz tanto tempo. — Dou outro gole, engolindo junto a nostalgia. — E você?

— Já vou dizendo que nunca nadei pelado.

— Que chacota.

— Pois é.

Eu me viro para olhar para ele.

— Fala sério. Você não pode ter sido sempre tão certinho. Você quer que eu acredite que você brotou de algum lugar, todo engomadinho com um diploma do MIT pré-instalado?

— Minha irmã pode confirmar.

Eu o analiso de perfil e percebo que ele não está usando óculos. Como o universo nunca é justo com essas coisas, os cílios dele são longos, e escuros, e bem curvados. Eu fico com inveja na mesma hora. Ele toma um gole de cerveja e limpa os lábios com um dedo.

James me dá um tapinha nas costas quando eu tusso e me passa a cerveja, esperando eu segurá-la antes de soltar.

Como se soubesse que as minhas mãos estão meio fracas.

Meu estômago faz um voo rasante.

— Está tudo bem? — ele pergunta.

— Está — digo, tomando um gole para me recuperar. — Alguma coisa não me caiu bem. — Recomposta, eu o incentivo a continuar. — Ela é mais velha que você, né? A sua irmã?

Ele parece surpreso por eu me lembrar ou talvez por eu estar interessada na conversa de verdade.

— Quatro anos. O suficiente para me ver como um estorvo, e não como um amigo.

— Eu tenho um irmão cinco anos mais velho, o Rand, e outro seis anos mais velho, o Kurt. Eles me protegiam quando precisavam, mas quando os amigos deles estavam por perto, era tipo: "Aquela pirralha ali? Nunca vi".

Ele ri, uma risada rouca e mansa. Será que ele sempre riu assim? Será que eu estou há tanto tempo nesse estado de estresse induzido pela Melly que nem notei as risadas, os braços, não percebi os cílios, os lábios e os dedos?

— A Jenn também era assim — ele diz. — Quando a gente ia ao parque de diversões em Albuquerque...

— Pera lá. Você é do Novo México? — Quando ele faz que sim, eu brinco: — Ninguém *é*, de fato, do Novo México.

Ele ri da piada.

— Eu sou, juro. Fomos para lá quando eu tinha três anos. Antes, morávamos em Wisconsin. Minha mãe cresceu no Novo México e, depois de acabar a residência em Madison, ela abriu uma clínica médica da família em Albuquerque.

— Parece um disfarce de proteção de testemunhas — provoco.

— Bem que eu queria que minha vida fosse tão emocionante assim. — O sorriso do James é o meu mais novo vício. — Olha só: meu pai trabalha com *finanças*. Eu era o líder da banda marcial da escola e presidente do clube de xadrez. Com certeza não vai ser difícil acreditar nisso. A gente tinha uma casa, um cachorro e a coisa toda.

Olho para ele, cerrando os olhos.

— Dá para acreditar. Eu aceito. Agora vai em frente, pode continuar me contando sobre o parque de diversões.

— É algo importante na nossa família — ele diz, com uma seriedade encantadora. — Minha mãe ia ao parque quando criança, então é tipo um ritual de passagem. Era o meu local preferido. Tinha os passeios, um parque aquático e os jogos. Tinha até um festival de espetinhos. Eu implorava para os meus pais levarem a gente e, quando a minha irmã passou a ter idade para ir com as amigas, eles a obrigavam a me levar junto.

Eu me lembro dos meus irmãos choramingando sempre que a minha mãe os obrigava a me levar para casa ou me pegar na escola. Eles nunca tinham medo de me dizer como eu estragava o estilo deles.

— Tenho certeza de que ela adorava te levar.

— É, eu era um atraso de vida, porque eu queria ir, mas tinha medo das montanhas-russas.

— Então o que você fazia lá?

— Eu costumava ficar só olhando. Tentava chegar o mais perto possível dos brinquedos para entender como funcionavam. Eu ficava fascinado com a ideia de que podiam fazer alguém descer voando por aqueles trilhos a 100, 120, talvez até 150 quilômetros por hora, sem nenhum motor no carrinho. Você é empurrado até o topo da montanha e aí é a conversão da energia potencial em energia cinética que faz o trabalho.

— Isso é a coisa mais James McCann que já ouvi, e olha que já ouvi você falar por uma hora sobre os princípios da carga sísmica. — Mando mais um salgadinho para dentro da boca. — Acho que, quando olho para uma montanha-russa, eu só enxergo o potencial de vômito. Ou morte. Nunca pensei em como elas funcionam. Mas imagino que deva ser fascinante para um supernerd. — Paro por um instante antes de acrescentar: — Aliás, é para ser um elogio. O seu cérebro é incrível.

James abaixa a cabeça e finge estar interessado em uma lasca no piso. Aproveito a oportunidade para estudar os traços bem definidos do seu maxilar. Seu rosto é tão anguloso, composto por extremos como os cílios suaves e características mais marcantes: as maçãs do rosto, o maxilar, a linha reta de seu nariz.

— Mas calma aí, e a Flórida? — digo, me lembrando de repente do que ele estaria fazendo nesta semana se não tivéssemos sido obrigados a bancar as babás dos Tripp. — Você disse que ia andar de montanha-russa com os seus sobrinhos.

— Eu não tenho mais medo de montanha-russa. Comecei a entender como elas funcionam, que cada parte serve para alguma coisa. Algumas rodas servem para o carrinho deslizar suave, outras mantêm o brinquedo todo no trilho, outras ajudam na movimentação lateral e por aí vai. Quando eu entendi como a coisa toda funcionava, deixou de parecer tão assustador.

— Acho que eu teria ainda mais medo se soubesse de tudo que pode dar errado. — Eu rio. — Acho que isso explica por que você é engenheiro e eu sou assistente. Você entende o lado mecânico das coisas. Eu basicamente só reservo hotéis meia-boca para a gente.

Ele fica quieto por um tempo, só respirando.

— Mas isso não é verdade, é?

Isso me pega desprevenida, e eu olho de lado para ele.

— Oi?

— Apesar de tudo o que você acha sobre mim, eu sei que o seu trabalho é difícil. Poucas pessoas entendem como o trabalho de assistente pode ser exigente. — Ele inclina a cabeça e dá um sorriso fofo. — Mas sei que não é só isso que você faz.

Por um segundo, eu fico completamente perdida.

— Oi?

— O Rusty me contou — ele diz, baixinho.

A ficha vai caindo aos poucos, e eu sinto que há um peso segurando todo o ar do meu peito, puxando o meu pulmão para baixo.

— O que o Rusty contou?

— Que os projetos são seus. Que toda a marca se deve ao trabalho que você fez desde o começo. — Ele para por um momento e fica me observando. — E que faz até agora.

Fico até com medo de tentar respirar.

— O Rusty disse isso?

— Disse.

Eu me viro para onde os garotos estão, agora se preparando para entrar.

— Não sei por que ele diria isso.

— Carey, fala sério. Os conceitos e os móveis? A marca toda? Foi você? É um milagre que você esteja fazendo literalmente *tudo* e ainda não tenha surtado.

Meus pais não eram perfeitos, mas eles valorizavam quem trabalhava pra valer. Meu pai trabalhava dezesseis horas todo santo dia. Minha mãe é professora infantil e sempre trabalhou muito, por um salário baixo e nenhuma valorização. Eles me ensinaram a só parar de trabalhar quando o trabalho acaba e a dar o meu melhor. Sempre. Eles também me ensinaram a ser humilde, mas agora, ouvindo essas palavras e o reconhecimento que eu sempre quis em segredo, uma pequena fera começa a ganhar vida no meu peito, mostrando as garras e querendo mais. Mas, ao mesmo tempo, é assustador. James chegou há poucos meses. Ele não se importa tanto com a sobrevivência da empresa. Ele não tem tanto a perder se tudo desmoronar.

— Não é bem assim — digo, com o coração acelerado. *Que porra está passando pela cabeça do Rusty?*

— Não, é? Porque o Rusty parecia saber o que estava dizendo. E aquele programa em que você estava trabalhando? Não era Minecraft. Você estava criando um *layout*, não estava?

— Só brincando com algumas ideias de plantas baixas.

— A reação da Melissa na noite de autógrafos quando o Rusty perguntou para você sobre a vitrine... e o jeito como você parece saber como os móveis são montados e como consertá-los... — Ele hesita. — Eu nunca contaria para ninguém, se é por isso que você não quer me contar o que está acontecendo.

Sinto um pânico brotar de dentro de mim como uma maré enchendo. Não sei bem o que dizer. *Será que eu nego completamente? Invento uma desculpa?*

— Carey... — ele começa.

Eu corto.

— Tipo, sim, as primeiras vitrines foram minhas — digo, baixinho, como se a Melly pudesse nos ouvir, pronta para dar o bote a qualquer momento. — Eu que fiz a maioria. Mas eu fiz tudo com o nome da Comb+Honey. Se eu fosse um cientista e inventasse um novo composto químico, a fórmula pertenceria a mim ou à empresa para a qual eu trabalho?

— Não sei se é assim que essas coisas funcionam.

— Eu trabalho para eles desde os *dezesseis* anos, James — digo, já desesperada. — Eu ganho uma boa grana, ainda mais para alguém com a minha experiência, que é nenhuma. Isso é tudo que eu já fiz. Eu não fiz faculdade, não tenho nenhuma formação, nenhum título. Nunca ganhei uma promoção ou uma mudança de cargo porque nunca precisei de um cargo. Nunca vou conseguir fazer o que eu faço em outro emprego e, mesmo se conseguisse, seria porque eu trabalhei na loja *dela*, nos trabalhos *dela* e nos programas *dela*.

— Você poderia mostrar a alguém o que você sabe fazer e contar que sempre foi você quem fez.

A triste verdade bate forte e eu olho para a água.

— Ela diria que me ensinou tudo o que eu sei. Seria a palavra dela contra a minha. — Olho para ele. — Pelo menos aqui eu amo o que faço. Que valor eu tenho se não posso contar a ninguém que o trabalho é meu?

Ele olha para a piscina fazendo uma careta, e consigo ver que ele está tentando pensar em algum argumento, mas depois de alguns instantes de silêncio, ele deixa os ombros caírem.

— Caramba. Que droga.

Dou um empurrãozinho no ombro dele com o meu.

— Deve ser difícil para um engenheiro. Tantas emoções.

— Você me chamou de engenheiro, não de assistente. Duas vezes, na verdade.

Eu rio.

— Qual é a diferença entre um engenheiro introvertido e um engenheiro extrovertido? — ele pergunta.

Olho para cima e sua empolgação para me contar aquela piada faz meu coração disparar como um animal selvagem dentro do peito.

— Qual?

— Quando o engenheiro introvertido conversa com alguém, ele olha para os próprios sapatos. Quando o engenheiro extrovertido conversa com alguém, ele olha para os sapatos da outra pessoa.

Caio na gargalhada e ele sorri, tão doce e orgulhoso que sinto que vou derreter no deque da piscina.

— O que você está fazendo aqui? — Gesticulo para o lugar à nossa volta. — Pé na estrada. É a sua oportunidade de fugir.

— Pois é — ele diz, se recompondo. — Mas a minha situação profissional não é muito melhor. Ou eu coloco a minha passagem pela Rooney, Lipton & Squire no meu currículo e arco com as consequências, ou não coloco e deixo um buraco de quatro anos no meu histórico profissional. Eu tenho um bom portfólio e projetos que assinei, mas agora tudo está manchado debaixo de uma nuvem de escândalo. Inclusive eu. Achei que isso aqui fosse a minha saída.

— Eu sinto muito, James.

Em algum momento durante a nossa conversa, os garotos barulhentos foram embora e agora o pátio está completamente vazio. Luzes de LED coloridas brilham debaixo da superfície da água, mandando ondas radiantes para as árvores ao lado do hotel e até para a nossa pele. Será que podemos ficar aqui a noite toda? Talvez se a gente perdesse o ônibus de manhã, *ops*.

— Posso fazer uma pergunta? — ele diz, e eu me viro ao ouvir que seu tom de voz mudou. Está sério, quase nervoso. — Mas você não precisa responder.

— Claro.

— Você e o Rusty falaram do plano de saúde. — Minha respiração para e ele vai logo explicando. — Ele não me contou nada, só falou que, por mais que a Melissa seja horrível a maior parte do tempo, às vezes ela ajuda você com as consultas. — Ele espera que eu pegue a deixa, mas como eu não digo nada, ele pergunta: — Que consultas?

As palavras repousam no meu peito feito uma pedra. Por instinto, olho para baixo e vejo minhas mãos paradas, relaxadas e disfarçadas nas minhas pernas. É estranho que alguém me pergunte sobre isso. Num susto, percebo que nunca me perguntaram antes. Todas as pessoas que eu conheço e que perceberam que eu tinha algo diferente — Peyton, Annabeth, até os meus irmãos — esperaram até que eu decidisse contar por iniciativa própria.

Talvez *estranho* não seja a palavra certa. É *legal* que alguém me pergunte sobre isso.

— Eu consigo disfarçar muito bem quase o tempo todo — conto —, mas você já deve ter notado que os meus dedos nem sempre colaboram.

— Eu notei, mas... bom, a gente tem passado bastante tempo juntos. Não há muito mais coisas para olhar — ele diz, sorrindo como se estivesse pedindo desculpas. — Eu roo as unhas quando fico ansioso. Só achei que você tinha um tique nervoso nos dedos.

Eu rio e sinto a tensão se dissipar em mim. É bom poder falar com o James sobre o que eu tenho. Significa que não vou precisar ficar sentada em cima das mãos quando ele estiver por perto.

— Chama-se distonia. Distonia focal, no meu caso. Basicamente, quando o cérebro manda um músculo se movimentar, ele também manda outros *não* se movimentarem. Com a distonia, todos os músculos em volta de uma junta se contraem ao mesmo tempo. Significa que minhas mãos se cerram e se contraem. Quase sempre a esquerda, mas de vez em quando a direita também. Às vezes meus dedos dobram e esticam e ficam agindo por conta própria.

— É pior na esquerda — ele diz, baixinho. — É por isso que já vi você usando a mão direita às vezes, mesmo você sendo canhota?

Fico olhando para ele por alguns segundos. Ele notou tudo isso? Não sei se isso significa que ele está curioso ou fascinado, mas, por sorte, sua atenção parece acolhedora, e não clínica.

— Quando eu não consigo parar de derrubar o lápis, sim.

Ele estremece.

— Dói? — Sua voz é tão gentil que quase chega a doer.

— Às vezes.

— Para que servem as consultas?

— Botox — digo, fazendo um beicinho exagerado. — Evita a câimbra nos músculos. Mas eu faço nas mãos, é claro, aí não consigo ficar livre das rugas.

Ele solta um grunhido baixinho.

— Eu sinto muito, Carey.

— Tudo bem — digo, sorrindo. — Eu ainda nem tenho rugas mesmo.

— Quero dizer, por tudo isso — ele diz, tentando se explicar, constrangido.

Por reflexo, tento evitar que ele sinta pena.

— Está tudo certo. A Melly pode ser terrível, mas ela sempre esteve ao meu lado quando eu precisei. Ela me deixa projetar. Ela me deixa fazer as coisas. Não conheço nenhuma outra empresa que me deixaria fazer isso com o meu nível de experiência.

Eu me deito no piso e olho para as janelas logo acima, a maioria está agora apagada. Fico me imaginando procurando outro emprego. Indo a entrevistas. Tendo que explicar ao meu novo chefe e aos meus novos colegas que eu nem sempre consigo controlar as minhas mãos e que às vezes não consigo segurar um telefone ou uma caneta ou fazer coisas simples como fechar um botão. Eu só escrevi um currículo uma vez e tenho certeza de que ficou péssimo. Eu rio quando me lembro disso, da única vez que me candidatei a outro emprego e em "Experiências profissionais anteriores", eu incluí as aulas de contabilidade da sétima série.

Levo as mãos ao rosto e suspiro.

— Quer ouvir uma maluquice?

— Sempre.

— Eu comecei a fazer terapia, porque precisava conversar com alguém, mas aí eu não podia contar nada para ela por causa da forma como o contrato de confidencialidade está redigido. Não é muito zoado? Tá bom, eu vou ficar quieta. Estou deixando nós dois deprimidos.

— Não está, não. — Ouço James colocar a garrafa no piso. — Mas venha. Vamos fazer alguma coisa.

Abro os olhos e o vejo de pé ao meu lado.

— Tipo o quê? Não podemos ir a lugar nenhum, e eu não quero entrar. Preciso economizar, já que estou prestes a perder o emprego.

Ele coloca a mão no bolso, chacoalhando algumas moedas, e seus braços me chamam a atenção de novo. Bronzeados, bem tonificados, sem muitas veias aparentes. Só uma leve penugem.

— Vamos nadar.

Volto a atenção ao seu rosto de novo.

— Eu já falei, não trouxe roupa de banho.

— E quando foi que isso te impediu de alguma coisa? — Ele começa a desabotoar a camisa. Consigo ver as clavículas e... certo, minha atenção está toda nele agora.

Eu me sento e tento impedi-lo com as mãos.

— Eu não vou nadar pelada numa piscina de hotel! — Eu me inclino na direção dele, sussurrando: — Você ficou louco?

Ele tira a camisa, mostrando uma parte muito interessante do peito e da barriga descobertos. Eu nunca tinha imaginado o James sem camisa. Eu não estava preparada para aquilo. Ele não é corpulento, mas é definido, com uma pele macia e bronzeada e músculos que se alongam e se contraem quando ele se move. Sinto que estou com água na boca de novo, e desta vez não é por causa dos salgadinhos.

— Não estou falando que vamos ficar pelados — ele diz, e eu tento ignorar a forma como todas as minhas terminações nervosas se comportam e prestam atenção nele. Ele solta o cinto e aponta para a piscina. Será que eu já notei o som de um cinto antes? Porque, neste momento, o som do couro deslizando e o clique da fivela são praticamente obscenos.

— Você pode entrar com a roupa que você está — ele diz. — Vamos lá.

— Eu não trouxe muitas roupas — reclamo.

Ele sorri para mim. Nós dois sabemos que eu estou me fazendo de difícil.

Com o cinto afrouxado, ele se abaixa e coloca as mãos nos joelhos, e seu olhar está quase no nível do meu. Ele olha fixamente para as minhas roupas.

— Vai secar.

Ele estende a mão.

Alguns instantes se passam e, nesse tempo, fico imaginando todas as formas em que aquilo pode acabar mal, então penso: *Mas será que pode mesmo? O que de pior pode acontecer? Alguém ver duas pessoas se divertindo e nadando de roupa? Será que é tão ruim assim?*

Seguro sua mão – quente –, e ele me ajuda a me levantar.

— Mas talvez seja melhor tirar isso. — Ele aponta para a minha jaqueta jeans, abotoada até em cima. Sei que é ridículo, mas imediatamente fico ansiosa, com medo de não conseguir desabotoar os botões na frente dele.

Como que lendo os meus pensamentos, ele se aproxima.

— Posso ajudar?

Faço que sim, nervosa demais para insistir em fazer aquilo sozinha.

Em primeiro lugar, ele sabe o que está fazendo. Em segundo... eu quero mesmo que ele faça.

Com dedos firmes, ele segura o botão de baixo e passa pelo tecido. Está tudo tão quieto que consigo ouvir o som do tecido deslizado por cima do metal, a água batendo contra a lateral da piscina. O jeito como estou segurando a respiração.

Respira, Carey. Você vai estragar tudo se desmaiar e tiver que ser arrastada para fora da água inconsciente.

Ele se move devagar, mas decidido, subindo da minha barriga até os meus seios, chegando ao meu pescoço. Ele não tira os olhos de onde está trabalhando com as mãos, mas mesmo no escuro consigo ver que seu rosto está corado. Será que ele percebeu a minha dificuldade para respirar? Estou fazendo todo o possível para não pirar com o fato de que ele está sem camisa e basicamente me ajudando a tirar a roupa.

Quando ele termina, nossos olhares se cruzam por um segundo e ele dá um passo para trás, deixando os braços caírem ao lado do corpo.

— Obrigada. — Acho que nunca me senti tão excitada, e ele só me ajudou a desabotoar uma jaqueta. Deus me ajude quando eu o vir molhado.

Perdida nessa imagem, levo um susto quando ele finalmente tira o cinto, fazendo um estalido que me distrai. Ele coloca o cinto ao lado do relógio em uma das espreguiçadeiras. Eu também tiro o meu.

— Pronta? — ele diz, recomposto e sorrindo de um jeito que nunca vi antes, nem no dia em que tirei sarro de uma gravata que ele estava usando e minha cadeira quebrou na mesma hora, em uma vingança cármica hilária.

Eu nego com a cabeça.

— Não.

Ele ri e seu pomo de adão sobe na garganta, o que me faz lembrar de que a pele dele está à mostra...

Ele desabotoa e tira a calça e agora está vestindo só uma cueca boxer preta.

— Vamos no três — ele diz, e eu fico muda por um momento, incapaz de tirar os olhos das pernas, dos ossos do quadril e dessa pequena faixa de tecido entre essas partes.

— Um, dois...

Ele não chega ao três. Eu me lembro das tardes no rio, do sol escaldante no céu, da sensação da água gelada na pele. Eu me lembro da adrenalina de me agarrar à corda e da liberdade de soltá-la, confiando que a profundidade da água seria suficiente, mesmo sabendo que haveria grandes chances de não ser.

Corro até a beira da piscina e pulo. Sinto meu coração na garganta ao ser engolida pela escuridão e depois batendo acelerado quando eu volto para a superfície.

Eu me debato na água, usando as mãos e os pés para me virar no instante em que o grito do James ecoa pelo ar. Sua bola de canhão espirra para todos os lados e eu rio quando ele aparece.

— Que frio!

— Você estava com os pés na água, não deveria ser uma surpresa — digo, gargalhando e juntando um pouco de água nas mãos para jogar nele.

Ele corre atrás de mim, e eu nado para longe, soltando gritinhos. Ele mergulha e segura o meu tornozelo gentilmente com a mão, deslizando até minha panturrilha. Eu chuto e me debato, enquanto as camadas finas da minha saia ondulam em volta das minhas pernas, formando uma nuvem rosa. Acho que eu acerto um chute no rosto dele. Quando nós dois subimos para tomar ar, ainda estamos rindo.

— Não acredito que eu concordei com isso — digo. — Você é uma má influência.

Ele se ergue e puxa o cabelo para trás.

— Eu? Eu sou o cara comportado aqui. Eu nunca nadei pelado na vida.

— Ainda não — digo, espirrando água de novo e gritando ao tentar fugir. Ele mergulha, e eu sinto que estou numa casa de espelhos, tentando descobrir onde ele vai aparecer desta vez.

Eu nem chego a descobrir, porque seus braços envolvem a minha cintura e eu sou puxada para baixo e virada para o outro lado. Um James sorridente aparece bem ali na minha frente. Quando ele ri, saem bolhinhas da sua boca, mas ele arregala os olhos quando eu viro o jogo e o ataco. Corro atrás dele em volta da piscina, mas só consigo roçar na perna dele com as mãos. Então ele para, e eu fico surpresa ao ver como estamos próximos e que as minhas mãos estão deslizando pelo peito e pela barriga dele.

Quando voltamos à superfície, percebo que estamos bem na lateral na piscina. Ele me gira para eu ficar encostada contra a parede e, gentilmente, me deixa presa entre seus braços. Nunca estive assim tão perto de James McCann antes.

Eu não me importo nem um pouquinho com isso.

Nós dois estamos sem fôlego. A água fica presa nos seus cílios, formando umas gotinhas, e seu rosto está rosado pelo esforço – ou por causa do meu chute –, e eu tenho uma sensação desconcertante de que nunca tínhamos nos visto de verdade antes desta noite.

Seus olhos são castanhos e brilhantes, seu sorriso é enorme. Ele passa a língua na boca e morde o lábio de baixo. Sinto um arrepio percorrendo toda a minha pele e não tem nada a ver com a temperatura da água.

Percebo o momento em que ele se dá conta da nossa posição, porque o sorriso brincalhão some do seu rosto e se transforma em algo mais sério. Seu olhar cintila, refletindo o meu rosto e a minha boca, e ele pisca uma, duas vezes.

— Desculpa — ele sussurra, e eu sinto sua respiração se misturar com a minha, o calor paira até os meus lábios. Ele dá um passo para trás e, por instinto, eu levo minhas mãos ao quadril dele.

Alguns segundos se passam e a água bate na lateral da piscina, fazendo com que nos aproximemos e nos afastemos. Num movimento só. Olho para sua boca, me perguntando como eu nunca notei como seu lábio superior é arqueado e como o inferior é carnudo. Sua cueca desce com o peso da água e eu estou tocando direto na pele dele, diferenciando bem o que é músculo e o que é osso. Meus mamilos endurecem debaixo do tecido da minha camisa. Meu sutiã de renda não protege nada na água fria. Se eu fosse para a frente, um centímetro que seja, ele me deixaria beijá-lo? Será que ele quer? Eu quero?

Tiro uma gota de água dos meus lábios com a língua, e seus olhos seguem o movimento antes de encontrar os meus novamente. Ele faz um gesto com a cabeça, tão imperceptível que eu não teria notado se não estivéssemos tão próximos, peito junto ao peito e respirando o mesmo ar. Eu tenho um quarto lá em cima, com uma cama. Ele também. Seria tão simples beijá-lo. A distância entre nós não passa de poucos centímetros.

Mas eu estou solteira há tanto tempo que já nem sei mais como se faz isso. Eu vacilo. Será que ele fez aquele gesto *mesmo*? Será que seu sentimento é mais de empatia e menos de intenção sexual?

Meu coração dispara no peito e não sei qual de nós dois decide agir primeiro, mas ali está ele, e sua boca deslizando sobre a minha, uma vez e mais uma. Ele se afasta, dando um beijinho no canto da minha boca, e nós nos olhamos. Ainda estamos em uma situação em que poderíamos colocar a culpa no movimento da água, talvez. Ou, história engraçada, uma noite tão estranha e cansativa.

Mas ele vem na minha direção mais uma vez com um sorriso e, sem dar tempo de tomar fôlego, estamos nos beijando como se precisássemos daquilo: beijos, línguas e, de vez em quando, uma puxadinha com os dentes. Ele desce as mãos até as minhas e me segura, me levando para junto dele, e, quando ele se aproxima, eu ergo as pernas e as envolvo na sua cintura, flutuando.

Faz muito tempo que eu não fazia nada assim, mas acho que nunca foi tão bom quanto...

— Não vai engravidar a garota!

Nós nos separamos e vemos alguns dos garotos que estavam antes na piscina parados nas janelas abertas. Ergo as alças da minha blusa para cobrir os ombros. James anda pela água, tira os olhos das sacadas e lentamente olha para mim, procurando. Nada é pior do que ser pego no flagra, e o clima foi completamente arruinado. De repente, eu me dou conta de que a água está gelada demais e que ficou tarde demais.

Mas também me dou conta do que acabamos de fazer, da sensação do seu corpo contra o meu, e de como eu gostei.

James manda um joinha para os aborrecentes idiotas, como que dizendo *Valeu pelo conselho, seus merdinhas*, e eu saio da piscina, já pegando a primeira toalha que vejo.

Transcrição parcial da entrevista com Carey Duncan, 14 de julho

Agente Ali: Então a senhora e o sr. McCann estavam se aproximando.

Carey Duncan: Por que você está dizendo isso?

Agente Ali: Ele aparece bastante nas suas lembranças de tudo o que aconteceu.

CD: Só porque estávamos juntos o tempo todo.

Agente Ali: Apenas como colegas de trabalho?

CD: O que é isso, programa de namoro na TV?

Agente Ali: Você pode se negar a responder qualquer pergunta, a qualquer momento.

CD: Então eu prefiro assim. Não quero falar sobre o James. Tudo o que aconteceu ou não aconteceu entre a gente não tem nada a ver com o que houve naquela noite.

Agente Ali: Certo.

CD: Você está anotando?

Agente Ali: Sim, estou tomando notas. Mas, como falei no início, esta entrevista será transcrita e mantida nos autos.

CD: Que ótimo. Esses autos são públicos?

Agente Ali: Vamos mudar de foco um pouco. O anúncio da revista *Variety*: do que se tratava?

CD: Do novo programa, *Lar, doce lar*. Os Tripp vinham filmando o programa em segredo há um tempo enquanto encerravam o *Novos espaços*. Era muito parecido com o programa que eles faziam antes, mas dessa vez não havia nenhum outro apresentador junto com eles. A pressão estava toda sobre os Tripp.

Agente Ali: E como eles estavam lidando com isso?

CD: Será que a expressão "bagunça total" deixa claro nos autos?

Agente Ali: Sim.

CD: Então essa é a minha resposta.

Agente Ali: Portanto o sucesso ou o fracasso do programa *Lar, doce lar* dependia única e exclusivamente dos Tripp?

CD: Sim.

Agente Ali: E o sr. McCann gostava dos Tripp?

CD: Na medida do possível, acho que sim. Acho que eu só me dei conta disso ontem, mas é possível que a Melly soubesse, quando contratou o James, que ele estava vindo de uma empresa que tinha se afundado em um escândalo. Talvez ela soubesse que ele estava desesperado e tenha usado isso contra ele. Ela sabia que ele não reagiria, então ela basicamente o transformou no assistente do Rusty. Ele não tinha poder algum.

Agente Ali: Então você acha que o sr. McCann aceitou o emprego porque estava se sentindo encurralado?

CD: Acho que ele aceitou o primeiro emprego que apareceu.

Agente Ali: Então ele ficaria contente se surgisse alguma situação nova?

CD: Você está sugerindo que o James teria algum motivo para arruinar os Tripp?

Agente Ali: Vamos dar um intervalo de cinco minutos antes de continuar.

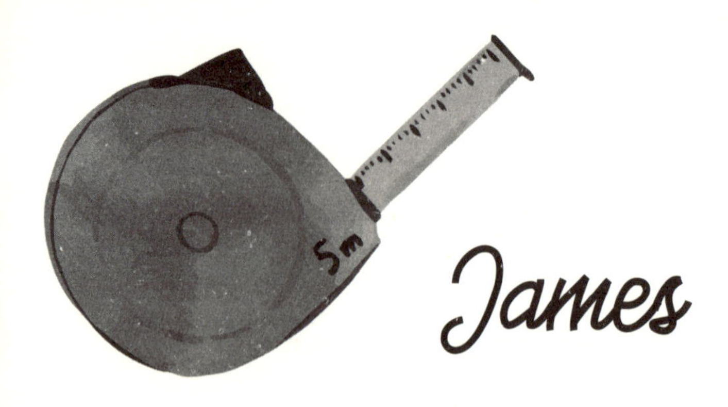

James

Quando eu entrei neste emprego ou saí para esta turnê, se alguém tivesse me perguntado se eu conseguia imaginar que em algum momento eu viria a dar uns pegas com a Carey Duncan, eu com certeza diria que não. Pensando em retrospecto, acho que fui meio que um babaca com ela. A verdade incontestável de que Carey e eu viemos de mundos tão diferentes costumava parecer uma barreira entre nós. Ela é uma garota do interior que viveu a vida toda em um lugar só, e eu saí da minha cidade no Sudoeste há mais ou menos dez anos para estudar na Costa Leste e depois para trabalhar. À primeira vista, não tínhamos nada em comum.

Mas lá estávamos nós – nos beijando enlouquecidamente, com um fervor que eu não sentia havia muito tempo e com sentimentos crescendo exponencialmente a cada conversa que tínhamos. E agora aqui estou eu, vendo a Carey pular para fora da piscina e voltar para o hotel sem olhar para trás.

Olho para as sacadas acima bem quando os garotos se escondem. Eles deveriam se sentir uns monstros por estragar um momento como aquele, mas tenho certeza de que eles não estão nem aí, então não tenho onde descarregar a minha irritação e decepção. Uma tempestade elétrica corre pela minha pele. Eu conto devagar até cinquenta e saio da piscina, pegando uma toalha da prateleira, e volto para buscar as minhas roupas.

O piso está gelado debaixo dos meus pés. Tomo um choque ao ser puxado tão de repente de volta para a mais banal das sensações físicas, ainda sentindo o toque da língua, e da boca, e da pele da Carey. Será que eu já sabia, quando saí mais cedo hoje à noite atrás dela, que eu queria matar esse desejo que tem pulsado no fundo da minha mente? Ou será que foi por causa da forma como ela se abriu para mim, tão meiga e desprotegida?

Nunca conheci ninguém como ela. Meus relacionamentos anteriores sempre foram com mulheres que pareciam da mesma tribo que eu. A última pessoa com quem estive foi uma namorada de médio prazo – durou nove meses, mais ou menos. Eu soube que o namoro já era quando paramos de contar todos os detalhes do nosso dia com empolgação, quando paramos de querer ir juntos a todas as saídas com os amigos e quando o sexo começou a ficar meio monótono e silencioso. Eu levei em frente por mais um mês, mas quando percebi que nenhum de nós dois estava lá muito comprometido e que ela nunca admitiria isso, finalmente acabei com o nosso sofrimento. A ideia de passar o resto da vida naquela rotina – de dias monótonos de trabalho, seguidos de pedidos de comida, conversas educadas e sexo papai e mamãe – parecia horrível.

Mas eu tenho certeza de que não existe a menor possibilidade de isso acontecer em um relacionamento com a Carey. Ela pode até ter uma função passiva no trabalho, mas eu não posso ser o único a ver a mulher impetuosa tentando se libertar da vida para a qual ela foi moldada. Quando ela descobrir o que quer da vida, ninguém poderá segurá-la.

Subo para o quarto para tomar um banho longo e tranquilizante. Talvez amanhã a gente vá rir do final abrupto da nossa noite, e aquela energia entre nós ainda esteja lá. Talvez, com cuidado e discrição, a gente consiga transformar isso em algo em que valha a pena investir. Ou talvez a Carey tenha se arrependido de imediato do beijo e amanhã – um dia que já vai ser cheio de estresse e sobrecarga de trabalho – a situação fique ainda mais constrangedora e cansativa. Para ser realista, as chances de ficarmos juntos são mínimas. Sinto uma decepção doída me atravessar.

O lado bom, eu acho, é que não vou precisar me preocupar com isso por um bom tempo na manhã seguinte, porque acordo e vejo uma enxurrada de mensagens e notificações. O anúncio na *Variety* sobre a estreia da primeira temporada do programa dos Tripp, *Lar, doce lar*, na Netflix, aparece em todas as nossas redes sociais pouco depois das oito da manhã. A Melissa me enviou uma mensagem para avisar que uma estilista está indo ajudar o Rusty a se arrumar, e eu devo acompanhar a Carey até o restaurante Boulevard, no Embarcadero, para ajudar a preparar a recepção da tarde. Pelo que consta do itinerário, haverá cerca de cinquenta convidados, e a Melissa queria algo memorável para o almoço. Quando os convidados chegarem ao meio-dia, já teremos – segundo o Ted – uma boa ideia do burburinho que o programa vai causar e saberemos em alguns dias se o anúncio vai ajudar a alavancar, conforme esperado, as vendas dos livros.

Mal tenho tempo para ficar apresentável, muito menos para me preocupar com a situação que vou encarar hoje. Às nove e meia, estou esperando na calçada, chamando um carro para nós, quando sinto um toque no meu ombro.

Carey está ali parada, com os cabelos voando no rosto com o vento de São Francisco. Ela não consegue disfarçar o rubor no rosto, e um alívio me percorre ao ver que ela está tão nervosa quanto eu.

— Ei — ela diz —, eu não sabia que você iria comigo.

— Ordens da Melissa. — Eu a cumprimento de um jeito atrapalhado.

Ficamos ali, parados e constrangidos, por alguns segundos, e só posso pressupor que estamos os dois sem saber direito como começar a conversa. Juro que a única coisa que me vem à mente é o último segundo antes de nos beijarmos ontem à noite, aquele momento de ansiedade extrema, seguido por um alívio poderoso.

— Então — ela diz, estremecendo suavemente.

— Então — respondo, tentando disfarçar o sorriso ao morder os lábios. Sempre que eu faço isso, ela olha para a minha boca. Talvez aquela energia *ainda* esteja ali.

Carey inclina a cabeça para o lado, erguendo a sobrancelha.

— Aquele é o nosso carro? — Ela aponta para a calçada, mostrando o Sedan branco encostado, com o vidro abaixado, e o motorista com a cabeça para fora da janela, já impaciente.

— James? — ele pergunta.

Confirmando com um murmúrio, abro a porta do carro para a Carey e a observo se sentar, esperando o tempo necessário para ela ajeitar a saia e eu admirar a visão das pernas dela.

O carro acelera e minha mente fica em branco de novo.

— Hã... como você está? — pergunto.

— Estou feliz por passar o dia longe do hotel, pode ter certeza. — Ela olha para trás, como se quisesse garantir que a Melissa não está mesmo atrás de nós.

— Aposto que sim.

Mas será que o fato de estarmos juntos a deixa tranquila? Não faço ideia. Eu não estou nada tranquilo. Consigo fechar os olhos e me lembrar de como foi intenso desabotoar sua jaqueta, ou de como sua blusa e a saia estavam encharcadas e coladas no corpo, ou da forma como ela piscava para tirar a água dos olhos e como o seu olhar buscava a minha boca, como que atraído por um ímã.

— Você dormiu bem? — ela pergunta.

Engulo o riso.

— Não muito.

Quando olho para ela, vejo que seu rosto está corado de novo.

— É, nem eu.

Agora parece a oportunidade fantástica para conversarmos sobre por que dormimos tão mal, mas é claro que os nossos celulares começam a tocar ao mesmo tempo.

Robyn
É hoje que os Tripp vão bombar no mundo todo! Grande dia para todos nós. Cabeça erguida!

A janela para conversarmos sobre *nós dois* se fecha quando o outro *Nós* maior entra em cena. Carey respira fundo e esfrega o rosto de novo, resmungando. Este deve ser o evento mais importante da turnê. Embora seja uma festa pequena, estará cheia de jornalistas influentes e pessoas do setor – do *Chronicle*, do Goodreads, da Apple Books e, é claro, da Netflix. Os Tripp precisam dar o melhor de si. Então deve ser melhor que eu não me distraia com a ideia de beijar a Carey de novo.

— Diga como eu posso ajudar hoje — digo, baixinho.

— Acho que tudo já deve estar pronto. — Ela abre o caderno. — O cardápio está confirmado, os lugares estão marcados, as flores... — Diminuindo o ritmo, ela arrasta o dedo até o final da página. — Nem sei se terei muito o que fazer além de garantir que as coisas corram bem.

— Você conversou com a Melissa sobre o que aconteceu ontem à noite?

— Hã... — Ela fecha o caderno no colo. — Conversei rapidinho.

Percebo que a mudança repentina de assunto a pega desprevenida, mas estou comprometido a fazê-la ser mais assertiva e valorizada neste trabalho. Não quero que ela varra tudo para debaixo do tapete.

— Suponho que ela tenha pedido desculpas.

— É uma suposição perigosa — ela diz, com uma risada discreta. — Mas, de certa forma, sim. Ela disse que sentia muito por eu ter ficado magoada, o que... não é bem um pedido de desculpas, mas é o melhor que vou conseguir. Está tudo bem agora.

Ela fica olhando para a frente, e eu tento interpretar a expressão no seu rosto. Será que ela está nervosa? Brava? Ou será que esse tipo de situação, em que a Melly perde as estribeiras com a Carey e tudo volta ao normal no dia seguinte, é uma coisa totalmente normal? Infelizmente, aposto que é a última opção. Absolutamente tóxico.

Para o bem ou para o mal, a minha vontade de evitar falar sobre isso em voz alta me leva a puxar assunto sobre o *outro* assunto inabordável entre nós:

— Foi legal a noite na piscina ontem... — Eu hesito um pouco e continuo: — Apesar das circunstâncias.

Carey se vira para mim, e me sinto reconfortado ao ver o jeito com que os seus olhos se iluminam antes de seu sorriso aparecer.

— Foi mesmo. Obrigada por me tirar daquele mau humor.

Foi só isso? Por instinto, respondo com um leve sarcasmo.

— É o que eu sempre faço quando uma colega de trabalho tem um dia complicado. Arrasto para a piscina e dou uns beijos.

Para o meu alívio, Carey cai na risada.

— Bom, seja como for, funcionou. — Ela parece mesmo agradecida. — Eu sei que é uma droga, mas estou feliz por você estar nesta viagem maluca, Jimbo.

Meu sorriso parece excessivo para o momento, pois tenho quase certeza de que estamos implicitamente concordando que a noite passada foi só uma forma de descarregar a tensão e nada mais do que isso.

— Eu não poderia deixar você fazendo tudo isso sozinha.

O silêncio retorna, mas na minha cabeça está passando um filme. O beijo não pareceu só uma fuga de um dia ruim. Mas talvez tenha sido para a Carey.

Cada um se virou para sua janela, observando a cidade passar sempre que o carro arranca em meio ao trânsito. Passamos por uma pequena cafeteria, uma portinha que vende bagels, uma padaria. A cada local que passamos, tenho vontade de virar para a Carey e sugerir uma parada para comer alguma coisa, sentar em algum lugar onde ninguém saiba quem somos e fingir que não temos um trabalho a fazer, não temos que ser dois jovens adultos solteiros segurando as pontas de um dos casamentos mais admirados do país.

Mas eu não faço nada disso. Quando chegamos ao Embarcadero, fico admirado com a escuridão do céu sobre o mar. A cidade veste a névoa escura como se fosse um manto de verão.

O bairro Boulevard é uma instituição de São Francisco, e, quando entramos, até eu reconheço que o estilo parece familiar. Observo Carey absorver tudo: a suntuosa decoração em madeira, as extravagantes reproduções de quadros europeus, a iluminação quente e suave. No jargão do *Lar, doce lar*, o lugar tem uma "pegada diferente", e, ao seguir Carey pelo ambiente, enquanto ela olha para a adega de vinhos, para as mesas postas, para a cozinha aberta, para os abajures e obras de arte, eu sei, sem precisar perguntar, que foi a Carey que escolheu este lugar.

— É lindo aqui — digo.

Carey se vira e irradia alegria.

— É incrível, não é? Sei que o minimalismo é a tendência do momento, com aquele estilo moderno, linhas sóbrias e simplicidade, mas às vezes eu gostaria que a gente pudesse voltar um pouquinho para viver algo assim: simples, mas requintado. — Ela aponta para o teto. — O teto é de tijolos, mas com a iluminação, todo o espaço parece mais quente. Mais aconchegante. Vamos reformar uma cabana na beira de um lago na segunda temporada, e seria maravilhoso fazer algo assim.

Eu deveria estar olhando para o teto, mas adoro admirar esse seu jeito de falar. É fascinante. Ela está em seu território agora, e espero que o fato de estar se abrindo comigo seja um sinal de que ela se sente à vontade na minha companhia.

Inclino a cabeça para trás e analiso a forma como os tijolos estão dispostos em um arco que sai dos cantos e vai até o centro. Do ponto de vista da engenharia, sustentar um material tão pesado no teto seria bastante simples, mas do ponto de vista de um artista, as possibilidades de uma construção tão complexa são muito incríveis.

Carey aponta para um quadro emoldurado na parede.

— Tipo isso: a moldura é tão detalhada, mas o quadro, não. Normalmente, é o contrário, com o quadro chamando mais atenção, mas aqui, a moldura é a arte. Eu gosto. — Ela inclina a cabeça para o lado, analisando bem para então anotar alguma coisa em um caderninho.

Tudo parece pronto para o almoço. O cardápio está pronto, o salão particular foi preparado para a nossa festa. É verdade que não há muito que possamos fazer. Ou melhor, não há muito que *eu* possa fazer. Vagueio pelo salão, como um inútil, enquanto Carey confirma que Robyn e Ted foram apanhados no aeroporto, que o contato na *Variety* está pronto para postar o anúncio no momento certo, que temos uma opção de cardápio sem glúten para um dos executivos, uma opção vegana para outro e um ponto de acesso para cadeira de rodas para um dos jornalistas. Carey vai riscando os itens do caderno e, ao chegar ao fim da lista, ela assopra a franja para longe dos olhos e olha para mim com um sorriso tão gostoso e tão aliviado que, de repente, me sinto incapaz de lembrar por que eu não deveria estar fascinado por ela. Sei que ela não precisa da minha ajuda, mas, no seu rosto, vejo que ela *gosta* de me ter por perto neste momento, e isso faz eu me sentir como um deus.

— Você faz tudo — digo, tentando entender o porquê daquilo.

— Não faço, não. — Ela fica vermelha e faz uma cara esquisita, como que dizendo *Que absurdo*.

— Faz sim. — Tiro uma mecha de cabelo que fica colada no seu rosto. — Não minta.

Carey disfarça um sorriso.

— Bom. Obrigada.

— Não quero que o que vou dizer pareça tão ruim quanto vai parecer — olho em volta para garantir que estamos sozinhos —, mas como a Melissa contribui de fato?

Carey aperta os olhos para mim e o sorriso se desfaz.

— Ela é a designer-chefe. A líder que manda refazer projetos.

— Tá bom, Carey — digo, rindo.

Mas ela balança a cabeça.

— Não é tão ruim quanto eu fiz parecer ontem à noite. Eu só estava frustrada.

Paro um instante para pensar na melhor resposta. Vai saber o que a Carey precisa dizer a si mesma para continuar nesse emprego. Tem que haver um certo nível de autoengano da parte dela, e eu não sei se quero ir muito a fundo nesse assunto.

— Bom, eu fico feliz — finalmente digo.

— A Melly disse que há uma surpresa para mim hoje. — Carey dá de ombros. — Legal, né?

Eu reproduzo seu sorriso esperançoso. Os convidados começam a chegar ao restaurante e até agora parece que estão todos muito animados com o programa – embora seja difícil mensurar as reações externas, já que praticamente todos os convidados para o almoço já sabiam do anúncio, muitos dos quais irão ganhar uma boa grana se o programa der certo. Mesmo assim, a Melissa e o Rusty parecem estar em boas condições, e tenho a impressão de que é apenas mais uma daquelas situações em que as coisas poderiam ter sido muito piores.

Nem Carey nem eu temos tempo de nos sentar, quanto menos de comer, mas o almoço passa rápido. Ela provavelmente me mataria se soubesse da minha vontade de protegê-la. Tento ficar de olhos bem atentos, observando para ver se ela parece cansada ou se precisa de alguma coisa. Mas, como sempre, ela tem tudo sob controle e faz parecer moleza, mesmo eu sabendo que não é nada fácil. Carey verifica se cada convidado recebeu a refeição correta, se os copos estão cheios, se um guardanapo que caiu foi substituído, se todo mundo sabe onde fica o banheiro e se sabem como sair do restaurante se precisarem fazer uma ligação. Ela se move a mil quilômetros por hora, mas sorrindo o tempo todo, mesmo quando acho que ela deve estar gritando por dentro. Tento acompanhar o ritmo, ser útil para ela como eu puder. É engraçado, eu me ofendo por ser tratado como assistente do Rusty, mas a Carey eu ajudo de bom grado.

Durante o longo brinde, Melissa faz questão de agradecer a todos no salão e a mais umas vinte pessoas por todas as bênçãos na vida dela e, para a nossa sorte, ela se lembra de agradecer ao Rusty logo depois de agradecer a Deus.

— Por último, mas não menos importante... — Ela ergue a taça e olha para Carey com uma adoração comovente, e o salão fica todo em silêncio de novo.

Carey se endireita e para no lugar, com tanta cautela que chega a doer, e eu percebo que aquele deve ser o momento da surpresa da Melissa.

— É claro que eu ficaria completamente perdida sem a minha maravilhosa assistente, a Carey — ela diz. — Essa garota está comigo desde o início, desde quando as únicas coisas que eu tinha eram o meu casamento, os meus filhos e uma lojinha de móveis em Jackson. É ela que consegue manter a minha agenda equilibrada! Carey, um brinde, e que venham mais dez anos.

O salão se enche de *owwwws* e *Vivas! Vivas!* Taças tilintam, mas, por algum motivo, sinto um silêncio ocupar o espaço em volta de mim. Para qualquer outra pessoa, o elogio que Melissa Tripp acabou de fazer à sua assistente desconhecida parece uma grande honra, mas eu sei da verdade. E, apesar do que ela acabou de me falar, a Carey também sabe. Olho para ela. Seu cabelo se soltou do coque, o rosto está vermelho de tanto correr sem parar para lá e para cá pelas últimas duas horas. Ela está até com uma sujeirinha de açúcar na bochecha. Ela escondeu a mão esquerda por baixo do braço direito – um sinal de que está cansada e lutando contra as câimbras. Eu a observo enquanto ela segura ao máximo um sorriso cortês, mas quando Melissa se vira, o sorriso se desfaz.

Eu me viro, cutucando seu ombro com o meu, mas ela permanece uma estátua.

— Foi bonitinho, hein?

Ela fica olhando para a frente.

— Acho que essa foi a surpresa da Melly.

Meu sorriso se desfaz.

— Carey...

— Eu dei a minha vida toda para essa mulher, e ela só me agradece por manter a agenda organizada.

Que soco no estômago. Eu não sei o que dizer, então, sem pensar, seguro sua mão. Mesmo com os dedos ainda rígidos, sinto que sua respiração se acalma.

— Sabe quando ouvimos alguém contar uma mentira tantas vezes que acaba parecendo verdade? — Ela espera pelo meu gesto de concordância e continua: — Acho que foi isso que aconteceu comigo e com a Melly. Ela diz que eu sou sua lâmpada de ideias, como se bastasse apertar um botão para as coisas surgirem. Será que ela acha mesmo que é assim que funciona?

Abro a boca para falar, mas não quero dizer nada que não seja útil e, neste momento, não me vem nada de útil à mente.

— Para ela, eu vou ser sempre a adolescente de short que entrou na loja dela. Deve ser porque é assim que eu ainda me vejo — ela diz. — Será que estamos vivendo um tipo de relação simbiótica doentia?

Eu paro por um instante, pensando se posso ser sincero.

— Para mim, parece uma relação mais parasitária — admito. Está bem, pelo jeito escolhi sinceridade total.

Carey olha para mim, e eu percebo que ela está quase surtando. Sua respiração fica cada vez mais rápida e superficial e seu rosto fica úmido e pálido.

Um rápido olhar pelo salão me diz que o almoço está terminando. Presumo que deveríamos ficar para arrumar tudo e ajudar os executivos a tomarem seus táxis para o aeroporto, mas a Carey não vai conseguir trabalhar direito agora. Ela já fez o bastante.

Com gentileza, eu a puxo pela mão.

PENSO QUE ELA VAI PARAR quando chegamos até a calçada, quem sabe respirar fundo para tomar forças. Mas ela levanta a mão que não está envolvida pelos meus dedos e faz sinal para um táxi.

Entramos no carro e ficamos em silêncio depois que ela informa o nome do hotel para onde vamos. Em vez de deslizar para o outro lado do assento, ela permanece perto de mim, segurando a minha mão.

Carey me deixa pagar pela viagem sem discutir e sai atrás de mim, mas assim que pisamos na calçada, ela se vira e, determinada, dá passos largos até o hotel, direto para os elevadores. Ela se vira para mim.

— Em qual andar você está?

Sinto um aperto no estômago. Será que vamos simplesmente voltar para os nossos quartos? São só três da tarde. Quero ajudá-la a digerir isso tudo, não ficar sozinho pelo resto do dia.

— No nono. E você?

— Sétimo.

Dentro do elevador, ela aperta o botão do nono andar, mas não aperta o do sétimo. A confusão começa a me preencher, e eu abro a boca para tentar me manifestar, mas ela dá um passo para a frente com tanta determinação que minha mente fica em branco. Por instinto, levo a mão à sua cintura.

Ela puxa a minha camisa com as mãos, me trazendo para perto, e então sua boca está na minha, faminta e macia. Ela se ergue na ponta dos pés, coloca a mão no meu cabelo e desliza a língua por mim, me lambendo como um doce. Ela tem um toque suave e delicado, até morder meu lábio, soltando um gemido baixinho.

Quando ela se afasta, eu puxo o ar como se estivesse sem oxigênio há uma semana.

— Carey...

Ela agarra o meu cabelo com as mãos fechadas e fica encarando a minha boca.

— Não querendo cortar o barato aqui — digo, lambendo os lábios, que ainda estão com o gosto do seu batom —, mas o que está acontecendo?

Quando os olhos de Carey sobem para os meus, ela parece um pouco selvagem. Seu olhar está brilhante, compenetrado demais. Ela é só alguns centímetros mais baixa do que eu, e eu consigo sentir o calor da sua respiração no meu queixo. Meu coração está batendo tão rápido que ecoa nos ouvidos.

— Estou continuando de onde paramos na noite passada.

— Acho uma boa ideia. Uma ótima ideia. — Tiro uma mecha de cabelo do seu rosto. — Mas não quero fazer isso só porque você está chateada.

— Não tem nada a ver com isso. Tem a ver comigo, com o que *eu* quero fazer. Para variar.

— Então qual é o plano?

— O plano — ela diz com uma voz suave e rouca — é a gente ir para o seu quarto. Devo acabar tomando alguma coisa do frigobar.

— Tudo bem — digo, olhando para ela. Não que ela *precise* de uma bebida, mas acho que não faria mal se ela relaxasse um pouco. — Parece uma ideia genial.

A porta do elevador se abre, ela me puxa para junto de si, e, assim, ficamos os dois contra a parede. Eu me inclino, deslizando minha boca por cima da dela, e ela leva a minha mão até a sua cintura, subindo pela lateral do corpo e parando perto dos seios.

— E depois — ela diz, me encarando com esses olhos verde-azulados que revelam uma leve insanidade — você vai me jogar na cama e me foder até eu esquecer o meu nome.

As palavras fogem da minha boca. Meus joelhos amolecem e minha boca seca na mesma hora. Fico completamente embasbacado com a Carey Mandona e, neste momento, há pouquíssimas coisas que eu queira mais do que fazer exatamente o que ela acabou de descrever.

Por fim, só consigo soltar um simples:

— Eu topo.

— Acho que vai ajudar. — Ela ergue a mão trêmula e envolve meu cabelo nos dedos. — Estou me esforçando para ser mais firme. Parece um bom plano para você também?

Eu me inclino, passando os dentes pelo seu queixo.

— Sim.

Ela deixa a mão cair.

— Se eu disser que faz mais de dois anos que eu não transo, você vai me achar patética?

— Não.

— Eu me acho patética. — Ela dá um passo para trás, abre os braços e grita, olhando para o teto. — Eu tenho vinte e seis anos! Eu deveria estar transando loucamente todos os fins de semana nesta idade, não deveria?

— Pelo jeito, não.

Ela olha para mim de novo e pressiona a mão no meu peito.

— E você tem um corpo incrível e, porra, que dentes *fantásticos*.

Eu rio, encantado com essa mulher radiante e direta.

Mas uma sombra de dúvida invade o seu rosto.

— Estou sendo direta demais?

Aos poucos recobrando os meus sentidos, eu me dou conta de que aquela confiança toda é algo novo para ela. Ela pode ser direta, mas nunca teve a oportunidade de ser tão mandona assim antes.

— De jeito nenhum. — Eu me inclino, dou um beijo nela, permanecendo perto, mesmo quando me afasto um pouco. — Foi você que saiu da piscina ontem à noite, não eu.

Com isso, recebo seu sorriso.

— Pois fique sabendo que com certeza eu teria transado com você. Aqueles garotos idiotas interromperam, e eu surtei, achando que a Melly também poderia estar na sacada. Mas agora eu não estou nem aí se alguém vir a gente.

Vou beijando seu pescoço, subindo até o queixo.

— Isso é bom.

— Então é isso que vamos fazer agora. — Sua voz vibra nos meus lábios. — E acho que você vai me fazer perder a cabeça. — Eu me ergo, e seus olhos procuram os meus. — Não vai, James?

Com toda a sua exaltação, me sinto obrigado a ser sincero:

— Prometo dar o meu melhor.

— Um drinque — ela diz. Ela coloca a mão na minha, mas não se afasta da parede.

— Um drinque, perfeito — concordo. Eu não vou apressar as coisas. Podemos ficar no corredor falando sobre isso por horas se ela quiser.

— E depois você vai… — Ela ergue a sobrancelha, esperando a minha resposta.

Eu sorrio, e um calor enche meu peito ao vê-la olhando para a minha boca com tesão.

— Há boatos de que eu vou te jogar na cama.

— Isso mesmo. — Carey sorri, segura a minha mão e me puxa pelo corredor.

Trecho de *Nova vida, velho amor*

CAPÍTULO NOVE

Vamos falar sobre sexo, baby

Imagine a cena: a Melly me entrega a prova do livro para eu conferir. Como a maioria das coisas na nossa vida, ela fez todo o trabalho duro no começo, então tenho certeza de que está bom. Olho rápido e respondo na mesma hora: "É, tá ótimo", e ela para só por um segundo antes de soltar aquele sorriso atrevido.

— Ótimo — ela diz. — Bom saber.

Dois meses depois, eu recebo a mesma prova. Nada mudou. A mesmíssima prova. Só que, desta vez, eu paro para olhar de verdade. E, desta vez, percebo que ela marcou, entre outras coisas, o capítulo sobre s-e-x-o para eu escrever.

Será que devo encarar isso como um elogio? Claro que sim! Não há nada melhor do que saber que a sua esposa confia em você para lidar com as questões importantes. Mas será que é assustador? Claro que sim, de novo. Uma coisa é falar sobre sexo entre quatro paredes. Estamos juntos há tanto tempo que há coisas no corpo dela que eu conheço mais do que ela. E vice-versa. Mas outra coisa é se sentar na frente do computador e tentar contar a milhares de pessoas como e quando elas deveriam conversar sobre sexo em um relacionamento.

Olha só: a primeira coisa que eu aprendi com a Melly é que, se não estamos preparados para conversar sobre sexo abertamente, então talvez seja melhor nem transar. Aprendi que, como começamos a namorar muito jovens, não tínhamos nem uma linguagem própria para falar sobre aquilo. Não sabíamos o que fazer e nem do que gostávamos de verdade. Éramos dois idiotas, explorando e conhecendo a nossa vida sexual às cegas.

Acho que foi a mais pura sorte termos conseguido descobrir tudo juntos, mas, como em qualquer aspecto de um bom casamento, foi preciso dedicar muita atenção, esforço e *diálogo*. E como conversávamos no início! Passávamos noites inteiras conversando sobre o que queríamos, sobre quem éramos e do que gostávamos na cama.

Você vai ficar decepcionado se acha que este capítulo será uma confissão obscena sobre a minha vida sexual com a gata da Melissa Tripp. Escolha outro livro, talvez algum com um caubói sexy na capa. Outra parte importante da vida sexual de um casal é que ela precisa ser privada. Meu pai sempre dizia: "O único jeito de manter um segredo é não contando para ninguém", então eu não vou contar nenhum detalhe sobre a minha esposa e nem vou falar como ela fica sexy quando solta o cabelo, veste uma calça jeans e um par de botas e cavalga no Sombra, seu belo cavalo árabe.

Bom, acho que deixei escapar um pouquinho, mas tem mais: a vida sexual do casal é saudável quando você continua sentindo pelo seu parceiro o mesmo desejo que teve no primeiro dia, mesmo depois de um ano, dez anos, até quando vocês estiverem velhinhos e andando bem devagarinho. Aquilo que atraía você no seu parceiro quando vocês se conheceram pode até mudar com o tempo. Aos quarenta anos, as pessoas não são tão flexíveis quanto eram aos vinte. São fatos da vida.

Mas quando você está perto de alguém e sente que as pernas amolecem, e quando pode olhar para a pessoa e dizer exatamente aquilo que você quer dizer, bem, é aí que as coisas começam a ficar bonitas de verdade.

Carey

NOS POUCOS PASSOS QUE SEPARAM o elevador do quarto de James, a minha confiança evapora. Faz anos que eu não fico pelada na frente de um cara. O que eu tinha na cabeça? Não sei nem de onde surgiu esse meu lado atrevido. Estou pasma por James não ter me levado com jeitinho até o meu quarto e me aconselhado a dormir para eu me acalmar.

A Debbie provavelmente diria que o meu surto de loucura no elevador foi causado pela frustração e pela raiva – por uma certa necessidade de estar no controle da minha vida, porque parece que eu nunca tenho controle de nada. Eu entreguei dez anos para a Melissa Tripp. Toda a minha juventude! Dez anos de trabalho duro e muitas ideias, esperando que algum dia eu pudesse ser reconhecida pelo mínimo que fosse.

Mas isso obviamente não vai acontecer.

Dificilmente eu penso em mim mesma dessa forma. Pensamentos como esse deixariam a vida difícil demais, e a simples sugestão de que eu sou mais do que apenas uma assistente faria a cabeça da Melly explodir. Não que eu quisesse algum crédito, mas talvez eu só precise que *ela* reconheça. Será que ela reconhece? Ou estamos desempenhando esses papéis há tanto tempo que ela conseguiu se enganar, assim como enganou todo mundo?

Que venham mais dez anos.

Respirando fundo, eu encosto o rosto nas costas de James enquanto ele passa o cartão para abrir o quarto do hotel. Fazendo um gesto para eu entrar primeiro, ele vem atrás, deixando a carteira, a chave e o celular na mesinha do corredor. A porta se fecha, nos trancando no silêncio climatizado pelo ar-condicionado. Eu observo o jeito como ele coloca o celular no silencioso. Boa ideia. Mas antes de eu conseguir fazer o mesmo, ele vem até mim e, gentilmente, tira a alça da minha bolsa do meu ombro.

— Pode deixar — ele diz.

Eu nunca conheci ninguém que previsse minhas necessidades de um jeito tão fácil e sem me invadir.

— Obrigada.

Seu quarto é uma versão espelhada do meu, com exatamente as mesmas coisas – só que bem mais organizado. Uma cama *king-size* e uma cabeceira estofada, o indispensável rack para TV, a escrivaninha, os mesmos quadros em estilo aquarela, emoldurados e pendurados nas paredes acinzentadas, o sofá de veludo, as cortinas com arabescos. Mas o meu ponto de destino é o frigobar, é claro.

Enquanto ele fecha as cortinas – trazendo mais privacidade e luz para o quarto –, eu abro o frigobar e examino o que há dentro. Refrigerante, água, cerveja, suco, Red Bull. As garrafinhas de destilados estão alinhadas perfeitamente na prateleira da porta. Em geral, a única coisa pela qual eu me interessaria seria a garrafa de vinho de tamanho individual e o pacote de M&M's, mas hoje escolho algo mais pesado, giro a tampa, abro e viro metade da garrafinha de vodca de uma só vez. Desce queimando de um jeito bom. Em cima da geladeira, há diversos pacotes individuais de doces e salgadinhos, junto com uma caixinha com um coração vermelho na frente. Sinto meu rosto corar ao passar o dedo pela etiqueta e ler o que contém naquela caixa: camisinha, lubrificante, lenços higiênicos. E na etiqueta diz: KIT ÍNTIMO.

Tá bom, universo, não precisa gritar.

Com a coragem líquida ainda ardendo no peito e descendo devagar pelas minhas veias, pego a caixa e me viro para o James.

Ele está parado de pé ao lado da janela, com uma expressão indecifrável.

— Eu costumo ser uma pessoa muito independente — conto para ele.

Coloco a caixinha na cama e seus olhos seguem o meu movimento. Ele os arregala quando entende o que é.

— Deu para perceber.

— Eu não costumo gostar de receber ajuda e quase nunca peço, mas...

Ele ergue a sobrancelha, questionando.

— Eu gostaria que você desabotoasse a minha blusa de novo.

Só passa um instante – o tempo de as palavras chegarem ao outro lado do quarto e de seu cérebro interpretá-las –, e então James sorri, vindo até mim em poucos passos curtos.

— Estava torcendo para você pedir.

Tiro os sapatos e os chuto para o lado.

— Eu nunca transei em um hotel antes.

Mais devagar do que achei que fosse possível, ele tira a parte da frente da minha camisa de dentro da minha saia.

— Nunca?

— Uma vez eu transei ao ar livre. — Eu observo enquanto ele abre um botão, depois um segundo, roçando os dedos na pele da minha barriga.

Eu preciso me esforçar para manter a voz firme.

— Eu estava no último ano do ensino médio e namorava um cara chamado Jesse. Há uma trilha em Grand Tetons que leva até o Death Canyon. Eu nunca tinha ido lá, e ele queria muito que eu conhecesse. — James desvia a atenção dos botões e olha para o meu rosto. Eu dou um sorrisinho, como que dizendo: *Claro, com certeza era isso que ele queria que eu conhecesse.*

Ele ri, e o som rouco e morno da sua risada faz meu sangue ferver.

— Paramos para almoçar e estendemos uma toalha em um local maravilhoso com vista para o lago e... — Faço uma pausa dramática. — Bom, depois disso, não chegamos ao cânion. E você?

Sua mão para em um dos botões.

— Eu o quê?

— Já fez sexo no hotel?

— Você quer mesmo conversar sobre as minhas ex-namoradas agora?

Eu engulo em seco.

— Conversar me relaxa.

Parando para pensar, ele coloca o lábio inferior para a frente, fazendo um beicinho delicioso.

— Final das olimpíadas de matemática em San Jose. O nome dela era Allison, nós dois tínhamos dezessete anos. Passamos uma hora em uma hidromassagem do Sheraton, e ela me convidou para subir para o quarto dela.

— E depois?

Ele dá de ombros.

— Eu estava nervoso, mas foi bom.

— Bom?

— Eu não estou mais na escola — ele diz, sorrindo. — Mas eu diria que eu sou um eterno aprendiz.

Eu pigarreio, olhando para baixo, para o chão.

— Olha, sei que eu fui muito atrevida naquela hora. A gente não precisa...

— Você tem razão. A gente não *precisa*. — Ele dá mais um passo para perto de mim. — Mas eu não me importo por você ter sido atrevida e sei seguir instruções direitinho.

— Qualidades de um assistente em treinamento — sussurro, e ele ri, me dando um beijo carinhoso.

O último botão é desabotoado, e ele abre a minha camisa, tirando com cuidado o tecido de cima de um ombro e depois de outro. Eu mal consigo respirar. Meu olhar vai na direção do seu peito e ele parece entender o que eu quero. Ele abre de uma vez alguns botões e termina de tirar a camisa puxando por trás do pescoço.

Não achei que fosse possível, mas ele está ainda mais gato do que estava na noite na piscina: contornos mais definidos, ossos mais marcados. A parte do meu cérebro que procura por formas e simetria quer capturar essa imagem para pendurar na parede do meu quarto. Na noite passada, eu fiquei frustrada olhando para essas paredes sem graça. Agora, a única coisa que eu quero ver é ele.

Ficamos parados de frente um para o outro com a luz difusa e intensa, com uma cama enorme disponível ao nosso lado. Passo as mãos pelas linhas do seu peito, descendo pela barriga até chegar ao cinto, já pendurado no quadril. Com os olhos em mim, ele leva os dedos à fivela do cinto e o som do couro deslizando pelo metal no silêncio do quarto me deixa ainda mais excitada do que ontem.

Ele desliza a mão pelo meu cabelo e se aproxima, com a calça ainda fechada, mas o cinto aberto. É a cena da piscina se repetindo, nossos peitos se tocando, sua respiração suave nos lábios. Com a lufada de ar frio vinda do duto de ventilação, um calafrio percorre a minha pele, e meus mamilos enrijecem. Seus lábios tocam o meu rosto, o meu queixo e, suspirando baixinho, ele desliza a boca sobre a minha.

É uma mistura de calor e pressão, a satisfação indescritível de um beijo que promete mais. Só existe um toque como esse, só uma sensação que estimula esse tipo de alívio e desejo. É a pressão dos seus lábios nos meus, as mordidinhas provocantes, a expiração ofegante e o gemido cheio de desejo quando eu passo a língua na sua boca. Ele desliza a outra mão pelas minhas costas, me puxando para fazer nossos corpos se encaixarem, e só então percebo como eu vinha me sentindo profundamente sozinha. Há quanto tempo eu não sinto essa energia acelerada que empurra todos os pensamentos para longe?

Eu me aproximo ainda mais e o agarro pelo pulso com a mão, como se eu precisasse de um apoio quando ele volta em um ângulo diferente, me beijando com mais intensidade e menos cautela. Ele passa a língua na minha, brinca comigo, sorrindo e murmurando.

— Não acredito que estamos fazendo isso — ele diz, inclinando a cabeça e trazendo a minha junto. Ele passa a mão pelo meu pescoço.

— Você já tinha pensado nisso? Tipo, antes da noite passada? — pergunto.

— Com certeza — ele admite.

— Eu também.

Esse é o James que eu vejo todos os dias, o cara que olha de cara feia para o computador, que se veste para o trabalho que quer, e não para o trabalho que tem. Mas esse James também tem mãos famintas. Ele faz uns barulhos baixinhos no fundo da garganta quando eu aperto meu corpo contra o dele, quando minha mão desliza pelo seu braço, subindo até o ombro.

Esse James prende a respiração quando eu abro a boca, deixando-o entrar mais fundo. Minhas mãos percorrem sua pele, descendo pelo peito e chegando ao coração, que sinto bater sob a palma das mãos. Sei que ele quer ajudar, mas ele é paciente e prende a respiração quando eu desabotoo sua calça. O zíper faz um barulho alto e engraçado neste quarto preenchido por um silêncio ansioso. Abaixo sua calça pelos quadris, junto com a cueca. Nós dois ficamos olhando meus dedos envolverem sua rigidez quente.

É como se uma bomba explodisse dentro de mim. Acho que outra bomba explode dentro dele também. Perco a cabeça e viro um monstro faminto, querendo sentir sua pele tocar toda a extensão da minha. Faço um ruído tenso de impaciência e urgência, e ele recua, buscando o meu olhar.

— Conversa comigo — ele diz, abaixando a minha saia e a minha calcinha. — Está bom assim?

Eu o puxo para perto de mim de novo.

— Está ótimo, é só que... — É difícil encontrar as palavras certas. — Parece uma febre.

Eu vejo, pelo jeito como ele murmura e passa a mão cheia de desejo nos meus seios, que ele sabe exatamente o que eu quero dizer.

Esse James, abrindo o meu sutiã, é ansioso, mas gentil. Sua boca quente faz um caminho de fogo que vai do meu queixo ao pescoço, descendo quando ele se ajoelha. Fico me perguntando se vou conseguir tirar esta imagem da minha cabeça: ele, de olhos fechados, passando depressa a língua pelo meu mamilo e, alguns suspiros depois, pelo meio das minhas pernas.

Meu corpo é pura dor e impaciência enquanto ele se levanta e me conduz de costas até a cama.

Mas ele me segura antes de eu me sentar na ponta.

— Espera. Não.

Sinto uma pontada rápida e afiada de decepção e, de repente, a luz do sol que entra pela fresta da cortina faz eu me sentir totalmente exposta. Cruzo os braços na frente do peito.

— O que foi?

James me coloca ao seu lado.

— Não vamos fazer isso em cima dessa coberta nojenta de hotel.

E eu derreto. Com um puxão rápido, ele tira o edredom de cima da cama e se volta para mim, beijando o meu ombro, o meu pescoço, a minha boca. James me coloca deitada na cama, apoiando as minhas costas no alívio do lençol gelado. Os nossos beijos ficam mais longos e despreocupados. E ali está ele, parado em cima de mim, com uma camisinha na mão. Seu cabelo cai para a frente quando ele beija o meu ombro e, com uma mão suave no meu quadril e a outra na minha cintura, ele me vira para o outro lado, me deixando com a barriga encostada na cama e sentindo o calor do seu corpo aquecendo as minhas costas.

— Assim está bom? — Ele me puxa com cuidado para o pé da cama. Ele espera a minha resposta.

— Está.

Ouço nossas respirações ofegantes, conscientes de onde estamos. A parte da frente das suas pernas aquecem a parte de trás das minhas, e sua mão pressiona suavemente a minha lombar, e ele está cada vez mais perto, ele está *ali*, me penetrando, segurando meu quadril com aquelas mãos habilidosas e beijando as minhas costas.

— Está gostoso? — ele sussurra.

Faço que sim e tudo começa com o seu gemido profundo e aliviado. Ele faz o que promete. Ele se mexe com confiança, firme e rápido, enquanto murmura alguma coisa, dizendo que eu sou tudo o que ele quer hoje. Dizendo como ele está se sentindo e como ele vai precisar daquilo outra vez, agora que sabe como é. Acho que também vou precisar disso de novo. E acho que isso cabe a mim também – que vou precisar disto hoje à noite e amanhã de manhã, quando tivermos que ser discretos e, algum dia, depois do trabalho na casa dele, quando não precisaremos mais nos preocupar em ser discretos.

Sua mão passeia por todo o meu corpo, deslizando por entre as minhas pernas.

— Diga se você precisa que eu faça mais alguma coisa — ele diz, ofegando — para gozar.

Eu diria, mas não preciso, e, mesmo se precisasse, o meu cérebro não está conseguindo formar palavras coerentes, apenas sons que parecem ficar cada vez mais altos e mais agudos. Ele pressiona os dedos em mim e acontece tão rápido, pois ficamos frenéticos depois de termos nos despido com uma certa timidez, mas a sensação que ele arranca de mim é como se eu fosse um líquido sendo despejado de um jarro, uma sensação quente e libertadora. Com um grito abafado pelos lençóis, eu desmorono, vendo luzes coloridas piscando diante dos olhos. E, com um gemido baixinho, ele treme e cai deitado em cima de mim, com a respiração quente na minha nuca.

Por alguns segundos, não nos mexemos e nem falamos nada. Demora algumas respirações para o quarto parar de girar. Então James dá um beijo demorado e ofegante no meu ombro antes de se virar e desaparecer no banheiro. Eu aproveito a chance para subir na cama e entrar debaixo do lençol, trazendo-o até o queixo. Tonta e excitada, tenho vontade de gritar... Sinto minha cabeça voltando para o lugar. Não posso me esconder no escuro do quarto, a noite ainda não chegou para me proteger.

James sai do banheiro, nu. Ele não parece estar preocupado com o caminho que precisa fazer até a cama, à luz do dia, com a minha visão a laser mirando seu corpo.

— Está com frio? — ele pergunta, entrando debaixo do lençol ao meu lado.

— Estou com vergonha.

Ele ri, beijando a minha testa.

— Fala sério. Você pode ser tudo, menos tímida.

— Nem todo mundo pode sair perambulando pelado pelo quarto, Jimbalaia.

Ele ri, apertando os olhos para ver as horas, e eu acompanho. São quase cinco horas.

— O que vamos jantar? — ele pergunta, mas em sua voz eu ouço a mesma hesitação que estou sentindo. Está tão quentinho e gostoso ficar com ele debaixo dos lençóis. A última coisa que quero é sair daqui.

— Serviço de quarto? — sugiro. — A gente pode tirar pedra-papel--tesoura para ver quem vai colocar um roupão e atender a porta.

Acho que ele gosta da ideia. Ele se levanta, se apoiando em um cotovelo e trazendo o rosto para perto do meu. Esses olhos castanhos ficam estudando o meu rosto e quando ele decifra o que foi procurar ali, um sorriso se abre.

— Que bom que ainda é dia. Assim eu consigo te ver.

É mais do que ver. Eu me sinto *visível* pela primeira vez desde, sei lá, sempre. Mas isso não é assustador. Estar com James é como ficar diante de uma luz suave que favorece o que eu tenho de bom.

— Eu gosto que você me veja.

— Então me conta alguma coisa.

Eu me aconchego na dobra do seu braço.

— Sobre o quê?

— Sobre você. — Ele ergue as sobrancelhas, questionando. — Eu nem sei onde você mora.

— Eu divido apartamento com duas amigas muito queridas, Annabeth e Peyton, na parte sul da cidade. Elas estão no Havaí agora, curtindo uma lua de mel atrasada.

Ele semicerra os olhos para mim.

— Você aluga um quarto na casa delas?

A leve vergonha familiar abala o meu humor, e eu concordo com um gesto.

— Onde você mora?

— Eu tenho um estúdio próximo ao cruzamento da South Park Loop com a 191.

Eu mapeio a distância na minha cabeça. São uns dez minutos entre a minha casa e a dele.

— Fica perto da sua casa? — ele pergunta.

— Bem perto.

Ele me beija, murmurando. Mas, lembrando que ele é novo na cidade, me dou conta de que não deve ser fácil começar tudo do zero, ainda mais trabalhando tanto.

— Você tem algum amigo na cidade? — pergunto.

— Um dos meus vizinhos é um cara bem barulhento que chega em casa perto da meia-noite e relaxa ao agradável som de death metal.

— Nossa... — Eu estremeço só de pensar.

— A minha vizinha do outro lado, a Edie, é uma senhorinha de noventa anos que bate na minha porta com uma bengala para perguntar se eu preciso de alguma coisa do mercado. Muito gente boa.

— Você que deveria estar fazendo as compras para *ela*.

— Né? — Ele sorri, brincando com uma mecha do meu cabelo. — A maioria dos meus amigos mora na Costa Leste, mas também estão espalhados por todo o estado. — Dando de ombros, ele diz com uma certeza despreocupada: — Eu vou conhecer as pessoas em algum momento. Agora, a minha prioridade é ajeitar a minha vida profissional.

Fico olhando para a sua boca, pensando nessas palavras. Nós dois estamos sozinhos, e por muito tempo eu insisti que isso não significava estar solitário. Agora não tenho mais certeza.

— No que você está pensando? — ele pergunta.

— Eu morei em Jackson a vida toda, e você acabou de se mudar para lá, mas nós dois precisamos conhecer pessoas.

Com um sorriso cúmplice, James me beija de novo, mas desta vez de forma mais demorada, mais profunda, mais quente. Amo a pressão firme que seus lábios fazem nos meus, o som baixinho que ele parece não conseguir conter.

Com a boca na minha, ele pergunta:

— A senhora está satisfeita?

Passo os dedos pelo seu queixo, pescoço, peito e coloco a mão por baixo do lençol, acariciando gentilmente sua barriga.

— A senhora *estava* satisfeita...

Ele murmura, passando os dentes pelo meu queixo e subindo em cima de mim.

— Parece que eu tenho mais trabalho a fazer.

Rindo, eu jogo o lençol por cima de nós. Serviço de quarto, pedra-papel-tesoura e os roupões podem esperar.

Carey

Quando acordo, já sei que é bem cedo. O canto dos pássaros ainda não foi abafado pelo barulho do trânsito. O céu ainda tem ares de segredo — com aquele azul-escuro profundo, mas já iluminado, como uma luz atravessando um tecido. Está quentinho debaixo das cobertas e sinto no corpo inteiro uma sensação de peso, de estar perdida naquela quietude absoluta.

Adoro essa sensação, adoro ficar ciente de todas as partes do meu corpo, e não só das minhas mãos. Sinto o toque macio do travesseiro no meu rosto. Deslizo o meu pé até uma parte mais fria do lençol e me encosto naquele corpo quente e despido que está atrás de mim.

Ele respira tranquilo, mas sinto que sua mão na minha barriga se flexiona quando eu me mexo, e ele me traz para perto de si. Não sei se ele está acordado. Em uma escala de estranheza de 1 a 10, sendo 1 uma situação em que paramos de nos falar e 10 uma convivência agradável, como será o resto da viagem depois de termos transado?

Arriscando acordar o meu corpo e fazer as minhas mãos se contorcerem, eu me viro para olhar para ele e vejo olhos abertos, me observando com atenção.

— Oi.

— Oi. — Ele sorri.

Há uma embalagem de camisinha grudada no seu ombro, e eu imagino que seja aquela que ele jogou na cama na primeira vez. Há outra embalagem em algum lugar, da segunda vez. A segunda vez foi mais tranquila, mais silenciosa, com meus braços e minhas pernas em volta dele.

Eu precisava muito do fogo e da energia da primeira vez, mas acho que James gostou mais da segunda. Ele pareceu completamente destruído depois. Acabamos nem pedindo serviço de quarto e acho que caímos no sono às oito. Não é uma surpresa estarmos acordados tão cedo. Agora ele está com essa carinha de sono e cansaço, como se não soubesse como agir pela manhã.

— A gente transou.

Ele confirma.

— Duas vezes.

— É a primeira vez que eu transo em um hotel. E a segunda.

Sua boca estremece.

— Parabéns.

Quando ele leva a mão à cabeça para tirar o cabelo da testa, eu me inclino para trás e olho bem para seu corpo nu. Como eu esperava, em vez de se cobrir, ele se deita de costas e coloca a mão atrás da cabeça. É uma visão e tanto.

O silêncio se prolonga, e, com bem menos ousadia, ele pergunta:

— Você está se sentindo bem hoje?

Será que estou?

Há duas semanas, eu teria rido e respondido *Claro que sim*. Mas não sei como responder. Estou me sentindo bem por termos transado, se é isso que ele quer saber. Mais do que bem. Eu só não sei se o resto vai voltar a ser como era antes e, sinceramente, eu não sei o que mudou. A Melly sempre foi do jeito dela. O Rusty sempre foi do jeito dele. Mas talvez eu não seja mais do jeito que eu era.

— Carey?

— Eu estou bem — digo. — Bom, em relação a nós dois, quero dizer. E você?

— Estou. — Ele tem uma marca dos meus beijos perto da clavícula. O meu primeiro pensamento é de alívio, por ser em um lugar que ele pode cobrir. O meu segundo pensamento é que eu quero que ele nunca mais se vista. — Estou muito bem.

— Que bom.

— Você quer conversar? — Ele se vira de lado de novo, se apoiando em um cotovelo e, como é um sacrifício não olhar para baixo, decido não me segurar. Depois de alguns segundos em silêncio, ele ri. — Acho melhor eu me vestir, se vamos continuar conversando assim. — Ele aponta para a parte de baixo do corpo, ainda exposta. — Está meio frio aqui.

Rindo, eu puxo o lençol até a altura dos nossos queixos e me aconchego no calor do seu corpo. Ele segura a minha mão e começa a massagear os meus dedos. Embora não haja muito que ele possa fazer para evitar que as minhas mãos se agitem assim que eu acordo, a sensação é relaxante. O resto do meu corpo derrete no colchão. Eu estou feliz com esse silêncio acolhedor. A conversa significa que vamos ter que falar sobre o que – ou quem – nos levou até ali e sobre o que vamos fazer a respeito disso. Eu não sei se estou mentalmente preparada para lidar com isso antes de o sol nascer.

— Não precisamos decidir nada agora — ele diz, me analisando —, mas vamos precisar ficar do mesmo lado quando sairmos por aquela porta.

Eu mordo o lábio, pensando, enquanto ele continua a massagear a minha mão.

— Por mais que eu queira nos preservar e manter este segredo entre nós dois por enquanto, a Melly vai perceber. Ela é tipo um cachorro que sente o cheiro do medo, só que comigo é o cheiro de vida fora do trabalho.

Ele ri.

— Não precisamos ir a lugar nenhum nas próximas horas. — Ele olha para o relógio. — Temos bastante tempo para pensar. Posso ir pegar um café e algo para a gente comer e volto em dez minutos, que tal?

— *Sim, por favor.* — Minha barriga ronca na mesma hora. — Você ouviu, eu estou morrendo de fome.

Ele se inclina por cima de mim, ainda sonolento e com aquele cabelo bagunçado. Me dá um beijo rápido, porque nenhum de nós dois escovou os dentes ainda, e se levanta, colocando os óculos e procurando a calça.

Eu me deito de costas na cama e me alongo, feliz como não me sentia há tempos. Ouço James andar pelo quarto, encontrando um sapato perto da porta, outro debaixo da cama. Já vestido, ele se inclina por cima de mim de novo. Eu me levanto, passo a mão no seu cabelo e sorrio, feliz por não estarmos nos sentindo esquisitos ou desconfortáveis.

— Quero que você fique de óculos.

Ele ergue uma sobrancelha. Ele sabe exatamente o que eu quero dizer.

— Assim que eu voltar. — Ele hesita. — Não atenda o celular ainda, tá? Conhecendo a Melly, tenho certeza de que ela vai ligar logo, e queria que a gente resolvesse isso antes.

Ele olha para trás, buscando o relógio. Eu resmungo. São cinco horas – quase hora de levantar e começar a trabalhar –, mas queria ficar muito mais nesta bolha de felicidade.

— Pode deixar.

Outro beijo e ele se levanta.

— Vai ser rápido. Eu vou correndo.

Rio quando a porta se fecha, me jogo de costas na cama outra vez e fico ali, sorrindo para o teto. O quarto está silencioso, mas minha explosão de pensamentos preenche o vazio. Eu gosto dele. Não porque ele é absurdamente delicioso quando está pelado, mas também porque ele é intuitivo, e paciente, e comunicativo, e parece me entender, tipo, me entender *de verdade*. Não que eu seja simples de entender, mas é que ele presta atenção.

Meu sorriso esmorece. Se ele prestar atenção demais, assim que essa empolgação inicial passar, vai ver que não tenho muito mais a oferecer. Garota do interior, nunca esteve em lugar nenhum, sem nenhum *hobby*.

Eu gosto dele, mas como a nossa vida vai ser quando voltarmos para Jackson? A única coisa que sei sobre a vida do James na cidade é que ele mora em um estúdio, tem um vizinho barulhento e uma vizinha idosa. Será que ele é daqueles que acordam cedo ou daqueles que vão dormir tarde? Será que ele cozinha ou pede comida em casa todas as noites? Sei que ele é organizado, mas será que ele é chato com limpeza? Será que ele vai se irritar ao ver que eu odeio lavar louça? E como vai ser trabalhar com alguém com quem eu estou saindo? Eu mal tenho tempo para um namoro... Será que a nossa realidade seria como aqueles casais que se encontram de vez em quando, assim como é com todo mundo na minha vida pessoal?

Outra pergunta atropela todas as outras: se não conseguirmos manter em segredo, será que a Melly estaria disposta a me dividir?

Esse pensamento é suficiente para apagar todo o brilho do pós-sexo. Eu me viro de lado e sinto um pedaço de plástico embaixo de mim. A outra embalagem de camisinha. Pego e olho para ela. Ele disse que deveríamos conversar e ele tem razão, mas eu preferiria muito mais ficar dentro da bolha e fazer outras coisas antes.

Quase tremendo, corro para o banheiro. Uma toalha está bem esticadinha no canto do armário. Em cima, estão organizados os produtos de higiene do James: pasta e escova de dentes, frascos para viagem de uma marca de shampoo e condicionador chiques, desodorante, loção facial e um frasco pequeno de um hidratante que parece bem caro. Eu me lembro da minha nécessaire, tão cheia que mal consigo fechar. A pasta de dentes está fechada com plástico-filme, porque eu perdi a tampa da embalagem, há uma mistura aleatória de frascos de xampu que eu trouxe de outro hotel, tudo coberto com uma fina camada de pó compacto que eu deixei cair na noite anterior à nossa partida. O James provavelmente teria comichões ao dar dois passos para dentro do meu quarto no hotel e ver a toalha molhada que eu deixei em cima da cama e a maioria das minhas roupas ainda bagunçadas dentro da minha mala aberta.

Lavo as mãos e faço uma higiene improvisada às pressas: jogo uma água no rosto, escovo os dentes com o dedo e passo um tiquinho do seu hidratante no rosto. Dou uma batida no cabelo, alisando e depois sacudindo para dar um volume. Dou mais uma olhada no espelho. Sim, eu gosto do jeito que ele olha para mim.

O ciclo de pensamentos volta: ainda temos três cidades para visitar. Fico imaginando como vai ser contar para a Melly sobre isso. A ideia é assustadora. Ou melhor: vou conseguir esconder a história com o James até o final da turnê e, quando voltarmos para casa, vamos levando um dia de cada vez. Como as pessoas normais fazem, não é? Trabalhar menos, se divertir mais. Conhecê-lo de verdade...

Ouço um barulho no quarto, alguém virando a maçaneta.

Corro para a cama, com o coração acelerado. Ouço o barulho da trava e só dá tempo para me deitar encostada em uma pilha de travesseiros, deixando o cabelo cair pelos ombros e ajeitando o lençol para deixar só um pedacinho da minha perna aparecendo, com os seios quase à mostra.

A vista da porta é tampada pelo corredor e eu sorrio quando ouço a porta se arrastar pelo carpete.

— Temos três horas antes de ter que descer. — Pego o resto das camisinhas e balanço no ar. — O que vamos fazer para matar o tempo?

— Que. Porra. É. *Essa.*

MINHA RESPIRAÇÃO PARA POR COMPLETO. É a Melly.

Eu puxo o lençol para cobrir o meu peito e jogo as camisinhas para longe, como se eu tivesse acabado de encostar em um monte de cocô.

— Meu Deus! O que... o que você está fazendo aqui?

— O que *eu* estou fazendo aqui? — Ela agita uma folha que, sem dúvidas, é uma lista de afazeres. — Eu vim falar com o meu marido! O que é que *você* está fazendo aqui, porra?

Eu fico tão confusa. Mais do que confusa, eu fico petrificada. E, numa rapidez, eu me ajoelho, estendendo uma mão e segurando o lençol no meu peito com a outra.

— Meu Deus, Melly. Você não pode estar achando que eu... que eu e o Rusty... Eu nunca faria isso! *Nunca*!

QUE NOJO!

A Melly inclina a cabeça e olha para mim, olha *bem* para mim. Ela pisca devagar, batendo aqueles cílios postiços volumosos, como se tivesse todo o tempo do mundo. Por fora, ela parece calma. Seu silêncio é aterrorizante.

Ai, meu Deus, será que ela sabe farejar o medo em mim?

— Isso o quê, exatamente? — ela diz, baixinho demais, calma demais. — Será que você pode me explicar a qual das suas traições você está se referindo, Carey? Tentar acabar comigo? Mentir para mim? Transar com o meu marido?

Meu coração está martelando no peito.

— Melly, eu não faria nada disso. Não é o que você está pensando. — Olho em volta, vejo que a minha saia está descaradamente jogada no chão, onde o James a deixou. Eu nem sei se queria contar para a Melly sobre isso, com certeza não desse jeito, mas agora não tenho outra escolha. — Este aqui não é o quarto do Rusty.

— Claro que é, Carey. — Ela me mostra a chave. — O hotel não tinha dois quartos adjacentes e o Joe me deu a chave reserva.

— Deve ter havido alguma confusão quando ele entregou as chaves. — Eu respiro fundo e coloco para fora da forma mais serena possível. — Este aqui não é o quarto do Rusty. É do James.

Hoje em dia, sua testa quase não se mexe mais – todos os músculos paralisados pelo Botox e pela mais pura obstinação –, mas com certeza dá para ver que há alguma coisa acontecendo na sua expressão facial: uma sobrancelha bem delineada se erguendo, os olhos semicerrados.

Engulo e sinto minha garganta seca. Olhando em volta novamente, aponto para a mala de alumínio no canto do quarto.

— Eu passei a noite com o James.

A minha confissão parece ter controlado um pouco do fogo que havia dentro dela, mas ela obviamente não parece convencida. Ela sai do corredor, entra no quarto e, finalmente, olha para outra coisa além de mim e do meu corpo mal coberto pelos lençóis. Ela para na frente do guarda-roupa e escancara a porta. Esperava encontrar as camisetas de times ou camisas de alfaiataria feitas sob medidas para o Rusty, mas o que vê é uma fileira de camisas sociais perfeitamente organizadas. A Melly bufa, balançando a cabeça ao ver aquilo, e, por um breve momento, acho que ela vai cair na gargalhada.

Mas ela fecha a porta do guarda-roupa e se vira devagar. Eu mal consigo respirar ao ver que seus olhos afiados estão tentando entender o caos à nossa volta. Além das minhas roupas, a lata de lixo está virada no chão, o meu sutiã está jogado em cima da luminária da escrivaninha e há um Kit Íntimo aberto às pressas ao lado da cama.

— Você com o James, quem diria — ela diz, pisando em cima do que acredito ser a minha calcinha.

Eu tremo um pouco. Ela pode *parecer* calma, mas há algo espreitando por baixo da superfície. Neste momento, a Melissa me faz lembrar de uma aranha, e toda esta situação parece uma teia para a qual eu estou sendo atraída.

— Não sei se diria que *eu* estou *com* o James, exatamente. — Aponto para o lençol. — Posso me vestir?

— É claro — ela diz, enfatizando.

Eu me levanto, embrulhada no lençol, e vou até o banheiro.

Na segurança do banheiro, eu me olho no espelho de novo. Sou a mesma Carey de dez minutos atrás, mas me sinto outra pessoa. Ou melhor, me sinto como aquela Carey que entrou no elevador ontem, não a Carey que acordou hoje de manhã se sentindo renovada, relaxada, sexy e imaginando que, pela primeira vez, há alguém do seu lado.

Não quero mais olhar para mim. Balançando a cabeça, visto o roupão branco e grosso que está pendurado atrás da porta e saio do banheiro.

A minha chefe está olhando pela janela, seu cabelo loiro platinado brilhando na luz da manhã. Olhando nervosa para a porta, fico imaginando quando o James vai voltar. Até poucos minutos atrás, eu queria que ele se apressasse. Agora eu quero que o barista da cafeteria do hotel leve todo o tempo do mundo. Eu não desejo a ninguém esse tipo de conversa, e com certeza não quero que a Melly desconte sua ira no James.

— Há quanto tempo vocês estão envolvidos?

Eu me viro ao ouvir sua voz.

Não sei bem o que falar, porque nem eu sei.

— É recente.

Ela solta uma risadinha sem graça.

— Tá bom. É por isso que vocês estão sempre juntos. É por isso que ele está sempre olhando para você. É por isso que vocês estão sempre conversando. Porque *é recente*.

Eu tento me lembrar dos últimos dias e não tenho mesmo como argumentar. Pode ter começado como uma relação agradável entre colegas de trabalho, nós contra eles, mas algo mudou ao longo do caminho.

— Não sei o que está acontecendo com você, Carey. Nós duas sempre fomos uma equipe. Mas ultimamente...

— Nós *somos* uma equipe. O que está acontecendo entre mim e o James não tem a ver com trabalho. — *Uma vez na vida, eu não pensei em trabalho por uma noite inteira,* eu penso, mas não digo em voz alta.

Mas é claro que a Melly nunca acreditaria nessa história. Ela se vira, os braços cruzados com força.

— Não tem a ver com trabalho? Antes eu podia confiar em você. Para tudo. Você estava ao meu lado, eu estava ao seu.

— Eu não sei de onde você está tirando isso. Nada mudou, Melly.

— Você sumiu ontem — ela diz.

— O almoço já estava acabando. — É difícil admitir, mas eu confesso: — Eu estava exausta e precisava de um tempo.

— Aí você foi embora sem me avisar? Com o *James*? — ela diz, erguendo as mãos. — Eu tinha acabado de elogiar você na frente de algumas das pessoas mais influentes da mídia e aí você me faz passar por mentirosa, porque resolveu sumir e deixar a Robyn cuidando do resto da festa.

Meu coração afunda.

— Melly...

Ela leva a mão trêmula ao pescoço.

— Eu confidencio a você detalhes da minha vida e da minha família. Você sabe coisas sobre mim que ninguém mais sabe. E eu ajudo...

— Eu nunca contaria nada disso a ninguém. Ninguém.

— Ah, é mesmo? Não vai chorar as mágoas sobre a chefe malvada depois de ter um dia difícil? — ela diz, tentando, sem sucesso, parecer casual.

De repente, eu me dou conta de que ela não quer que eu me aproxime do James porque tem medo de que eu me abra com ele, que conte o que eu faço e o que não faço por trás dos bastidores. Ela não tem ideia de que seu marido já fez isso. Mas ainda estou tentando fingir que não é nada ou tentando mudar de assunto sempre que o James traz o assunto. A Melly precisa saber que eu nunca teria dito nada se dependesse de mim. Ela precisa saber que eu sou mais confiável do que ela está achando.

Eu me aproximo dela.

— Você me conhece desde que eu tinha dezesseis anos. Acha mesmo que eu faria isso?

Ela pisca diversas vezes antes de relaxar os ombros, liberando um pouco a tensão.

— Não — ela diz. — Mas eu tenho sentido que não estou conseguindo controlar mais nada, e você sabe que eu não sei lidar bem com isso.

Aquilo entre o Russell e a Stephanie, o livro, a turnê, o anúncio. Eu estou perdendo o rumo. Não estou preparada para perder você também.

É como se eu estivesse soprando cola por um canudo para tirar as palavras de dentro de mim.

— Você não vai me perder, Melly. — É tão fácil entrar nesse papel de novo, mais fácil do que respirar. — A vida está atropelando a gente. É claro que você está estressada.

Ela me puxa pelo braço e me faz sentar no sofá do quarto. Seus olhos estão vidrados.

— Isso não é desculpa para eu ter perdido a cabeça com você por não confiar em você. Eu sei.

Ela aperta a minha mão.

— Você trabalhou tanto para isso tudo, Carey. — Concordo com um gesto. — *Você* trabalhou tanto.

O meu coração salta com essa migalha.

— Obrigada.

— Eu não consigo fazer isso sem você.

— Eu estou aqui, Melly. Não vou a lugar nenhum.

Melly enxuga os olhos, com o sorriso mais alegre que eu vi nos últimos tempos.

— Somos nós duas enfrentando o mundo, querida. Nós duas, só eu e você.

Concordo de novo, com um sorriso não tão alegre quanto o dela.

— Eu e você.

Ella @1967_Disney_bonde • 9 de julho
EU SABIA! Lembra quando eu disse que estava achando que tinha alguma coisa aí?

Variety @Variety • 9 de julho
Seguindo os passos do sucesso de Novos espaços, a @Netflix contratou o casal mais famoso do mundo da decoração, Melissa e Rusty Tripp, para lançar um novo programa, Lar, doce lar. Reportagem exclusiva:
www.variety.com/2L6Kz8I

46 replies 88 retweets 398 likes

Show this thread

Livrosebnt @livrosebnt
@1967_Disney_bonde mdddddds. Vi um tweet outro dia dizendo que eles mal se falam. Se eles já se odiavam com todo um elenco por trás para dividir as atenções, pensa no que vai acontecer agora, afffff

Vic @Bonekeenha
@livrosebnt @1967_Disney_bonde Agora que eu sei que eles se odeiam, quero muitooo ver o programa

Piddy @musika_da_qbrada
@1967_Disney_bonde Pura especulação, é só o que eu tenho a dizer. DEIXA AS PESSOAS SEREM FELIZES, POHA

Samira @_Samira_benty
@musika_da_qbrada @1967_Disney_bonde
Não sei se é pura especulação. Já vi três posts diferentes dizendo que o Rusty tá pulando a cerca, e o clima tava sinistro na livraria. A Melissa está TENSA ultimamente. Aí tem coisa.

See more replies

James

Sei que sou um cara meio esquisito no quesito "vida social" e acabo interpretando mal uma situação amorosa, geralmente entendendo tudo ao contrário – um fenômeno que a minha irmã mais velha chama de "efeito grude". A Jenn diz que eu só acredito que uma garota está interessada em mim quando ela está literalmente colada ao meu lado. Ela não está errada. E essa estratégia até que funciona bem.

Na noite passada, com a Carey, por exemplo. Ela foi muito clara sobre o que queria... sobre o que queria de mim, para ser mais exato. Na verdade, acho que nunca saí com uma mulher que fosse mais específica nas instruções. Hoje de manhã, ela parecia querer continuar. E eu, é claro, estava mais do que feliz em obedecer.

Então, quando subi levando cafés e bagels e dei de cara com o quarto completamente vazio – sem roupas, sem embalagens de camisinha espalhadas por todos os cantos, até a cama tinha sido arrumada às pressas –, a única conclusão que posso tirar é que a Carey surtou, e eu entendi tudo errado.

Eu me sento na beira do colchão, apoiando a bandeja de papelão com os copos de café no colo, e repasso na cabeça tudo o que conversamos e fizemos, tentando entender onde a coisa desandou. Não é preciso ter muita inteligência emocional para entender que a Carey precisava de um escape na noite passada... E o escape fui eu.

Se eu topo ser usado como um objeto sexual? Em geral, sim. Mas nesse caso, a coisa se complica, porque temos que encarar a realidade da proximidade forçada que nos espera, e os sentimentos sinceros que eu nutri por ela. Eu gosto dela. Gosto da risada dela, gosto do profissionalismo dela. Gosto de quando ela me provoca daquele jeito bem-humorado que não consegue esconder o quanto ela se importa com os outros.

E também gosto da boca, do corpo, da pele dela. Gosto da fragilidade dela – por mais que eu saiba que não deveria me sentir atraído por causa disso – e gosto de ter conhecido a genialidade criativa dela.

Deixo o café dela na mesa e saio para a varanda para beber o meu. Estou mesmo surpreso por ela ter desaparecido? É muito mais fácil imaginá-la na cama, tensa por ignorar o celular tocando, até que finalmente se levanta, se veste e vai para o quarto dela para tomar banho e começar um novo dia, do que a imaginar deitada esperando por mim. Faz poucos dias que viramos amigos e, sem contar o colapso de ontem, duvido muito que ela fuja das responsabilidades por uma hora.

Na verdade, nós mal nos conhecemos, e o que eu sei sobre ela indica que não temos muito em comum. Talvez ela queira morar em Jackson para sempre. Já eu moro em um estúdio minúsculo que não quis nem mobiliar direito, porque não espero ficar lá mais do que um ou dois anos. Da mesma forma, eu não deixo a Melissa e o Rusty afetarem meu emocional, porque é só um emprego. Mas a vida da Carey é toda amarrada à deles. O circo que eles armaram é a vida dela.

E, apesar de todos esses problemas, não consigo me livrar da sensação boa de ter passado esse tempo com ela, mesmo tendo sido só por doze horas.

O DIA COMEÇA MAIS TARDE hoje, porque só vamos até Sacramento para assinar alguns livros para o estoque de uma livraria e depois seguimos para passar a noite em Medford, Oregon. A parte da manhã livre significa que eu tenho tempo para tomar banho, arrumar as malas e pensar no que fazer da vida. O Rusty, como sempre, vai dormir até um minuto antes da nossa partida. Por sorte, não vou ficar à toa pensando na Carey ou me sentindo inútil, porque a Melissa já me mandou uma mensagem com uma lista de afazeres.

> James, lista para hoje:
> - Pegar pastilhas efervescentes para azia para o Russ
> - Comprar um pacote de camisetas brancas para ele
> - Providenciar um umidificador para o ônibus

O ar está gelado e cortante. O vento me pega despreparado. Eu sabia que estaria frio em São Francisco, mas, mesmo assim, é estranho sentir o frio no rosto tendo o icônico céu azul brilhante em cima da ponte Golden Gate como cenário. Uma dor de cabeça de tensão pulsa nas minhas têmporas.

Não vai ser tão horrível assim se esse lance com a Carey não der em nada. Se eu conseguir baixar a cabeça e me concentrar no trabalho até o início da segunda temporada, já terei uma bela experiência para colocar no currículo. Em vez de mencionar quanto tempo fiquei no emprego, posso dizer que trabalhei na quinta temporada de *Novos espaços* e na primeira temporada de *Lar, doce lar.* O Rusty vai me dar as recomendações de que preciso, sei que vai. E, assim, posso partir para algum outro cargo – algo que tenha a ver com engenharia de verdade. Mesmo não gostando do culto às celebridades que acontece no mundo do entretenimento, o ritmo e a diversidade de atividades são muito melhores do que a rotina monótona que eu tinha dentro do meu cubículo no antigo emprego. Se eu conseguir um dia me beneficiar das conexões que fiz na Comb+Honey para arranjar um emprego em um programa que de fato valorize a ciência e a engenharia – alguma coisa no Discovery Channel – já seria incrível.

Quando estou na metade de uma ladeira íngreme, meu celular vibra no bolso.

Uma mistura conflitante de alívio e desconforto me invade: é a Carey.

Levo o celular ao ouvido, virando de costas para o vento.

— Ei.

— Onde você está? — ela pergunta.

Por um instante, tenho vontade de rir. Agora ela pergunta onde eu estou? Olho para cima, procurando alguma referência ou placa de rua.

— Kearny Street, me parece.

— Não sei por que eu perguntei — ela diz, rindo. — Não tenho ideia de onde fica isso.

Uma leve dor pressiona meu peito quando me dou conta da dicotomia desta conversa fácil e banal e da complexidade da nossa atual relação.

— Nem eu — admito. — Só estou seguindo o Google Maps para chegar a um mercado.

— A Melly deu uma listinha de afazeres para você? — ela pergunta, provocando.

— Deu.

Por um momento, só ouço o vento ecoando na ligação. Afasto a mão, olhando para a tela para ver se a ligação não caiu.

Por fim, ela diz:

— James, desculpa por eu ter ido embora.

— Tudo bem — digo. E está mesmo. Por mais que eu quisesse repetir, é mais simples se for uma vez só e pronto.

— A Melly apareceu.

A minha ficha leva um segundo para cair.

— Apareceu... no meu quarto? Hoje de manhã?

— Ela estava com uma chave. Acho que ela achou que fosse o quarto do Rusty.

Tento me lembrar do check-in. O nome do Rusty estava na reserva de um dos quartos, o meu estava em outro, mas achei que não importaria quem ficasse em cada quarto. Entreguei uma chave para ele e peguei a segunda. Mas é claro que importa, porque é óbvio que a Melissa pediu ao Joe uma cópia da chave do quarto que deveria ser do Rusty.

Eu resmungo.

— Foi culpa minha.

Carey ri.

— Pois é. Vou tirar um pouco de onda, porque dessa vez você não foi o assistente perfeito.

Então ela não sumiu por querer. Fico surpreso com o meu próprio alívio. Eu tinha logo me convencido de que estava tudo bem, que eu não precisava correr atrás disso, e aí ela diz uma palavra, contrariando a minha suposição de que ela tinha entrado em pânico e fugido, e eu praticamente me derreto na calçada. Pode ser que, no final das contas, a gente consiga dar um jeito nisso.

— Ela ficou brava? — pergunto, estremecendo.

Carey solta uma risada incrédula.

— O que você acha?

— Acho que ela pirou. Onde você está agora?

— Eu voltei para o meu quarto. Quando consegui convencê-la de que eu não estava pelada na cama do Rusty. Meu Deus, que frase horrível. Ela se acalmou. O fato de ele não estar deitado roncando ao meu lado e de que as suas roupas de trabalho estavam todas arrumadinhas no guarda-roupa ajudou. Bom, eu diria que ela se acalmou *um pouco*.

Penso que ela vai me falar o que a Melissa disse quando soube que a Carey passou a noite comigo, e não com o Rusty, mas só ouço silêncio de novo.

Por fim, acabo perguntando:

— E o que ela achou... da gente?

Eu a ouço se mexendo e posso imaginá-la se sentando em cima da mão esquerda, tentado fazer os músculos relaxarem.

— Ela não adorou a ideia.

— Aposto que não. — Odeio ter essa conversa assim, pelo telefone, parado na calçada nessa ventania, enquanto ela está sozinha no quarto do hotel, tentando se recuperar de mais um rompante da Melissa. Eu queria estar ao lado dela, conversando. E mesmo se não pudéssemos nos tocar, eu poderia ver a expressão do seu rosto.

Mas talvez eu não precise de mais nenhum sinal. O silêncio agora parece falar tudo.

Mal consigo ouvir as suas palavras do outro lado da linha.

— Foi muito legal ontem, James. De verdade. Melhor sexo da vida. Nossa, que idiotice que eu falei.

— Não é idiotice. Eu estava pensando a mesma coisa hoje de manhã.

Ela não diz mais nada.

— Então... — digo, baixinho, entendendo aonde ela quer chegar. — É isso?

— Acho que sim.

Uma noite perfeita e, com um suspiro quase inaudível, tudo acaba.

Ela pigarreia.

— Mas é a vida. As coisas estão uma loucura, e...

— Você não precisa se explicar para mim, Carey. — Eu me viro e me encosto na parede de um prédio. — Você sabe que eu entendo a situação.

— Eu sei que você entende.

A facilidade com que nós dois abrimos mão disso desperta alguma coisa dentro de mim, só uma faísca, mas suficiente para me fazer entender. A Carey é ótima em cuidar de todo mundo, mas é péssima em cuidar de si mesma. Sei que ela pode ser mais forte do que isso – foi o que ela me mostrou ontem. Não estou disposto a deixá-la se anular para evitar conflitos.

— Quer saber? — Eu me viro contra o vento. — Eu não entendo, não.

Quase posso ouvir a forma como aquilo a pega de surpresa.

— Oi?

— Eu *não* entendo, *não*. Quer dizer, a gente não precisa levar isso adiante se você não quiser, mas a opinião, o estresse ou as demandas da Melissa não deveriam ter nada a ver com isso.

— James — ela fala o meu nome com um cansaço na voz, e sei que está cansada mesmo, mas um fogo se acendeu em mim, e acho que precisa acender nela também.

— Sei que ela te paga bem — digo. — Sei que você é importante nos projetos e tem medo de não conseguir fazer o que você faz em nenhum outro lugar. Sei que você tem uma longa história com eles e sei também que o plano de saúde é algo que você precisa levar em consideração. Mas, sendo sincero aqui, a Melissa... ela é abusiva.

— Ela não é...

— Você mesma disse que não pode falar a verdade para a sua psicóloga. O que ela diria se você falasse? — Eu espero um instante. — Tenho certeza de que ela diria a mesma coisa.

Como ela não responde, eu pressiono.

— Você pode encontrar outro emprego — digo. — Um que não exija que você não tenha vida. Um que valorize você pelo seu trabalho, que pague bem e que tenha um bom plano de saúde.

Ela ainda não diz nada, mas sei que está me ouvindo, então eu continuo:

— Como vai ser a sua vida daqui a cinco anos? Mesmo se não for comigo, você vai estar com alguém? Onde vai morar? Você ganha bem, Carey, e não tem nem um apartamento para você, quanto menos uma casa própria. E por que você teria? Você nunca pararia em casa mesmo.

— Que droga, James! Eu só tenho vinte e seis anos! Estou tentando me encontrar ainda.

— Eu não quero ser chato, mas é que... — Dou meia-volta, ficando cada vez mais frustrado. — Por quanto tempo você acha que vai poder usar a sua idade como desculpa para não tomar uma decisão adulta? Eu me preocupo com você. Não só porque a gente transou, mas porque eu gosto de você, e estamos juntos nesta situação de merda. Um monte de gente está ganhando uma grana em cima dos Tripp, mas esta situação não é das melhores para *nenhum* de nós.

Ela suspira devagar, mas não diz nada.

— Carey... diga alguma coisa.

— Eu quero ter uma casa, tá bom? Quero uma casa com um terreno, quero ter um cachorro, e galinhas, e espaço para sair por aí e me perder, como eu fazia quando era criança. E eu quero poder ficar em casa, ter tempo para viver a minha vida, e não a vida de alguém.

Eu paro de andar, surpreso pela honestidade.

— É um desejo bem legal.

Nós dois ficamos em silêncio por uns cinco, dez segundos.

— Carey?

— Estou pensando.

Outro momento de silêncio. O vento fica mais forte. Ouço o barulho de uma buzina ao longe.

— E eu quero ter alguém.

Não sei como responder. O momento é tão delicado que eu não quero tentar forçar a barra sobre isso, sobre *nós*.

— Mas, para você, é melhor que eles fiquem juntos — ela diz, por fim, e eu tenho vontade de me dar um soco por não tentar convencê-la a me dar uma chance. — Você precisa do emprego. — Ela não diz com desdém ou amargura. Ela só está usando o fiasco do meu currículo para apresentar argumentos para que eu queira deixar as coisas como estão.

— Que seja, mas será que compensa toda essa miséria? Sei lá, Carey, eu quero que você realize os seus desejos. E acho que nós dois somos bons o bastante para encontrar outro trabalho. Para você, em algum lugar que dê valor ao seu trabalho. Para mim, algo que me ajude a reconstruir o meu currículo.

Antes que ela possa responder, meu celular vibra na minha orelha. Eu o afasto do ouvido para ver o nome na tela.

O meu coração dispara.

— Carey, o Ted está me ligando.

— Ted *Cox*?

O produtor de *Lar, doce lar.* Por que diabos ele está me ligando?

— O próprio. Acho que eu preciso atender.

Será que fizemos alguma besteira? Será que Melissa e Rusty saíram correndo pelados e gritando pela rua, enquanto a Carey e eu estávamos discutindo nossos assuntos pessoais no telefone?

— Encontro você no hotel daqui a pouco.

Nós desligamos, e eu atendo a ligação do Ted. A minha voz soa aguda e tensa.

— Oi, Ted.

— James. Como estão as coisas? — Ele deve estar em algum lugar cheio de gente, porque ouço outras vozes tão bem quanto a dele.

Opto por uma resposta vaga, mas honesta.

— Tudo dentro do esperado.

Ted ri tão baixo que eu mal consigo ouvir com todo aquele barulho de fundo.

— A reação do público ao anúncio foi fenomenal. — Ele para, baixando a voz. — Preciso garantir que vamos andar na linha aqui, James.

Eu me seguro para não falar o que estou pensando: *Esta é uma conversa que você deveria ter com a Melissa e com o Rusty*, mas eu apenas solto um resmungo evasivo. Ele insiste:

— Estão rolando uns boatos de que as coisas não estão muito bem entre os Tripp. Um *post* num blog de fofoca, uma meia dúzia de tuítes de influenciadores. Então acho que essa turnê precisa ficar um pouco mais romântica do que foi até agora.

Eu... nem sei como responder. Esse cara está falando sério? Evitar que os dois se engalfinhem em público já é difícil, agora ele quer que a gente os convença a ficar trocando carícias para todo mundo ver?

— Precisamos de momentos de carinho entre os dois — ele continua. — Mãos dadas, abraços quando eles acham que ninguém está vendo.

Tenho vontade de rir ao imaginar a cena que ele está descrevendo. Aperto os olhos, coloco a mão na testa e solto um tenso:

— Podemos tentar.

Seu silêncio como resposta me diz que eu não estou oferecendo garantias suficientes. Ouço uma porta se abrir e fechar, e o barulho de fundo some.

— Olha, eu sei que esse trampo tem sido frustrante pra você — Ted diz.

— E para a Carey.

Ele ignora a minha resposta.

— E também sei que você foi contratado para trabalhar em projetos de engenharia, e tenho condições de colocá-lo como engenheiro-chefe, com créditos de produtor executivo na segunda temporada.

Um carro passa disparado por mim, me tirando do meu estado de choque. Sou todo ouvidos.

— Só precisamos chegar até a segunda temporada — ele diz, ao notar que eu continuo quieto.

— Eu entendo o que está em jogo — digo.

Ele espera que eu prossiga.

Eu quero falar sobre a Carey, falar que é ela que cria os projetos da Melissa há anos, que ela é a verdadeira idealizadora por trás de tudo isso e, na verdade, se a Carey e eu tivéssemos liberdade para atuar na plataforma, poderíamos fazer o que os Tripp fingem fazer há décadas para o mundo. Eles poderiam continuar sendo as caras na tela, mas nós poderíamos fazer o que gostamos: o trabalho nos bastidores.

— A Carey e eu faremos tudo que estiver ao nosso alcance para que eles demonstrem mais afeto nesses eventos — falo para ele. — Mas quero que você coloque por escrito que me prometeu o cargo de engenheiro e produtor.

Ele fica em silêncio e o meu celular vibra de novo. Olho e vejo que o Ted acabou de me mandar uma mensagem com uma foto.

— Acabei de escrever em um guardanapo, beleza? — ele diz. — James será contratado como engenheiro-chefe e produtor executivo na segunda temporada.

Apesar de ele ser um sujeito folgado, um alívio percorre minhas veias, e eu me atrevo a dizer:

— Acho que podemos fazer com que a Carey seja mais reconhecida.

— A Carey? — ele repete. — Aquela com a mão boba?

Pelo barulho retumbando no meu ouvido, percebo que uma carreta passou por mim.

Aquela com a mão boba.

A onda de confiança se dissipa imediatamente, e eu me atrapalho com as palavras por alguns segundos, ainda em choque.

— É, ela tem um problema motor, mas ela é genial. Na verdade, é ela que...

— Podemos tentar colocá-la em um cargo de produção também. — Ele interrompe e diz, pensativo: — Olha, seria uma boa ideia colocá-la na equipe de elenco, como produtora. Inclusão, aquela coisa toda. Faz a operação parecer uma empresa familiar sólida. Ela é a secretária da Melissa há anos.

Suas palavras parecem um soco no meu peito.

— Sim, só que ela é mais do que secretária da...

— Olha, James, eu preciso entrar em uma reunião, mas estamos entendidos? Posso confiar em você para cuidar desse assunto?

Sua pergunta fica pairando no silêncio. Parece fácil, mas sei que não vai ser. E me sinto um merda por aceitar essa oportunidade, enquanto a Carey tem aguentado todas as bombas e se sacrificado mais do que qualquer um. Um crédito como produtora não é suficiente. Ela merece, no mínimo, o cargo de designer-chefe.

Mas eu não estou em condições de negociar e, talvez, se conseguir crescer um pouco no programa, eu possa usar isso para fazer a Carey subir também. Não sei bem o que dizer além de:

— Sim. Pode confiar em mim.

— Ótimo.

Ele desliga, e me vejo titubear um pouco ao me lembrar das palavras que eu mesmo falei para a Carey: *Um monte de gente está ganhando uma grana em cima dos Tripp, mas essa situação não é das melhores para nenhum de nós.*

Ainda não sei se é a melhor coisa para ela, só que, agora, ficar com os Tripp é com certeza a melhor opção para mim.

Carey

Quando o Joe nos apressa para fora do hotel pela manhã, ficamos chocados ao ver que o ônibus ganhou outro adesivo da noite para o dia. Além dos rostos gigantescos dos Tripp e da capa do livro nas laterais, agora há também um anúncio do novo programa. Nada como um lembrete de quinze metros de comprimento para fazer você recordar que está presa dentro de uma engrenagem gigante de relações públicas funcionando a todo vapor, estando você pronta para isso ou não.

O fato de que um cara que trabalha todos os dias com gente mimada e difícil não está conseguindo lidar muito bem com os Tripp também depõe muito contra eles. Desde que Joe conheceu os Tripp, ele parece ter envelhecido uns cinco anos. Seu cabelo ondulado e volumoso parece ter murchado, os olhos estão apagados e vidrados, com um leve aspecto de pânico constante. Até os seus músculos parecem mais tristes.

Com uma prancheta na mão e um frasco de antiácido na outra, ele diz:

— Eu queria repassar a agenda dos próximos dias. — Joe olha para o relógio, fazendo uma careta. Ele tem feito muitas caretas. — Vamos fazer uma parada em Sacramento para autografar livros para o estoque de quatro livrarias diferentes. Vamos ter que ser rápidos em cada parada, porque precisamos chegar a Medford ainda hoje. O evento amanhã é em Portland, na livraria Powell's. É um evento pago, e já vendemos todos os ingressos para a sessão de autógrafos e para a sessão de perguntas e respostas. Isso é bom. — Ele enxuga a testa. — Mas hoje nas lojas e amanhã no evento vai ter muita gente de olho, então… — Ele deixa a frase no ar, esperando para ver se alguém terminaria por ele. Quando ninguém pega a deixa, ele termina: — Vamos tentar fazer bonito.

Sou pega de surpresa quando a Melissa chega e sussurra:

— Amanhã podemos nos arrumar juntas. — Ela sorri e, à plena luz do dia, percebo como ela envelheceu nos últimos meses. Linhas fininhas no canto dos olhos e uma leve caída no arco da boca. Em vez de suavizar suas feições, como aconteceu com a minha mãe e a minha vó, o tempo parece ter deixado a Melly meio estropiada. — Vamos mandar alguém ir até o meu quarto para fazer escova em nós duas antes da sessão de autógrafos. Assim você pode relaxar.

Relaxar. *Alguém ouviu isso?* A Melly aperta a minha mão de leve, como que para enfatizar que isso é para mim, e não para ela. Eu, a pessoa que nunca fez uma escova na vida e que nunca tem tempo para relaxar.

Nós duas sabemos que ela está tentando mostrar como é legal comigo. É o seu jeito de me manter por perto e, é claro, de me manter longe do James.

O PROBLEMA INCONTORNÁVEL CHAMADO MELISSA não se importa por estarmos de volta ao aperto do ônibus: a viagem curta até Sacramento foi constrangedora, como era de se imaginar, depois de eu ter transado com uma pessoa e ter sido pega pelada na cama por outra pessoa presente ali. James dá na cara que quer conversar, mas fica quietinho esperando uma oportunidade. A Melly fica de olho nele, mas também está de olho para ver o que eu vou fazer se ele ousar tentar. O Rusty está nos fundos, tentando evitar o próprio problema incontornável, e, assim que pegamos a estrada, o Joe se tranca no banheiro em uma tentativa de evitar todos nós.

A extensa paisagem de East Bay passa embaçada pela janela enquanto fico olhando para baixo, para o meu caderno de couro. O trabalho costuma ser a minha fuga, e eu poderia me concentrar em qualquer um dos vários projetos em vista, mas o peso da atenção do James e da Melly parece uma presença no ar, me pressionando para baixo. Me deixa ansiosa, e meus dedos ficam rígidos e difíceis de controlar.

Quando o meu lápis cai no chão, a Melly e o James praticamente mergulham no carpete para pegá-lo. A Melly está mais perto e o alcança antes, deixando o lápis na mesa com um sorrisinho de vitória.

— Valeu, gente. — Olho para os dois com uma cara de *Que exagero.* Tenho certeza de que nunca vi a Melly se apressar para pegar nada na vida, mesmo quando é ela que derruba.

Encostando-se no banco, Melissa pergunta:

— James, há quanto tempo você está com a gente?

James olha para cima, surpreso por ser abordado diretamente.

— Uns dois meses.

Olho para ela, perplexa, tentando imaginar o que ela está tramando. Nunca a vi tentar conversar com o James antes. Cheia de surpresinhas, ela.

— E o que você fazia antes mesmo?

— Eu era consultor de engenharia estrutural.

Ela leva o dedo gracioso aos lábios.

— Eu esqueci... onde é que você trabalhava mesmo?

Um músculo no maxilar e uma cor rosada vai aos poucos surgindo em suas bochechas quando nós dois percebemos o que ela está fazendo.

— Rooney, Lipton & Squire.

— Ah — ela diz, como se a ficha caísse de repente. — Claro, claro. Aquela empresa cheia de fraudes. Escândalos contábeis, tirando dinheiro dos fundos de pensão. Não é mesmo?

Ele responde com um "sim" travado.

Ela assovia.

— Espero que você não tenha perdido tudo.

Meu estômago embrulha. Pela sua expressão, percebo que ele perdeu tudo mesmo.

Pego os olhos do nosso motorista, Gary, pelo retrovisor maior, e nós dois estremecemos. Nunca sei quanto ele consegue ouvir, mas a tensão é tanta e a conversa é tão cheia de farpas que ele teria que estar com um algodão tampando o ouvido para não captar o que está acontecendo.

— Achei que ainda estivessem investigando o caso. — A voz doce da Melly está revestida de uma frágil camada de indiferença. — Talvez você ainda consiga reaver parte dos seus fundos de previdência.

— Melly. — Quase nunca a repreendo, mas já estou cansada de ver aonde isso está indo.

— Ele é um dos meus funcionários, só estou preocupada. — Com um leve aceno, ela volta para a revista. — Não gostaria que ele estivesse em uma situação complicada.

Fechando o laptop, James se levanta, seus olhos encontram os meus do outro lado do ônibus.

— Agradeço a preocupação.

Quando ele some no fundo do ônibus, vou até a cozinha e abro a geladeira, porque preciso me afastar disto aqui. Essa proximidade está me deixando em pânico e com uma estranha sensação de distanciamento do meu próprio corpo, como se todos nós estivéssemos em outro lugar e nada disto aqui fosse verdade. De certa forma, isso seria um final interessante: o Ted e a Robyn poderiam aparecer sorrindo em algum momento, admitindo que não são produtores e nem publicitários, mas que, na verdade, trabalham em um estudo sobre psicologia que analisa o efeito da proximidade forçada, em um experimento sem qualquer chance de sucesso.

Olhando os sucos frescos e os lanches sem glúten, sem lactose e sem gosto da Melly, minha mente vagueia de volta ao James. Ainda sinto as articulações sensíveis depois do que fizemos ontem à noite, uma dorzinha que ficou depois da loucura da nossa primeira vez. A cada movimento que faço hoje, preciso usar alguma parte do corpo cansada ou dolorida, e as sensações se transformam em um lembrete debochado do que a minha vida poderia ser se eu decidisse tomar coragem.

Na verdade, a nossa conversa hoje de manhã pelo telefone me abalou. Eu nunca tinha enxergado a Melly como uma chefe abusiva. Temperamental, sim. Manipuladora, é claro. Mas abusiva? O que a Debbie *diria* se eu fosse sincera sobre a situação? Será que eu evitei descrever as coisas como são não por causa do acordo de confidencialidade, mas porque, no fundo, eu sempre soube que o que o James falou é verdade?

Ele perguntou como eu me vejo no futuro. Se dependesse da Melly, eu trabalharia para ela por pelo menos mais uns dez anos. *Mantendo a agenda dela organizada.* Meu estômago embrulha só de pensar. Eu não quero isso para mim. Trabalhar para a Comb+Honey resolve um problema, mas cria outro: eu tenho dinheiro para tudo o que preciso, inclusive para todos os tratamentos que eu possa vir a precisar, mas o estresse constante de ter que lidar com o programa e com os Tripp está agravando os meus sintomas. Se já tenho dificuldades para segurar um lápis hoje, imagine como será daqui a cinco ou dez anos?

Distraída, mas encarando a geladeira, fico imaginando como seria contar para a Melly que estou pedindo as contas, danem-se as consequências. Seria desagradável, mas não duraria para sempre, e eu ficaria livre para pensar, pela primeira vez na vida, no que quero fazer de verdade. Eu ficaria falida e seria complicado, mas talvez eu pudesse ficar com o James. Talvez eu tivesse tempo para encontrar uma casa, e um cachorro, e aprender algum *hobby*. Talvez eu tivesse uma vida de verdade.

Só de saber que a possibilidade existe é como se eu estivesse tomando o ar ao voltar à superfície depois de um mergulho. De certa forma, o problema não parece tão grande assim.

O JAMES TENTA FALAR COMIGO várias vezes assim que chegamos a Sacramento, mas as coisas estão caóticas demais. Saímos do ônibus, entramos em uma livraria, autografamos os livros às pressas e voltamos para o ônibus para costurar o trânsito pelo centro de Sacramento até a próxima livraria. Não parece o melhor dos planos, pois é claro que não estamos nada discretos dentro das cabeçonas sobre rodas da Melly e do Rusty e, quando chegamos à Barnes & Noble, vemos que alguns carros nos seguiram pelo caminho e os fãs vieram pedir para tirar fotos.

O Joe anda para lá e para cá no fundo do ônibus, lutando contra um aparente impulso de olhar o relógio a cada minuto, enquanto a Melly faz o que sabe fazer de melhor: bater papo e sorrir para fotos. Fico feliz ao ver que o Rusty colocou uma camisa decente e me dou conta, com uma mistura de afeto e surpresa, que deve ter sido o James que lembrou o chefe de que ele poderia se encontrar com fãs, que lhe pediriam para posar para selfies.

James se aproxima de mim, e o meu coração dispara. Eu gosto do cheiro do sabão em pó na roupa dele. Me lembro de ter sentido esse cheiro na pele dele mesmo quando suas roupas estavam largadas no chão.

— Preciso falar com você — ele diz.

Olho para cima, feliz ao perceber que, com a distração dos fãs, podemos ter um minuto a sós.

— Eu também. Tomei uma decisão… — digo.

Ele franze um pouco a testa e depois suaviza a expressão, como se já soubesse o que eu vou falar.

— Ah, é? — Ele abaixa o volume em alguns decibéis, fazendo a voz parecer mais rouca. — Você primeiro, então.

— Vou pedir demissão — digo. Sua reação não é o que eu esperava. Ele não sorri de imediato. — Vou contar para a Melly hoje à noite. Vou ficar até o encerramento da turnê em Boise.

James faz uma careta.

— Você tem certeza de que é um bom momento?

— Sabe aquilo que você disse por telefone? — Eu espero até ele concordar bem de leve. — Você tem razão. Percebi hoje que eu não falo sobre isso com a Debbie, minha psicóloga, porque sei o que ela vai dizer. Que trabalhar aqui não faz nada bem para as minhas mãos. Não faz nada bem para a minha saúde mental. Eu posso achar outro emprego.

Ele passa o peso para outra perna, olhando para trás, para onde Melly e Rusty estão.

— A Melissa vai surtar sem você.

— Eu sei, mas é uma loucura, não é? — Procuro em seu olhar a mesma convicção que ouvi na sua voz de manhã. — É como você disse, como vai ser a minha vida daqui a cinco anos?

James olha para algo além de mim, para longe. Há algo nessa sua atitude que faz o meu estômago revirar de um jeito estranho. Eu esperava um sorriso, talvez um abraço rápido meio disfarçado. Poxa, desse jeito eu aceitaria até um joinha. Eu não esperava que ele ficasse tão… em conflito.

— Achei que eu veria um pouco mais de apoio e um pouco menos de... sei lá. *Preocupação.*

— Não, só estou pensando — ele responde rápido. Seu olhar volta para mim, e eu vejo seus olhos tão profundos e tão emotivos que sinto vontade de trazê-lo para mais perto para analisá-lo com mais atenção, do mesmo jeito que ele ficou me analisando ontem à noite. Sinto que aquela conexão se perdeu, não sei se é porque não estamos sozinhos ou se é alguma outra coisa.

— Sei que eu disse aquilo tudo — ele continuou — e acho mesmo que você precisa sair. Mas nós dois nos comprometemos a ajudá-los, e não vai causar uma boa impressão no currículo se esta turnê for um desastre. Se virar um escândalo, vai ser igual à Rooney, Lipton & Squire para mim, e uma experiência prolongada como assistente de um escândalo para você.

Meu estômago azeda. Eu entendo o que ele quer dizer e odeio ver que as minhas decisões parecem ao mesmo tempo tardias e impulsivas demais.

— Eu não sei o que fazer — admito, perdendo a voz. — Quando isto vai acabar?

James parece ter uma reação física ao ouvir o desespero na minha voz, porque algo na sua atitude muda, como se lhe fizesse mal ter que me pedir aquilo.

— Espere até a segunda temporada deslanchar, pode ser? Só mais algumas semanas, no máximo.

Penso no que nos espera: uma viagem até Oregon hoje à noite, encerrando em Portland amanhã, onde acontecerá um grande evento. De Portland, vamos à Seattle para outro evento e uma série de entrevistas, e depois para Boise, antes de finalmente voltar para Jackson. Lá, os Tripp devem se preparar para uma turnê na Costa Leste. Se tudo der certo, eu já terei caído fora até lá.

Olho para a Melly, que está bajulando uma mulher de casaco rosa, e sei que, assim que ela entrar no ônibus, vai logo comentar que o casaco era horroroso e dizer: "Meu Deus, como alguém pode usar aquilo em público?". James quer que eu aguente mais algumas semanas, e sei que ele quer o melhor para mim, porque ele é um cara legal, mas eu não quero ter que aguentar nem mais uma hora.

Então chega o James, mostrando o celular para mim e fazendo uma careta.

Parece que, ontem à noite, alguém do hotel conseguiu tirar uma foto da Melly e do Rusty brigando ao entrarem no elevador. O dedo indicador da Melly está espetando o peito do Rusty. O rosto dela está tão contorcido de raiva que ela parece estar cuspindo. A foto subiu no Twitter há uma hora e já tem mais de quatro mil likes.

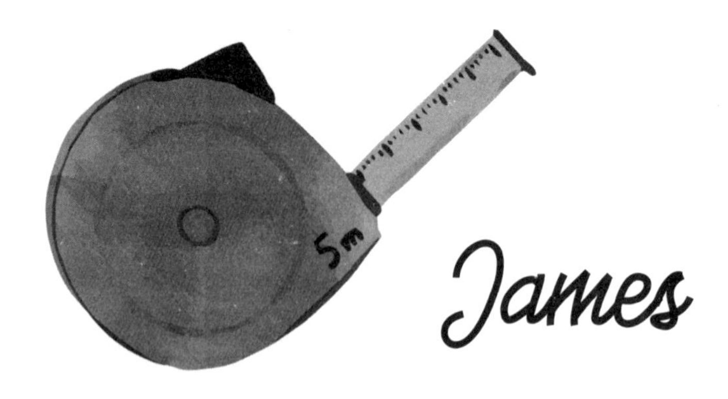

James

Quando chegamos a Portland na tarde seguinte, já há uma multidão de fotógrafos acampados do lado de fora do hotel. Como a Melissa ainda está sem acesso ao Twitter, ela fica animada ao ver todos ali. Carey não tem coragem de contar que eles estão ali na esperança de pegar o casal brigando.

Mas, pela primeira vez, eu me encho de coragem.

— Antes de descermos do ônibus — começo, e Melissa para e olha para mim, já irritada —, vocês deveriam saber que vocês dois foram pegos no flagra ontem. Brigando no saguão do hotel.

— Não fomos, não — Melissa responde na mesma hora e olha para o marido, esperando apoio. Ele dá de ombros, indiferente, parecendo fazer pouco caso.

Eu viro o meu celular para ela.

— Não acho que as fotos sejam montagem, Melissa.

Joe se encolhe no fundo do ônibus, fingindo estar arrumando o lugar, embora a única coisa que o Rusty faça seja ficar sentado assistindo à TV lá atrás. Na minha visão periférica, vejo a Carey me encarando, surpresa.

Eu continuo:

— Então o que vocês vão fazer é o seguinte: vocês vão descer deste ônibus e mostrar ao mundo todo que vocês são um casal apaixonado. — Eu ergo as mãos, relaxado, como se aquele fosse o pedido mais fácil que eles poderiam receber. — Todo casal briga. Não tem nada de mais. Se vocês não brigassem, significaria que o relacionamento não vale mais a pena, não é?

Fico pensando se o Rusty chegou a ler o livro deles, porque é nítido que só a Melissa e a Carey reconhecem a citação. Carey disfarça um sorriso. Melissa semicerra os olhos.

— Hoje à noite — digo —, vocês vão jantar no restaurante do hotel e vão estar *radiantes* por passarem um tempo juntos. Estamos entendidos?

Melissa respira fundo e devagar. O rosto dela entrega: não é difícil concluir que, por dentro, ela está querendo me matar.

— Estamos entendidos.

Ouço vozes vindo de dentro do quarto da Carey e olho o número do quarto de novo antes de bater à porta. Ela me chama lá de dentro, a porta se abre, e lá está ela, a Carey de banho recém-tomado e abrindo um sorriso. Meu coração dá um leve soco no meu esterno.

— Entra — ela diz, voltando para dentro do quarto.

— É que eu queria conversar com você sobre...

— Só estava conversando com o Kurt. Você pode fechar a porta?

Kurt? O irmão dela?

Fecho a porta e tento entender o ambiente à minha volta: sua mala parece ter explodido na cama. Uma toalha molhada jogada no sofá ao lado da janela. Eu paro quando a vejo sentada na escrivaninha, com o laptop aberto e projetando na tela o rosto de um cara sorridente.

Eles são tão parecidos, apesar de o cabelo dela ser longo e castanho-escuro e o dele ser preto e cacheado.

— Eu posso voltar depois... — Afinal, é o irmão mais velho, e eu estou no quarto dela... E tudo indica que ela está nua por baixo daquele roupão.

— Não, não, já estamos acabando. — Ela se vira para a tela. — Kurt, este aqui é o James, *o engenheiro*. James, esse é o meu irmão, Kurt.

Trocamos um aceno constrangido, e eu me viro para ela outra vez.

— É sério, não é nada importante...

Ela já está fazendo um sinal para eu me calar e apontando para a cama.

— Senta ali. Vai levar um minutinho. — Carey joga uma revista na minha direção e se vira para olhar para a tela. É óbvio que, como qualquer um, eu adoraria folhear as páginas da *Taste of Home*, mas não resisto à tentação de ficar ouvindo a conversa da Carey.

— Certo, então, voltando ao assunto da mamãe... — Carey puxa a conversa.

Kurt passa a mão pelo cabelo empoeirado – empoeirado como uma nuvem de poeira mesmo em volta dele – e coloca um desbotado boné de beisebol na cabeça. As orelhas dele estão queimadas de sol, assim como a ponta do nariz. Ele parece cansado, o tipo de cansaço profundo, que dói nos ossos, de tanto trabalhar o dia inteiro debaixo do sol quente. Fico imaginando se, assim como o pai, o Kurt também trabalha em obras.

— Você sabe como é a mamãe... — A voz dele sai como um grunhido ríspido e profundo. — Conversei rapidão com ela, mas a vizinha da rua de baixo, a Ellen, tinha feito uma cirurgia no joelho, aí a mamãe estava indo lá para levar um ensopado. Ela teve um ataque, dizendo que eu levei um dos potes dela embora da última vez que fui lá, mas ela ainda tem um monte daqueles potes cheios daquela gororoba no freezer da garagem.

Carey solta uma risadinha, e é um som que eu raramente ouço. Esse riso fácil tem um efeito estranho nos meus batimentos.

— E como está a sua caminhonete? Ainda dando trabalho?

Kurt resmunga, tira o boné de novo e usa a aba para coçar a cabeça.

— Nem me fale.

Eu tento me afastar da conversa, mas aí Carey decide cruzar as pernas. O tecido branco do roupão se abre, revelando um bom pedaço do tornozelo, das coxas... e mais para cima.

— Já troquei os injetores, mas acho que não era esse o problema. Acho que é o motor. Se for isso, vou acabar tendo que pedir um empréstimo para mandar refazer a porra toda. — A voz do Kurt corta os meus pensamentos impuros, e eu logo tento me concentrar em uma receita de torta de frango na revista que estou fingindo ler. A última coisa de que preciso hoje é que ele me veja babando pela irmãzinha dele.

— Sua caminhonete já rodou mais de quatrocentos mil quilômetros — Carey o lembra. — Não sei por que você não troca de uma vez. Você já está se arriscando sendo tão pão-duro.

— Uma caminhonete nova vai sair bem mais caro, e, quando eu terminar de consertar a minha, vai ficar quase novinha em folha — ele diz à irmã.

Eu invejo aquela habilidade de saber consertar o próprio carro. Aprendi com os meus pais, cujo lema parecia ser *Por que fazer sozinho se você pode contratar alguém para fazer por você?* Meu pai ainda troca de BMW a cada três anos. Acho que nem ele nem a minha mãe nunca trocaram um pneu na vida.

Em algum momento durante o meu devaneio, eles encerram a conversa, prometendo chamar o outro irmão, Rand, para sair com eles da próxima vez.

— Foi mal — ela diz, se levantando da cadeira e fechando o laptop.

— Eu que peço desculpas por interromper. — Ela faz um gesto, como quem diz *Não foi nada*, e eu me esforço para me concentrar no seu rosto, e não nas pernas. — Ele parece legal.

— Ele é um velho rabugento, mas é legal. — Ela ri. — A gente quase nunca se vê, então é assim que costumamos manter contato. Como você já deve estar imaginando, ele não é muito de mandar mensagens. — Ela aponta para o roupão e para o banheiro. — Só um segundo.

Passo os olhos de novo pelo quarto e noto a fileira de sutiãs e calcinhas pendurados na frente do ar-condicionado, em cima das cabeceiras das duas camas *queen-size*.

— Você lavou roupa?

A porta se abre, ela sai vestindo uma calça jeans e uma camiseta da Dolly, com o cabelo preso em um coque bagunçado.

— É, foi mal — ela diz, atravessando o quarto para tirar as roupas de lá.

— Não precisa se desculpar. É uma boa ideia. — Eu reconheço o sutiã azul e isso faz minha boca ficar seca.

— Minhas roupas estão quase acabando — ela admite, rindo de novo ao tirar as peças uma a uma de lá. — Isso explica por que as minhas roupas estão sempre amassadas. Só um pouquinho...

Ela volta apressada para o banheiro e não me ouve dizer baixinho: "Você é perfeita".

Ao voltar, se senta na beira da cama. Ela tirou o edredom, e isso me faz lembrar da última vez que estivemos juntos em um quarto de hotel. A memória atravessa a minha pele em um batimento quente e frenético.

Me dou uns segundos para olhar para ela. Eu me pergunto se, quando ela assiste a uma série na TV, ela fica imitando as expressões dos atores na tela: felizes, tristes, confusos, radiantes. Agora, ela parece estar me imitando, com olhos bem abertos e observadores.

Se eu bem me lembro, em São Francisco nós decidimos que não vamos mais nos beijar, mas juro pela minha vida que não consigo lembrar por quê. Na verdade, nem consigo lembrar por que eu subi até o seu quarto, mas, agora que estou aqui, a única coisa que quero é jogá-la no colchão e deixá-la fazer tudo o que quiser comigo.

Ela desvia o olhar, quebrando a tensão.

— Fiquei impressionada hoje — ela diz.

Eu pisco, tentando me concentrar.

— Ah, você quer dizer lá no ônibus?

— Isso mesmo, *señor* mandão.

Isso me faz rir.

— Por alguns segundos, achei que a Melissa viria me dar um soco no saco.

Carey se joga na cama, rindo.

— Eu também achei — ela diz, apoiando-se nos cotovelos. — Mas não, foi bom. Acho que precisamos ser mais mandões com ela. Senão ela vai sempre fazer o que bem entender.

Agora eu me lembro do motivo da minha visita e penso que isto pode ser uma péssima ideia. É óbvio que eu não consigo ficar perto da Carey sem querer tocá-la, imagina só fazer isso à luz de velas? Mas a promessa que o Ted escreveu no guardanapo paira na minha mente.

— Falando nisso — digo —, eu estava pensando que seria uma boa ideia se a gente jantasse na mesa ao lado dos Tripp hoje à noite. Só para ficar de olho.

Seus olhos brilham, achando graça.

— Você não confia neles?

— Nem um pouco.

Quando ela torce o nariz, brincando, sinto um friozinho na barriga.

— Então você está me convidando para um encontro de mentirinha?

— Se você topar...

Carey morde o lábio e considera, cerrando os olhos.

— É, acho que é uma boa ideia.

Sinto a pele corar e agora tenho certeza de que isso foi uma péssima sugestão. Ela acabou de colocar a camiseta, com certeza não está usando sutiã. Uma gota d'água rola pelo seu pescoço macio e longo, e eu sinto vontade de lamber a gota e fodê-la até a semana que vem.

Mas suponho que, se os Tripp conseguem jantar juntos fingindo estarem apaixonados, eu também devo conseguir jantar com a Carey, fingindo não estar.

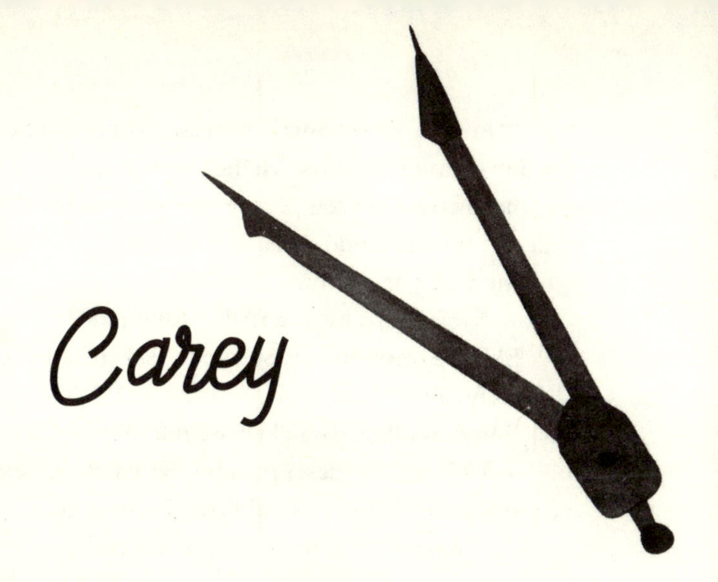

Carey

Exatamente às 18h35, um garçom do El Gaucho me serve uma taça de zinfandel enquanto a Melissa e o Rusty, sorridentes e prontos para as câmeras, estão sentados a algumas mesas de distância. O restaurante é perfeito: é interligado ao hotel e tem essa iluminação suave à luz de velas que a Melissa adora, pois faz todo mundo ficar bonito. Eles se sentam ao lado de uma janela, pois vai que um fotógrafo consegue tirar lá de fora uma foto espontânea do jantar romântico? Melhor ainda.

Eu já comi várias vezes junto com o James, mas quase nunca só nós dois, e nunca à meia-luz de um restaurante romântico, com drinques chiques, um cardápio com capa de couro e música clássica como som ambiente. Sei que isso não é bem um encontro — eu *sei*, deixamos bem claro lá no hotel —, mas não é o que eu sinto. Estou usando o meu melhor vestido, o azul que preciso guardar para acompanhar as aparições na TV e as grandes entrevistas da Melly, e o James está sentado à minha frente, usando um blazer azul-marinho e uma camisa branquíssima, sorrindo de um jeito que me faz pensar que ele também está vendo isto como um encontro de verdade.

Ele se serve um camarão gigante e o mergulha em um pote com molho rosé.

— Muito bom este hotel. Quase uma estrela a mais do que o Motel 6 em Hollywood. Bom trabalho.

Eu o chuto por baixo da mesa.

Ele tosse, ainda mastigando e rindo no guardanapo.

— É verdade — ele diz ao recuperar o fôlego. — É muito bom mesmo. Eu não curto muito tomar banho de banheira, mas com aquela que há no meu banheiro, estou começando a mudar de ideia.

Não quero nem imaginar esse corpo submerso em uma banheira gigante cheia de espuma. Melhor nem pensar em entrar na banheira com ele, me encostar no seu peito e senti-lo passar os braços em volta da minha cintura, descendo a mão até...

Mudança de assunto.

— Sabia que o lugar é mal-assombrado?

Ele arregala os olhos, entrando na brincadeira.

— A minha banheira?

Cerro os olhos para ele, tentando não sorrir.

— O hotel. Eu desci para buscar pasta de dente, porque perdi mais um tubo, e havia um pessoal fazendo um tour.

— Um tour fantasma ou algo do tipo?

Pego um pãozinho e passo manteiga.

— O porteiro me falou que dizem que a primeira dona ainda vem assombrar o hotel. Há um espelho no saguão em que dá para ver o reflexo de uma mulher de vestido turquesa. Ah! — falo, apontando minha faca cheia de manteiga para ele. — E alguém disse que, certa noite, estava sentado na cama e viu um menininho brincando de esconde-esconde ao pé da cama. — Eu rio da sua expressão horrorizada. — A recepção até oferece um aquário com um peixinho para fazer companhia para os hóspedes. Fofo, né?

Quando torno a olhar, James ainda está me encarando, com o segundo camarão parado a meio caminho de sua boca.

— Você não está com medo, está? — Ergo uma sobrancelha.

Ele coloca o camarão de volta no prato.

— Com certeza não quero ver uma criança fantasma brincando de esconde-esconde na minha cama.

— Eu sei. Eu mijaria nas calças, sem dúvidas. Mas não se preocupe, o guia falou que só há histórico de aparições no sétimo, nono e décimo segundo andares. E no saguão, claro.

Ele pisca.

— Eu estou no nono andar, Carey.

— Ops. — Eu rio. — Você quer que eu peça um peixinho para te dar apoio emocional?

Endireitando-se na cadeira, James acena para o garçom e pede mais uma taça de vinho para cada um.

— Eu aceito o peixe — ele diz e sorri por trás da taça. — Mas um bocado deste vinho aqui já vai ajudar.

Sorrio de volta, ignorando a preocupação que insiste em crescer no meu peito. É tão bom ficar com ele. Como é que vou manter distância desse cara? Quanto mais tempo passo com ele, mais eu gosto de tudo no James. Mais do que gostar. Hoje, depois do jantar, quero pegá-lo pela mão e levá-lo para a cama, de mãos dadas.

A ideia de dormir com esse corpo esguio, nu, pressionado contra o meu, me faz estremecer.

— E o Kurt — ele pergunta, e meus pensamentos pervertidos tropeçam e caem ladeira abaixo —, no que ele trabalha?

— Ele monta casas. Começou a trabalhar com o meu pai quando tinha quinze anos e, quando o meu pai morreu, o Kurt assumiu o negócio. Ele tinha vinte e dois e trabalha todos os dias desde então. Eu também tentei ajudar antes de a distonia começar, mas eu reclamava tanto que ele chegou a me dar vinte dólares para eu ir embora.

James ri e se engasga com um gole de vinho, e eu o chuto de novo.

— Quando eu liguei para a Melly para dizer que a gente tinha feito as reservas, ela disse que o Rusty estava no seu quarto. É sério?

Ele faz que sim e olha para mim como se tivesse violado alguma regra. Sua expressão é tão engraçada que eu caio na gargalhada.

— Eu não ligo se ele estava no seu quarto, James.

— Sinceramente, acho que ele estava se sentindo sozinho. Bom, pode ser que ele só quisesse assistir ao jogo, e como ele e a Melissa precisam dividir o quarto nessa parada da viagem, e ela não o deixa assistir à TV, ele foi me procurar. Eu tenho pena dele, mas ele é tão culpado pelos problemas deles quanto ela.

Eu me encosto, franzindo as sobrancelhas.

— Há quem diga que ele é ainda mais culpado, visto que foi ele que decidiu trepar com outra.

James junta as mãos à frente, tentando se explicar.

— Não pela traição. Mas pelo fracasso do casamento. — Ele se inclina, abaixando a voz. — Imagino que você tenha lido o último livro.

Eu suspiro.

— Umas mil vezes, caçando erros ortográficos.

— É muito bom, não é? — Ele toma mais um gole de vinho, e eu me distraio ao ver o movimento da sua garganta engolindo a bebida. — Se eles seguissem o próprio conselho, teriam um relacionamento incrível.

— Espero, para o seu bem, que ele não esteja planejando passar a noite com você.

James começa a rir, mas o sorriso logo se desfaz.

— Espero que não. — Ele para, toma mais um gole e fica me observando. — Eu não divido a cama com qualquer um. Sabe como é.

O ar entre nós vibra, quente e cheio de tensão.

Eu finalmente consigo dar uma resposta patética.

— Fico feliz.

Ele continua a me estudar do jeito como sempre faz, mas, pela primeira vez, o peso do seu olhar sobre mim me faz sentir estranha e sufocada, e eu olho de novo para o meu prato.

— Só mais alguns dias e o programa vai ao ar.

— Parece que eu trabalho há uns dez anos para os Tripp. Não sei como você aguenta.

— Né? Como é que eu aguento há *tanto tempo*? — concordo, olhando para a mesa deles.

Daqui, o carinho entre eles parece bem verdadeiro. Ela está falando e ele está ouvindo daquele jeito dele, como se ela fosse o Sol e as estrelas, e a única mulher do planeta. Eles se olham como aquele casal que vemos na TV. Até fico pensando que talvez o casamento deles tenha jeito. Será que terapia de casal não ajudaria?

— Você acha que há um jeito de eles se entenderem? — pergunto.

Ele ergue uma sobrancelha.

— Eles se amavam tanto.

— Eu acho… — Ele se perde. — Acho que às vezes nós vemos só o que queremos ver. — Há uma ponta de tristeza na sua voz que me chama a atenção.

— É uma afirmação… pessoal? — Eu me inclino, mais interessada em ouvir o que o James tem a dizer do que em falar sobre os Tripp à luz de velas.

— Meus pais se divorciaram quando eu tinha quinze anos — ele diz. — Eles nos chamaram para conversar um dia e disseram que estavam se separando porque não se amavam mais, e não porque não nos amavam. Eu fui pego totalmente de surpresa. Eles sempre se trataram bem, e eu não tinha ideia de que eles estavam pensando em se separar. Foi como ser atropelado por um caminhão. Eles disseram que o meu pai já tinha até alugado um apartamento, mas que viria nos visitar. Que nada mudaria.

Eu seguro sua mão do outro lado da mesa.

— Eu sinto muito.

Por um instante, a mesa perto da nossa – da Melly e do Rusty – fica em silêncio. Não preciso olhar para lá para ver que a Melly está nos observando. E, pelo visto, ele também não precisa. Com cuidado, ele tira a mão da minha.

— Não querendo estragar o final da história, mas tudo mudou. Eu lembro que perguntei à Jenn se ela já esperava aquilo, e ela pareceu surpresa por eu não saber. Falei para ela que eles pareciam gentis um com o outro. Ela disse que eles brigavam quase todas as noites depois que a gente ia para a cama.

— Você era um garoto de quinze anos — digo. — Aposto que, se eu perguntasse para o meu irmão qual é a cor dos meus olhos, ele teria uma chance de acerto de cinquenta por cento. — Eu pisco, sorrindo. — E olha que os nossos olhos são da mesma cor.

James ri.

— Mas eu entendo o que você quer dizer — continuo. — Eu me lembro de quando contei para a minha mãe que havia alguma coisa errada com a minha mão, e ela ficou chocada, como se fosse a primeira vez que ouvisse aquilo. A minha caligrafia estava piorando, e ela insistia em dizer que não via nada de diferente — digo e estico os braços à minha frente. — Minha mão tremia toda, e ela dizia que eu precisava comer mais proteínas, que eu precisava dormir mais. Meu pai também estava enfrentando um problema de saúde, então ela estava com a cabeça cheia, mas só quando o médico a chamou e disse que era verdade e que aquilo não tinha cura foi que ela entendeu.

— Quando você percebeu?

— Eu tinha dezenove anos. Eu sempre gostei de desenhar, mas, naquela época, comecei a sentir a mão cansada, com câimbra logo depois de começar um desenho. Mas eu não pensava muito nisso, só quando precisava fazer alguma coisa que exigisse as duas mãos, tipo ajudar o Rusty a montar uma mesa ou pregar um estofado em uma cadeira, e foi aí que eu percebi que não era só cansaço por estar desenhando o tempo todo, que havia algo errado. Eu comecei a esconder as mãos, porque elas começavam a se contrair ou tremer, e eu esperava ficar sozinha para fazer qualquer coisa que exigisse movimentos mais precisos. Foi a Melly que notou e insistiu para eu ir ao médico.

James ouve com atenção.

— A Melissa?

Faço que sim.

— Eu conseguia esconder bem, mas ela percebeu que eu não comia mais na frente dela. — Olho para a expressão confusa no seu rosto e explico: — Eu derrubo os lápis o tempo todo, e isso fazendo o tratamento com Botox. Imagina como é segurar um garfo.

Ele estremece.

— Eles foram muito compreensivos. Eu prefiro pensar que ninguém mais percebe, porque não costumo ficar na frente de muita gente. Mas aí você apareceu e…

— Você não queria que eu visse.

Sinto o meu peito aquecer.

Ele se encosta na cadeira e perde a cor.

— Eu te provocava por causa do seu cargo.

— Nós dois nos provocávamos — eu lembro.

— Na primeira vez que vi você no estúdio, eu não soube o que pensar. — Ele tira os óculos e esfrega os olhos. — Estou acostumado a saber bem onde me encaixo, mas de cara já ficou claro que o emprego não era o que eu esperava, e eu fiquei… envergonhado. E me senti preso, enganado. E descontei em você. Desculpa.

— Acho que nenhum de nós dois foi muito legal — admito. — Eu gosto de ficar provocando. Tipo, muito.

Dá para ver que ele está se sentindo mal ao relembrar as nossas primeiras interações. Estou para dizer que teremos muito tempo para compensar o que ele fez e para ele ser meu servo fiel para o resto da vida quando ouvimos um estrondo vindo da mesa por perto. Já sei o que é sem ter que olhar e sinto o pânico congelar o meu sangue.

O Rusty é empurrado da mesa e as roupas dele estão ensopadas do que só pode ser a água com gás que a Melissa estava bebendo.

— O nosso filho é um bom garoto — Rusty diz em voz alta. — Mas você o mimou tanto que agora ele não sabe se virar sozinho.

Ela está olhando para as próprias unhas, entediada. Algumas pessoas se viram para tentar entender o alvoroço, e eu me levanto tão rápido que quase derrubo a cadeira.

— Oi, pessoal! — eu me intrometo. — Como vocês estão?

Pego o guardanapo caído aos pés do Rusty e tento limpar a roupa dele, lamentando ao perceber que estou esfregando com força a virilha dele.

— Tivemos um pequeno acidente aqui?

Erguendo-me, eu levo a palma da mão aberta ao peito dele e o encosto de volta na cadeira, entregando-lhe o guardanapo para ele enxugar um pouco da água.

— Vamos lembrar que este lugar está cheio de olhos e ouvidos — sussurro entre um sorriso forçado.

A Melly me ignora e encara o marido.

— O nosso filho mal consegue formular duas frases e está na faculdade há seis anos — ela sussurra alto.

— Ele é ambicioso — Rusty diz, erguendo o queixo. — Como o pai.

— Ele também tem uma barriga de cerveja — ela diz, com uma calma fria. — Como o pai.

Merda.

Uma garrafa de Perrier pela metade está parada na beira da mesa e, por impulso, eu derrubo a garrafa e o líquido borbulhante começa a se derramar pela toalha até chegar ao colo da Melly. O James também chega, tirando um Rusty furioso para longe da mesa antes que ele possa pensar em responder.

— Ops! Mão boba! — brinco, tirando a Melly da cadeira e a arrastando na direção da porta. Eu chamo um garçom que está passando. — Você pode cobrar aquelas duas mesas na nossa conta? Quarto 649, hóspede Carey Duncan. Juro que já desço para assinar tudo e deixo uma gorjeta bem generosa. Desculpe! Obrigada!

Ele concorda sem entender nada, confuso e com razão, e eu empurro a Melissa para dentro do banheiro do saguão.

Ao entrar, não preciso nem me olhar no espelho para saber que o meu rosto está vermelho de raiva. Eu confiro se há alguém nas cabines antes de me virar para ela.

— O que você tem na cabeça?

Ela já está andando para lá e para cá.

— Ele é inacreditável! Ele acha que teríamos essa imagem de família certinha se não fosse por mim? Sou eu que conserto as besteiras de todo mundo, inclusive as dele!

— E você acha que vai ser reconhecida pelo seu esforço se começar a dar chilique, sendo que há um monte de fotos e *posts* de vocês dois discutindo por aí? — pergunto. — Não foi você que insistiu em manter esse teatrinho?

Ela faz um gesto com a mão, dispensando o meu comentário inútil.

— Está tudo bem.

— Melly, aqueles fotógrafos lá fora só vieram para pegar você e o Rusty brigando, você sabe disso.

Ela para e então dá de ombros.

— Qual é. Nem todo mundo está no Twitter, Carey.

— Pode ser que não, mas hoje vocês estavam jantando em um salão cheio de gente, e essas pessoas têm celulares e outros dispositivos que gravam tudo. Se duas míseras pessoas daquelas postarem o que viram, você sabe em quantas pessoas isso pode chegar? Aquelas pessoas poderiam estar querendo comprar o seu livro. Sabe, aquele livro sobre casamento que você deveria estar autografando hoje à noite com o cara que todo mundo acha que é o melhor marido do mundo?

Meu celular vibra na mão e eu sinto vontade de gritar em um travesseiro. Fecho os olhos, respiro fundo e conto até cinco antes de olhar. Por sorte, é uma mensagem do James. Infelizmente, a mensagem não é muito animadora.

É melhor vocês subirem aqui. Quarto 940.

Olho para cima e vejo o reflexo dela no espelho.

— Precisamos subir. Agora.

Ela vai até a pia e lava e seca as mãos com toda a calma do mundo. Ajeita o cabelo e retoca o batom com um tubo de sua bolsa. Fora a mancha molhada na roupa, a Melly parece só um pouquinho corada, mas pronta para brilhar nas câmeras, como sempre.

Por sorte, temos companhia no elevador. Eu conheço muito bem a Melly e sei que ela mudaria de assunto o mais rápido possível, fico feliz por não ter que responder a nenhuma pergunta sobre o James. As pessoas que estão dividindo o elevador com a gente ou não conhecem a Melly, ou então são educadas demais para se manifestar, graças a Deus. Meu celular começa a vibrar cada vez mais quando chegamos ao segundo andar e, ao chegarmos no quarto do James, já há uma porção de mensagens dele, da Robyn e, merda, uma do Ted.

A julgar pelo olhar do James, ele recebeu uma mensagem igualzinha:

DEEM UM JEITO NISSO

Ella @1967_Disney_bonde • 12 de julho
KRALHO, ELES CANCELARAM A TURNÊ?

> **TMZ** @TMZ • 12 de julho
> Melissa e Rusty Tripp flagrados em briga de casal, em meio a boatos de traição e escândalos. Turnê promocional cancelada www.tmz.com/2L6Kz8l

387 replies   1644 retweets   2639 likes

Show this thread

Livrosebnt @livrosebnt
@1967_Disney_bonde Não acredito. Eles deram vexame na frente do restaurante todo? E que disfarce é esse que estão falando no artigo?

Ella @1967_Disney_bonde
@livrosebnt Né? Não dá só pra sentar, comer e ficar de boa? Não sei que boato é esse, mas o circo tá pegando fogo ultimamente. Lembra dessa bomba?

> **TMZ** @TMZ • 4 de abril
> Melissa Tripp se divertindo com as amigas. Fontes dizem que a equipe está preocupada por causa de uns machucados misteriosos www.HollywoodLife.com/2L6Kz8l

Livrosebnt @livrosebnt
@1967_Disney_bonde PQ ELES SÃO TÃO ZOADOS?
E machucados misteriosos? Fala sério, se estão se pegando na porrada, aposto minhas fichas na Melissa. Tem muita raiva recalcada por baixo daquela maquiagem toda.

Ella @1967_Disney_bonde
@livrosebnt sei lá, façam suas apostas, kkkk. Tinha gente achando que Rusty tinha se envolvido com drogas depois de ter perdido peso ano passado, isso sem falar naqueles filhos deles.

Pitty @Pittypatty7
@livrosebnt @1967_Disney_bonde Eu ia ver eles em Seattle, mas eles cancelaram na última hora.

Jenna @Jannacuthbert04
@Pittypatty7 @livrosebnt @1967_Disney_bonde Um amigo meu que estuda com o filho deles disse que o Rusty frequenta bordéis e cassinos. Chupa essa manga.

Abashed1999OC @Abashed1999OC
@Jannacuthbert04 @Pittypatty7 @livrosebnt @1967_Disney_bonde Mentira??

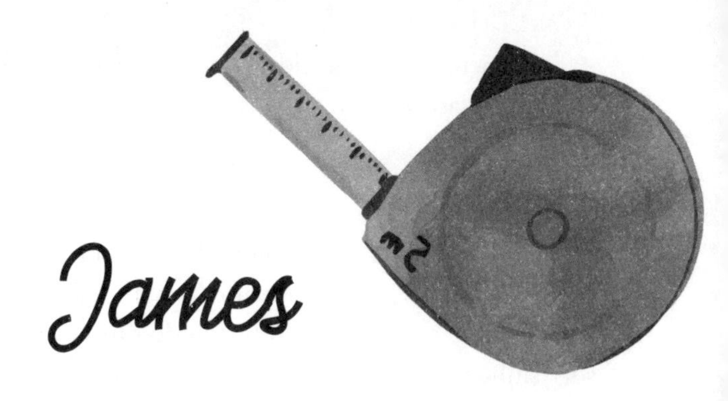

James

Confesso que me sinto aliviado ao ver as luzes sumindo quando nos afastamos da cidade de Portland. Mas também fico apreensivo pelo que ainda temos que enfrentar: fomos praticamente proibidos de aparecer em público até o início da primeira temporada de *Lar, doce lar.*

Nós quatro estamos indo para um chalé no meio do nada, o que significa que as máscaras podem cair de verdade. A cada quilômetro que nos distanciamos da civilização, eu tenho mais dúvidas sobre para onde estamos indo, mas de uma coisa eu sei: ninguém pode ouvir a gritaria a essa distância.

Sério, é absurda a ideia de que nós ainda tenhamos que tomar conta dessa papagaiada, mas imagino que todo mundo ficou preocupado, se fosse pelo Rusty, ele teria preferido pegar um táxi, ir para casa e deixar a Melissa para trás a ficar enclausurado com a mulher no meio do mato. Quando eu penso em me levantar de fininho para cantar essa bola para a Carey, ouço um estrondo vindo do fundo do ônibus, e a Melissa sai enfurecida do lounge e se joga em um dos sofás lá na frente da cabine. Respirando pesado, ela fecha os olhos e massageia as têmporas. Eles nem estão mais fazendo questão de fingir.

— Juro por tudo que é mais sagrado — ela sibila. — Esse homem...

— Vocês têm o TJ e a Kelsey. — Com calma, Carey faz a chefe se lembrar dos dois principais motivos pelos quais não pode assassinar o marido. — Além disso, vocês estão construindo uma casa em Aspen que vai ficar incrível. Você não vai poder decorar a casa se estiver dentro de uma cela de cadeia.

Melissa respira fundo algumas vezes e abre os olhos, sorrindo com gratidão para a Carey. O que a Melissa faria sem ela?

O meu celular acende com a notificação de uma mensagem da Robyn enviada para mim, para a Carey e para o Ted. Só diz assim:

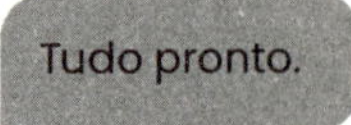

Carey faz uma careta, olhando para mim, e escreve o nome do lugar para o qual gostaria de mandar o Ted, mas depois apaga tudo.

Ela coloca o celular no banco do ônibus entre nós dois, me dá um sorrisinho e encosta a cabeça no assento. As algemas metafóricas já foram devidamente travadas.

EU CRESCI NO SUDOESTE E conheço bem a cidade de Jackson, é claro, pois é onde os Tripp moram, mas eu nunca tinha percorrido os mais de seiscentos quilômetros que levam até Laramie. Mal posso acreditar na imensidão deste céu. Metade do meu campo de visão está tomado por um azul límpido e impressionante. A outra metade é uma explosão de verdes: colinas, campos e planícies que se estendem até perder de vista.

Saímos do ônibus em Laramie e, com o mínimo de alarde possível, a viagem acaba. Nos despedimos do Joe e o aconselhamos a tirar umas férias bem longas. Ele olha mais uma vez para os Tripp e nos deseja sorte. O tratamento de silêncio entre o casal começou assim que entramos no ônibus, e nós todos estamos cansados de respirar aquele ar pressurizado.

Outro que não vê a hora de se livrar de nós é o motorista, Gary, que nos acompanha até um Sedan preto lustroso que espera por nós ali perto. Tenho certeza de que esses dois vão agora mesmo encher a cara. Não sei onde foi parar a nossa bagagem, mas o carro já está se afastando da calçada antes que eu consiga entender o que está acontecendo: é um serviço de transporte estilo Serviço Secreto. O Ted pelo jeito não está de brincadeira.

Com o Rusty no banco da frente e a Carey sentada entre mim e a Melissa, no enorme assento traseiro, saímos de Laramie e viajamos por cerca de meia hora até chegar a um lugar que só pode ser o que costumam chamar de onde Judas perdeu as botas. As casas ficam tão longe uma das outras, as colinas são tão verdinhas que parecem de mentira. Fico feliz por todos estarem quietos, porque a vista é inacreditável. O rio Laramie atravessa a paisagem, brilhando no sol do final da tarde como uma trilha de joias.

O nosso motorista faz curvas em estradas de terra batida cada vez mais difíceis e finalmente para na frente de um chalé de madeira imenso, localizado a uns cinquenta metros de uma curva do rio. Olho para o celular: sem serviço. Duvido que o Wi-Fi seja bom aqui. A boa notícia é que a Melissa não vai conseguir ver as resenhas, tuítes ou fotos no Instagram dela mostrando aquele seu lado sombrio. A má notícia é que também não vamos conseguir nos comunicar com o mundo exterior. Estamos a pelo menos meia hora de distância de qualquer loja, e eu percebo, com uma certa apreensão, que o hospital mais próximo também fica bem longe.

Rusty sai do carro, se dirige para o fundo do chalé e desaparece, resmungando alguma coisa sobre precisar tomar um ar, e eu percebo que tanto eu quanto a Carey relaxamos um pouco por termos que lidar só com um Tripp de cada vez. Talvez, se eles não conversarem durante a semana inteira, as coisas se acalmem. Não se pode perder as esperanças.

A Melissa olha para o chalé gigantesco e solta um longo suspiro de sofrimento.

— Acho que serve.

Não sei se ela está tentando fazer graça ou se a mulher que ajuda famílias a caberem em casas baratas do tamanho de uma caixa de sapato virou mesmo aquela pessoa incrivelmente mimada. Na casa à nossa frente, cabem de sobra umas vinte pessoas.

Há um Sedan velho e empoeirado estacionado ao lado da casa, e espero que as chaves estejam lá dentro. Ao nos aproximarmos da porta da frente, vejo que as nossas malas estão esperando por nós no pórtico de entrada.

— Não consigo nem imaginar que bruxaria fizeram para as nossas malas chegarem aqui antes da gente — Carey diz, baixinho. — Mas eu curti.

HÁ UM ENVELOPE PENDURADO NA porta da frente. Eu o tiro, abro e encontro uma chave e um breve bilhete de boas-vindas do dono do imóvel. Assim que abro a porta, Melissa entra, deixando a bagagem para trás, e desaparece dentro da casa.

Só de olhar para as mãos da Carey, vejo que ela não está tendo um bom dia: a mão está dura feito uma pedra, punhos cerrados e dedos recolhidos e, mesmo tentando sacudir as mãos para relaxar, sei que vai ser muito difícil para ela carregar qualquer mala, por menor que seja. *Como deve ser desgastante ter que se concentrar em cada movimento e sentir que os seus músculos estão lutando contra você*, eu imagino. De repente me sinto tremendamente furioso com a Melissa por nunca ter consideração alguma com ninguém.

Mas a Carey é a Carey e pega logo a mala que está mais perto dela. Faço um gesto para ela se afastar, e ela me dá um sorriso discreto e agradecido. Uma sensação de culpa corrói o meu estômago. Se eu não tivesse aconselhado Carey a ficar, ela teria pedido demissão antes de chegarmos a Portland e provavelmente estaria em casa agora. Lembro que dentro de poucas semanas nós dois estaremos livres deste circo, em uma situação melhor.

— Enquanto você tenta achar os nossos quartos, eu levo as malas para dentro.

Quando ela entra, eu paro um momento para apreciar a arquitetura magistral do imóvel. A plataforma do pórtico, as colunas e as molduras das janelas são todas de madeira nobre de sequoia. Os adornos e os rufos do telhado formam ângulos profundos e acentuados que fazem o meu sangue borbulhar.

Dentro da casa, a porta da frente dá para um hall de entrada enorme: a casa é dividida em dois andares amplos e o segundo andar tem vista para o átrio, com um corrimão de cerejeira rústico cheio de nós que forma um círculo no alto, com vista para o piso lustroso de madeira de lei no andar de baixo. Há uma sala de estar enorme à minha frente, uma lareira e, de cada lado, uma janela com batente de madeira e vidro de chumbo que vai do chão ao teto e tem vista para o rio. Uma cozinha gourmet extravagante ocupa toda a parte direita do átrio da frente, e um corredor à esquerda do hall de entrada leva até um quarto de família, um quarto de lazer, uma sala de jantar e uma sala de jogos.

Carey me chama lá de cima:

— Já arranjei um lugar para o Rusty e para a Melly, e sobraram dez quartos. Você está se sentindo exigente hoje?

— Um quarto com uma cama já está bom — digo.

Ela se inclina no corrimão e olha para mim, e eu fico pensando se ela também sente isto, este calor que parece nos envolver sempre que fazemos contato — seja físico, verbal ou visual, como agora, de longe em um espaço aberto. Será que eu quero que o meu quarto seja perto do dela para que possamos nos esgueirar pelos corredores no meio da noite para dormir? Com certeza. Será que este é o melhor jeito de garantir que a semana não seja um desastre? É provável que não.

— Você fica no quarto azul — ela diz e sorri. — Tem decoração náutica, então espero ouvir você falando como um pirata a semana toda.

— Yo ho, maruja, aguenta aí que tô subindo com as malas e uma garrafa de rum.

Ela ri, e eu estou prestes a perguntar em qual quarto ela vai ficar quando a Melissa sai da suíte no final do corredor de cima e nos interrompe, olhando para nós como se estivéssemos quebrando alguma regra só pelo fato de estarmos conversando sem ninguém por perto. Carey se encolhe e volta para um quarto no final do corredor.

Bom, pelo menos agora eu sei onde ela vai dormir.

A porta dos fundos se abre, e o Rusty entra, deixando um rastro de lama pelo piso da cozinha. Eu balanço os braços, frenético e, assim que ele olha para mim, aponto para as suas botas. Seu corpo todo estremece, sabendo que, se sua mulher vir isso, ele está morto. Passamos dois minutos em silêncio, procurando às pressas um esfregão para limpar a bagunça. Enfim encontro um no armarinho do porão e, quando estou na metade da escada, subindo com o esfregão e o balde, eu a ouço. O tratamento de silêncio acabou oficialmente bem antes do que deveria.

— Você está de sacanagem comigo? — ela diz. — Não faz nem dez minutos que entramos nesta casa, e você já está deixando suas pegadas cheias de lama?

— Calma, meu bem — ele diz, e eu entro na cozinha. — Já vamos limpar. Foi sem querer.

— Agradeça ao seu anjo da guarda por não ser o carpete, porque eu não vou pagar mais pelas suas cagadas.

A resposta dele é bastante insensata.

— Quem colocaria carpete na cozinha?

Enquanto eles discutem, eu limpo as pegadas de lama e, quando a Carey entra na cozinha, deve ser para tentar entender o porquê da gritaria desta vez. Ela olha para mim com empatia.

Com o chão limpo, a Carey e eu verificamos a geladeira, a despensa e os armários para ver onde as coisas estão guardadas. Tudo cheio.

Ela olha para mim de olhos arregalados.

— A gente vai ter que cozinhar para eles?

Balanço a cabeça.

— De jeito nenhum. Eles sabem se alimentar sozinhos.

— Você já viu a Melly tentando cozinhar? — ela pergunta, baixinho, com as sobrancelhas erguidas.

— Talvez o Rusty...

Carey me lança um olhar que significa que ela não acredita que eu acabei de sugerir isso, e então a nossa atenção é desviada quando o Rusty abre a geladeira e tira uma cerveja lá de dentro.

Essa não.

— *Russel Clarence Tripp* — Melissa esbraveja, começando tudo de novo. — Não são nem duas da tarde, o que você pensa que está fazendo?

— Relaxando.

— Não viemos aqui para *relaxar.*

— Você vai me dar a porra de uma lista de afazeres, Melissa?

A Carey olha por cima do meu ombro, para longe da cozinha e, ao olhar para mim de novo, ela simplesmente aponta com o queixo, como que sugerindo: *Saída mais próxima?*

Eu concordo com um gesto. *Vai na frente.*

ENCONTRAMOS UM ARMÁRIO CHEIO DE jogos de tabuleiro, dominós, baralhos e dados e decidimos jogar cartas na sala de estar. Ainda podemos ouvir a Melissa e o Rusty brigando, mas o som fica abafado daqui e, depois de alguns minutos, acho que nós dois conseguimos neutralizar o ruído que vem deles. Carey me entrega o baralho para eu embaralhar e monta um apoio para colocar as cartas, usando alguns livros de capa dura e uma régua.

— Esperto — digo, sorrindo ao dar as cartas.

— Eu sou a mais esperta.

— Bom — digo, provocando —, não sei se você é a *mais* esperta. Eu tinha um cachorro que...

— Você não acha que é possível eu ser mais esperta do que o cachorro mais esperto?

Eu levanto um dedo...

— ... que sabia abrir a geladeira e pegar cerveja para o meu pai.

— Tá bom — ela concorda, pegando uma carta. — Isso é bem esperto. Mas ele conseguia abrir?

— Não — admito —, mas *ela* era a cachorra mais legal de todas.

— Quando eu era criança, a gente tinha um rottweiler velho e bobão que se chamava Dusty e uma vez a gente estava indo para a casa da minha avó, em Billings, na caminhonete dos meus pais. Eu tinha uns quatro anos. Acho que os meus pais só me jogaram na caçamba com o cachorro. Enfim, tinha um bolo lá atrás que eu deveria levar no colo durante a viagem inteira, mas o Dusty e eu comemos tudo. É claro que nós dois vomitamos no carro todo. Eu fiquei cheia de vômito azul, por causa da cobertura do bolo, e os meus pais tiveram que parar em uma loja de conveniência na estrada, e eu acabei tendo que vestir uma camiseta do

Iron Maiden alguns números maiores do que eu na festa de setenta anos do meu avô.

— Não sei qual parte da história eu acho mais grotesca — digo, eliminando as opções. — Você ter dividido um bolo com um cachorro ou vocês dois terem vomitado na caçamba da caminhonete. Mas eu curti a parte do Iron Maiden.

— Tinha aquele mascote assustador deles na frente, o Eddie, aí eu chorava cada vez que olhava para baixo.

Isso me faz cair na gargalhada e a sensação de estar genuinamente feliz por alguns instantes é tão boa que eu me jogo para trás na cadeira. Quando eu me ajeito de novo, percebo que a Carey ganhou aquela rodada e está apresentando a mão dela.

— Caramba, como você ganhou tão rápido?

Ela dá de ombros, um gesto tímido e meigo que me arrebata e me faz sentir um aperto no pulmão.

— Acho que você não embaralhou muito bem. Você me deu dois ases e três valetes.

Olho para minha mão bagunçada, cheia de números aleatórios.

— Acho que você deu sorte.

— Pois é. Eu jogava muito com os meninos lá em casa — ela diz, pegando o maço para embaralhar. — Sorte foi quando você entrou na Comb+Honey.

— Sorte para quem? — pergunto, sorrindo.

Ela bate o baralho na mesa.

— Para mim.

Penso nessas palavras, e nesse tom, e nesse rosto corado, enquanto ela corta com cuidado o baralho e o alinha para embaralhar devagar. Isso me faz crer que ela já não tenta mais esconder a distonia de mim. Acho que ela nunca teria feito isso na minha frente antes desta viagem.

Fico pensando se há mais alguém com quem ela se sinta tão confortável assim. Com certeza não com a Melissa. Pelo menos não mais. As coisas entre ela e o Rusty ainda estão estranhas, como se fossem um padrasto e uma enteada que não convivem muito. Sei que ela divide o apartamento com umas garotas, mas ela não fala muito sobre elas.

— Suas amigas já voltaram de viagem?

Ela pensa por um segundo e volta a embaralhar.

— Não, acho que elas voltariam mais ou menos junto comigo. Aposto que o tempo está passando rápido na viagem delas. Dá para imaginar?

Eu me encolho, entendendo bem o que ela quer dizer.

— Como elas são?

Sorrindo, ela começa a dar as cartas.

— Elas são legais. A Peyton é corretora de seguros, o que eu sinceramente acho hilário, porque ela é tão cheia de energia, tão esportiva, mas escolheu um emprego em que precisa ficar dentro de um escritório o dia todo. Ela joga em uns três times de softbol diferentes e é juíza na liga estudantil da cidade. Ela também dá aula de yoga e é superengajada em um projeto de uma horta comunitária. E a Annabeth é, tipo, bem o contrário. Ela é tão gentil, tão meiga, até meio tímida... até você conhecê-la. Ela é comissária de bordo, aí as duas estão sempre viajando para lá e para cá e... — Ela pausa, dando de ombros. — Elas são legais — repete, concluindo.

Vejo uma nuvem fechando seu rosto, o abatimento em seus ombros, o canto dos lábios descendo. Eu me sinto um babaca por fazê-la se lembrar de pessoas que estão longe desta situação maluca, de pessoas que têm vidas normais, empregos normais e relações normais.

Mas quanto mais eu penso no "normal", mais eu me pergunto se os meus sentimentos pela Carey seriam diferentes em qualquer outra circunstância. Eu não sinto o que sinto por ela porque fomos forçados a ficar juntos ou porque tenho pena dela. Eu gosto dela porque ela é simplesmente maravilhosa: brilhante, modesta, linda e forte.

Abro a boca para falar, mas, sinceramente, não sei o que vou dizer, só que preciso me livrar dessa sensação presa no meu peito. Só espero que as palavras saiam e que façam algum sentido, mas aí ela faz um gesto para eu me calar, arregalando os olhos.

— O que foi? — pergunto.

— Está ouvindo?

Entro em pânico, ouvindo o que ela quer que eu ouça.

— Silêncio.

A Carey abre um sorriso enorme, seus olhos verde-azulados brilham como o rio lá fora.

— Exatamente.

Mas seu sorriso some assim que nos damos conta da mesma coisa: esse silêncio pode significar que alguém foi assassinado.

VAMOS NA PONTA DOS PÉS até a cozinha: não há ninguém ali.

Ninguém nos fundos, perto do rio. Ninguém na sala de jogos. Mas quando procuramos na sala de lazer, vemos Melissa sentada em uma poltrona gigante e o Rusty em outra. Nenhum ferimento ou sangue à vista, só o som de duas pessoas roncando, com o filme *Joe contra o vulcão* passando na tela gigante da sala.

Ficamos olhando, atônitos, por um segundo, chocados com essa visão. A boca do Rusty está aberta; a cerveja, repousando desajeitada no peito dele. Aposto que, mesmo dormindo, o Rusty consegue se agarrar à cerveja até no meio de um furacão. A Melissa está toda encolhida, como se estivesse pronta para se defender inclusive durante o sono.

Com cuidado, saímos da sala.

— Estou perplexa, eles estavam vendo um filme juntos — Carey sussurra, impressionada.

— Eu fiquei procurando *sangue*. — Parece que o meu limiar de comemoração é mais baixo que o dela. Ela ergue os ombros e ri baixinho, olhando para mim como se eu estivesse brincando, e ri ainda mais quando percebe que eu estava falando sério.

Eu não sei o que fazer. Temos uma casa gigante, um rio, comida, jogos e filmes no meio do nada, basicamente as férias dos sonhos de qualquer um. Mas, mais do que qualquer outra coisa, eu só quero passar um tempo a sós com a Carey.

— Quer dar uma volta de carro? — pergunto.

Seus olhos brilham.

— Ô se quero.

O CASCALHO É ESMAGADO DEBAIXO dos nossos sapatos. Na minha cabeça, vamos dar uma volta por estradas sinuosas de terra, passando pelas curvas que ladeiam o prado de capim alto que corre ao lado do rio. Na minha cabeça, vamos ouvir música com a janela abaixada. A Carey vai cantar, com o braço para fora da janela, os dedos dançando ao vento.

Mas, na realidade, não chegamos tão longe. Eu dirijo meio quilômetro pela estrada quando sinto sua mão na minha perna no exato momento em que eu freio em uma placa de pare. No momento em que sinto o seu toque, a minha perna tensiona e eu piso no freio com mais força do que planejado. Nós dois somos empurrados para a frente e para trás, parando de repente, em silêncio.

Eu me viro para olhar para ela e vejo nos seus olhos a mesma clareza que vi depois do evento no Boulevard, mas desta vez sem aquele pânico latente. Sua expressão é clara, faminta. Desta vez, ela não precisa me falar o que fazer.

Eu chego perto e sinto uma descarga de adrenalina assim que a minha boca toca a dela, e ela solta um gemido delicioso e aliviado. É uma emoção em forma de som, uma tradução exata do que eu também estou sentindo. Minhas mãos vão para o seu rosto, sua mão pousa de leve no meu braço, e eu estou nos xingando por termos esperado quase meio quilômetro para começar, em vez de termos aproveitado um dos dez quartos extras da casa.

Alcanço a alavanca na lateral e inclino o banco do carro. Com o lábio preso nos dentes, ela sorri para mim, subindo no meu colo. Seu sorriso vira um gemido quando ela se senta e sente a minha rigidez, e eu gosto dessa versão dela. Gosto de como ela é descaradamente gulosa comigo. Eu me jogo para trás, encostando no banco, e penso: *Faça o que quiser comigo.*

Erguendo sua saia de algodão macio, eu saboreio o calor das suas pernas com as mãos. Adoro o som que ela faz, a impaciência do toque e das mordidas dela. Suas mãos mergulham no meu cabelo e por baixo da minha camisa. Ela não se apressa e nem se intimida ao se esforçar para abrir o botão da minha calça, não tenta esconder de mim os dedos trêmulos que exploram o meu peito.

Nós tiramos só o que é necessário das nossas roupas – pelo amor de Deus, já está anoitecendo, mas é o suficiente – e parece que estamos aqui há dois minutos e dois anos, como se sempre tivéssemos estado aqui, e ela sorri para mim, se segurando em mim com uma das mãos e tirando uma camisinha da minha carteira com a outra, e então começamos a nos mexer juntos, de olhos abertos, rindo na boca um do outro.

— O que a gente está fazendo? — ela sussurra.

— Transando — sussurro de volta. — Acho que é assim que as pessoas chamam.

Sua risada é uma explosão de felicidade contra a minha boca, e me ocorre que eu nunca senti esta leveza na minha vida, este otimismo. Talvez seja a descarga de estresse, ou talvez seja o absurdo do que estamos fazendo – transando em um carro, ao lado de uma placa de trânsito no meio do nada. Ou talvez eu esteja me apaixonando por ela e, ao senti-la se mover em cima de mim, tenho a certeza de que podemos encontrar um jeito de sair dessa e, na pior das hipóteses, podemos encontrar um jeito de enfrentar isso juntos.

Sua pele é como um creme suave nas minhas mãos. Sinto o sangue aquecer com os movimentos dela, ouço o som cada vez mais alto da sua respiração que, de repente, se transforma em um silêncio faminto, com o corpo rígido, e ela se encolhe no meu pescoço, morde meu lábio, cada vez mais frenética, até se entregar ao êxtase e me levar junto com ela. Eu iria até o fim do mundo por ela.

De olhos fechados, ela encosta a testa na minha, tomando fôlego.

— Eu precisava disso.

— Eu também precisava. — Subo pelo seu pescoço aos beijos. — Mais do que precisar, eu queria muito.

Ela me dá um beijo, e seus lábios se abrem num sorriso.

— Sua resposta foi melhor.

— As duas podem ser verdade.

Carey se senta, colocando a mão na minha barriga.

— Vai ser estranho quando a gente voltar para casa?

Eu suspiro, imaginando o alívio que vai ser dormir na minha cama.

— Acho que vai ser maravilhoso voltar para casa.

Ela me belisca de leve.

— Você entendeu o que eu quis dizer.

— Entendi. — Mas com ela sentada em cima de mim e meu coração ainda muito acelerado, não sei se consigo ter uma conversa coerente sobre isso. Há tantas coisas sobre as quais precisamos conversar quando voltarmos para casa: o que esperamos de um relacionamento, o que esperamos das nossas carreiras. Eu ainda não contei para ela sobre a minha conversa com o Ted. E assim que ela souber de tudo, também vai ter que decidir o que quer fazer. São coisas demais para este momento silencioso e perfeito.

Então eu só repito a mesma verdade:

— Como eu disse, acho que vai ser maravilhoso voltar para casa.

O ar se torna frio e escuro, e fazemos o melhor que podemos para nos vestir no banco da frente de um carro velho.

Olho para cima e vejo a porta se abrir. Ela sai, ergue os braços e arqueia as costas, alongando-se de um jeito gostoso e satisfeito. Eu saio também, dou a volta pela frente do carro e me sento no capô para olhar para ela.

— Quem foi o seu primeiro amor?

Sua pergunta me pega de surpresa, mas eu respondo:

— O nome dela era Alicia. A gente tinha quatorze anos.

— Quatorze? — Ela finge estar chocada.

— Ahhhh — digo, segurando sua mão e a trazendo para mais perto de mim. — Você quer dizer amor de verdade? Com sabedoria, diálogo e tal?

— Não, vale o que você considera como primeiro.

— Tá bom, então foi a Alicia. Eu fiquei perdidamente apaixonado. Ela era da equipe de mergulho da escola. Acho que eu só gostava de vê-la de maiô.

Eu não entendo bem a sua expressão, mas percebo o jeito como ela inclina a cabeça ao me analisar.

— Às vezes, você tem esses momentos Macho Típico, e eu acho fofo.

Eu a puxo para mais perto, até seu peito encostar no meu.

— E você? Quem foi o seu primeiro amor?

— Dave Figota. Juro por Deus que ele se apaixonou por mim quando me viu tirar o sutiã por baixo da camiseta. Ele olhou para mim como se eu fosse uma espécie de bruxa sexy, sei lá.

Eu ajeito seu cabelo atrás da orelha. Não é exatamente cacheado, mas é um pouco rebelde demais para ser considerado liso. Combina bem com ela.

— Eu sempre achei fascinante o mistério que essa manobra representa para os homens.

— Não é um mistério para um engenheiro como você.

Eu não preciso olhar para seu rosto para saber o que ela está fazendo.

— Por que eu tenho a impressão de que você está dizendo isso e revirando os olhos ao mesmo tempo?

— Acho que porque eu... tenho noção das diferenças na nossa educação. — Ela se afasta um pouco. — Às vezes eu me sinto um pouco burra me comparando com você. Eu nem sei o que um engenheiro faz, muito menos o que é preciso para virar engenheiro. Você não liga para o fato de eu não ter feito faculdade?

— É só um monte de funções matemáticas curvas em formato de sino — digo com cuidado. — Só porque uma pessoa cursou uma faculdade não significa que é mais inteligente do que alguém que não cursou. Há um monte de idiotas formados. E vários gênios não ligam para diplomas.

— Você está insinuando que eu posso ser mais inteligente do que você?

— Eu sei que você é. — Passo o nariz pelo seu pescoço, sentindo o sabor salgado da sua pele. — Além do mais, é só pensar em todas as experiências que você teve, que a maioria das pessoas não teve.

— Tipo nadar pelada? — Sinto seu sorriso.

— Isso, joga na minha cara.

Ela passa os dedos pelo meu cabelo.

— Ainda dá tempo.

Eu a puxo para perto de mim, sinto o gosto doce da sua boca e da língua, e um único pensamento me invade e permanece por aqueles segundos longos e eternos. Quero ser a melhor coisa na vida dela e fazê-la feliz assim.

Transcrição parcial da entrevista com James McCann, 14 de julho

Agente Martin: Qual era a natureza da sua relação com a srta. Duncan?

James McCann: Natureza?

Agente Martin: Sim. Da relação de vocês.

JM: Com a Carey? Éramos colegas de trabalho.

Agente Martin: Apenas colegas?

JM: Quer dizer, em uma situação como a nossa, a gente acaba se aproximando, né?

Agente Martin: Você pode explicar melhor?

JM: Estávamos só nós dois na estrada com os Tripp. E o Joe. A Carey e eu nos aproximamos. Ela aguenta uma barra pesada com a Melissa há muitos anos. Ninguém entendia o que ela passava, aí eu cheguei, e eu entendi. Acho que foi muito bom para ela. E para mim. Sim, foi bom para mim. Eu comecei a… espera. Isso aqui não tem nada a ver comigo e com a Carey. Tipo, sim, pois é, nós nos envolvemos, mas que relevância isso tem para a investigação?

Agente Martin: Só estou tentando entender a dinâmica entre vocês e como isso pode ter contribuído para o ocorrido.

JM: Mas está bem claro o que aconteceu, não está? Todo mundo já contou.

Agente Martin: Sr. McCann, é importante conhecer todos os fatos para a investigação. Quem era próximo de

quem? O que os funcionários sabiam, o que eles não sabiam? Esse tipo de coisa.

JM: Tudo bem, tudo bem. A Carey e eu nos aproximamos. Quer dizer, nós... [gesto vago]. Algumas vezes. Tecnicamente, três vezes.

Agente Martin: Para deixar claro, o senhor teve relações sexuais com Carey Duncan?

JM: Sim. Mas as coisas entre nós já não são mais as mesmas. Eu cometi alguns erros com ela, no que diz respeito a divulgar certas informações.

Agente Martin: Quais informações seriam essas?

JM: O Ted Cox e eu tínhamos um acordo. Se o programa na Netflix fosse renovado para a segunda temporada, ele me daria os créditos de produtor executivo e o cargo de engenheiro-chefe.

Agente Martin: E a srta. Duncan tinha um acordo assim também?

[Observação: a testemunha não respondeu à pergunta]

Agente Martin: Sr. McCann? Ofereceram algum acordo parecido para a srta. Duncan se o programa continuasse na segunda temporada?

JM: Não que eu saiba. [pausa longa] Eu esperava que... Eu não sei o que dizer. A situação era complicada.

Agente Martin: Complicada em que sentido?

JM: Complicada porque o meu currículo não estava valendo nada, e a Carey estava em uma situação absurda, e de repente eu tive a chance de ajudá-la a sair daquilo, mas, para isso, estaria arriscando todo o resto. Acho que eu não estava preparado para isso.

Agente Martin: Sr. McCann, não precisa se defender. Ninguém está acusando o senhor de nada aqui.

JM: Eu sei, mas posso garantir que a minha relação íntima com a Carey não teve nenhuma relação com o incidente. O que você está anotando?

Carey

NÃO ACONTECE COM FREQUÊNCIA, MAS de vez em quando eu tenho meus momentos de genialidade. Como quando eu fiquei em primeiro lugar no concurso Soletrando, na sétima série. A última palavra era *ritmo*. Eu fiquei vermelha, mas soletrei certo, não porque eu estava estudando havia dias, como tinha dito para a minha mãe, mas porque, enquanto eu trabalhava como babá para um vizinho na noite antes do concurso, li a edição de 1972 de *The Joy of Sex*, de cabo a rabo. Duas vezes.

Outro momento desses foi quando eu evitei até o último segundo possível dar a senha do Wi-Fi em Laramie para o Rusty e para a Melly. A cabana na qual eles costumavam ficar quando a Melly catava pedras de rio para fazer peças decorativas não tinha nenhum sinal de internet ou celular. Eu percebi assim que viramos e entramos em uma estradinha ladeada por árvores, e a Melly viu que estava sem sinal, então imaginou que ali também não haveria Wi-Fi.

Viu só? Genial.

Mas meu plano não poderia funcionar por muito tempo. Acabei tendo que dar o braço a torcer, para podermos nos conectar e assistir, juntos e tensos, à estreia de *Lar, doce lar*.

NA NOITE DA ESTREIA, A tensão na casa parece um zumbido elétrico baixinho. Quando vou checar se a Melly e o Rusty estão mentalmente preparados para o que acontecerá à noite, sou atraída para a cozinha pelo cheiro de alho e cebola refogando na manteiga e pelo perfume de alguma coisa de chocolate assando no forno. Vejo o James na frente do fogão, usando um avental, com um pano de prato pendurado no ombro e uma colher de pau na mão.

Essa visão penetra o meu coração, chegando perto dos pulmões, me fazendo entrar em uma espiral de imaginação em que essa cena estaria acontecendo em outro contexto, em algum lugar longe deste chalé. Olho para seus ombros largos, para o jeito como a camiseta fica esticada nas suas costas e afina na cintura, terminando em um bumbum fantástico...

Calma lá. Eu me encosto no balcão e ele olha para mim, erguendo a sobrancelha com um olhar questionador.

— É sério que você está usando uma camiseta, James McCann?

— Você e sua obsessão com as minhas roupas. — Ele sorri e volta a cozinhar.

— Eu poderia fazer uma piada aqui falando sobre a minha obsessão em ver você *sem* roupa. — Sem jeito, olho em volta da cozinha e da sala de estar. — Onde estão os prisioneiros?

Ele pega um pegador de salada.

— Eles estavam me deixando maluco, então falei para eles arranjarem alguma coisa para fazer.

Eu fico pasma.

— E eles obedeceram?

— Acho que eles vão passar um bom tempo sendo cabeças-duras sem motivo algum antes de pensarem em achar algum jeito de passar o tempo.

— Será que eu pergunto ou é melhor deixar pra lá...?

James sorri, olhando para o fogão, colocando na panela um pouco de tomate picado que estava em uma tábua de corte. Ele acrescenta um pouco de carne moída à mistura. O cheiro é delicioso.

— Eles estão lá fora. O Rusty está inventando alguma coisa com umas madeiras que encontrou em um dos celeiros e precisava de ajuda para tirar de lá. Falei que eu poderia ajudar a tirar ou fazer o jantar. E ele foi esperto e escolheu o jantar. E como ele não se atreveu a pedir para você...

— Mentira... — digo. — Quer dizer que...?

Achando graça, ele ergue o queixo e aponta na direção da janela, e eu acompanho o olhar. O Rusty e a Melly estão discutindo, um de cada lado de uma serra de bancada que devem ter tirado lá de dentro, com um emaranhado de fios de extensão embolados no chão. A Melly está usando um casaco de veludo, com o cabelo loiro luminoso preso em um coque em cima da cabeça. Em vez de salto alto, ela está calçando um raríssimo par de tênis e parece engraçada, de tão pequena, perto do marido gigante.

— Será que isso é motivo para preocupação? — pergunto, olhando a Melly jogar alguma coisa do outro lado da mesa. — Não está cheio de ferramentas elétricas e pregos enferrujados lá fora? Você não tem medo de que um deles possa decidir usar um machado?

Ele para e reflete antes de tirar os pratos do armário.

— O pior que pode acontecer: alguém morrer. Seria até mais fácil explicar que eles foram mutilados em um trágico acidente de marcenaria que interrompeu um momento feliz do casal. E, pelo que me parece, qualquer uma dessas opções vai só ajudar a melhorar a imagem deles a esta altura. Pelo menos não há nenhuma testemunha aqui para postar no Twitter.

Com a Melly e o Rusty ocupados, eu faço o que queria fazer desde que entrei na cozinha. Saio de perto do balcão, paro atrás dele, encosto o rosto nas suas costas e envolvo meus braços na sua cintura. Ele faz um barulho baixinho e vibrante de contentamento e coloca a mão sobre a minha para que eu continue ali.

— É bom, não é? — ele diz, e eu concordo com a cabeça, respirando o seu cheiro e me permitindo curtir cada segundo. Eu nunca me permiti desejar ninguém assim. Nunca deixei ninguém conhecer aquelas partes minhas que eu passo tanto tempo odiando ou tentando esconder. É bom poder ser eu mesma. Ultimamente, tudo tem sido difícil, mas estar ao lado do James não é nada difícil.

Quando ele ri, sinto essa risada passar por dentro dele como um ruído profundo.

— Eles parecem um casal de atores em um filme mudo bem esquisito.

Eu apoio o queixo no seu ombro para olhar para fora de novo. É só uma desculpa para eu me aproximar ainda mais. Ele tem razão. Dá para ver que eles estão gritando, mas não conseguimos ouvir o que estão dizendo. Por mais estranho que pareça, é um alívio.

O Rusty está com os óculos de segurança na cabeça. A Melly está segurando e balançando no ar um martelo gigante. Não sei se eu me preocupo mais porque ela pode se machucar ou porque ela pode machucar o Rusty com aquilo. Só sei que estou quase sem energias para ir lá fora me meter.

James desliga uma boca do fogão com um clique e tira do fogo uma panela cheia de macarrão, passando a massa para um escorredor que está na pia. É claro que a minha mão em volta da sua cintura está dificultando a manobra, mas não quero soltar agora.

— O jantar está pronto. — Me segurando perto dele com a mão, ele sorri por cima do ombro. — Vamos lá falar que eles já podem voltar para dentro de casa?

Eu suspiro, encostada na sua camisa.

— A gente precisa mesmo?

— *Precisar* a gente não precisa. — Ele se vira e se acomoda nos meus braços. — Eles não sabem, mas a porta está trancada, então...

Eu só queria beijá-lo uma vez, mas acontece uma coisa louca quando você não pode beijar a qualquer hora e a qualquer lugar, porque parece que você nunca se acostuma. Todo beijo parece roubado.

Eu já fiquei nua na frente do James, já transei seminua com ele, mas a sensação desta mão no meu quadril e destes dedos roçando a pele da minha cintura me faz sentir uma corrente de eletricidade que vai do meu peito ao meu dedo do pé. *Não quero que isto acabe*, penso. Tenho a sensação de que não sei o que fazer em relação ao meu trabalho ou a qualquer outra coisa na minha vida, mas só sei que ele é o cara mais engraçado, brincalhão e atencioso que já conheci, e eu quero ficar com ele. Disso eu sei.

Ele se aproxima e beija o meu rosto e o meu queixo, subindo para chupar o ponto que fica bem embaixo da orelha. Isso faz outra onda de sensibilidade subir pela minha espinha, e sinto formigar até o topo da minha cabeça.

— Por mais que eu queira continuar aqui — ele diz, descendo com os dedos pela minha pele, passando pela minha costela e chegando próximo ao meu seio —, o programa vai começar em quinze minutos. Quando acabar, o Ted vai nos passar os dados e a gente vai saber se haverá uma segunda temporada. Depois disso, podemos ir para casa, aí vou poder te levar para a minha cama sem ninguém entrando para encher o saco.

Meu coração acelera no peito enquanto penso nas minhas opções: uma rapidinha na despensa da cozinha ou esperar para o James acabar completamente comigo na cama dele.

— Tá bom. Vou tentar ter paciência.

Ele sorri e me dá mais um beijo.

— Está tudo pronto?

Leva alguns instantes para o meu cérebro conectar de novo, mas acabo chegando lá. O programa.

— Está — digo, me afastando um pouco para respirar. — Eu liguei o roteador, conectei a TV maior e abri o Skype no meu celular para poder ouvir o Ted e a Robyn gritando comigo em vez de ficar lendo as mensagens deles.

Vejo o James ir até a geladeira e tirar de dentro uma salada de folhas verdes.

— Sabia que eu amei isso? Você preparou o jantar e *eu* liguei os eletrônicos — digo.

— Temos que aproveitar os nossos pontos fortes. — Ele coloca a saladeira no balcão. — Quer chamar as crianças e dizer que o jantar está pronto ou eu vou?

Sorrio para ele, já abrindo a porta.

— Você quer a resposta sincera ou a resposta agradável?

Mas eu não chego tão longe. O Rusty e a Melly já estão vindo para dentro de casa, suados, mal-humorados e se acotovelando pelo caminho. O meu primeiro instinto é dizer *chega*, mas a Melly olha para mim e eu não preciso dizer mais nada. Ela já sabe: chegou a hora do show.

E NÃO É QUE O JAMES seria um excelente dono de casa? Digo isso com todo o respeito, primeiro porque eu não seria e, segundo, porque na primeira garfada que dou na comida que ele preparou já sinto vontade de me casar com ele.

Às seis em ponto, a comida já saiu da mesa, a Melly não tirou os olhos do celular desde que eu dei a senha do Wi-Fi, e a logo da Netflix aparece na tela.

O Rusty já está afundado na poltrona e empunhando duas cervejas, e a Melly está sentada, ereta feito uma vara, na ponta do sofá. O James e eu vamos de fininho para o fundo da sala. Um silêncio tenso e ansioso preenche o espaço e eis que a música tema animada começa a tocar, os créditos de abertura aparecem na tela e belas imagens do casal feliz começam a pipocar na TV de setenta e cinco polegadas.

Nós todos prendemos a respiração.

Mas a edição é genial. É surreal ver aquilo pelo que a gente ralou tanto ganhando vida. O episódio de estreia é o da família Larsen e, mesmo sabendo o que estava acontecendo por trás das câmeras, eu fico impressionada de verdade. A câmera acompanha a Melly e a Erin Larsen entrando na antiga sala de jantar dos Larsen e, tomando um chá juntas, a Melly faz todas as perguntas necessárias e ouve com atenção as respostas. A Erin cresceu em vilas militares, nunca parando no mesmo lugar por muitos anos. Agora, adulta e mãe, ela percebeu que a casa de dois quartos ficou pequena demais para as filhas, mas não quer se mudar. A partir disso, vemos a Melly apresentar um projeto de interiores (que eu desenhei) e o Rusty e a equipe montando tudo.

E aí é que começa a reforma. É nessa parte que a Melly e o Rusty mandam bem: a Melly aparece caçando antiguidades raras que podem ganhar vida nova no projeto exclusivo da casa. O Rusty vai se meter na marcenaria e se corta nos primeiros cinco minutos. De repente, surge a Melly com um Band-Aid e um suspiro longo e sofredor, que vira uma grande gargalhada. Não tem como não gostar deles.

— Eu adorei o que você fez no quarto das meninas — James sussurra.

— Obrigada — digo, sorrindo. — Eu queria ter tido mais tempo, mas eu gostei de como ficou. — Ele ergue a sobrancelha, e eu explico: — A maior parte dos móveis foi feita sob medida para caber no espaço, então eu tive que desenhar cada detalhe. Em alguns dias, é mais difícil.

— Foi o que eu pensei. E se eu pudesse bolar alguma coisa que ajudasse? Algo que você colocasse nas mãos, com um lugar para apoiar os dedos, tipo uma luva, com um mecanismo para o lápis? Assim você poderia se concentrar nos movimentos, em vez de ter que ficar pensando em segurar o lápis. — Ele tira um pedaço de papel dobrado da carteira e abre para me mostrar.

É um esboço do que ele acabou de descrever, com todos os tipos de equação e anotações ao lado.

— Seria mais complexo do que isso — ele acrescenta, erguendo a mão para coçar a nuca. — Eu precisaria considerar os diversos pesos, que variam conforme o material que você usa. Caneta, carvão, enfim, e eu teria que fazer uns ajustes. Mas dá para fazer.

Fico piscando para ele, atordoada e sem palavras.

— Você acha que isso poderia funcionar? — ele pergunta, dobrando o papel. — A gente não precisa...

Eu coloco a mão no seu braço para interrompê-lo.

— Sim, a ideia faz sentido. Dá para ver que funcionaria. — Mordo a bochecha por dentro para segurar um sorriso e sinto uma queimação na parte inferior dos meus olhos, aquela rara sensação de lágrimas se formando. Eu queria que estivéssemos em qualquer outro lugar, onde eu pudesse agradecê-lo de verdade. — Eu...

O meu celular vibra em cima da mesa, e eu preciso me segurar para não o arremessar contra a TV. É a Robyn.

> Dá uma olhada no Twitter
> Lar, doce lar é o 6º assunto mais comentado!

Abro o Twitter, vou até a aba de assuntos do momento e vejo que não estamos mais em sexto lugar, mas em segundo!

— Vocês são o assunto do momento — digo e me viro para olhar para a Melly, que está andando para lá e para cá na sala, com o celular colado no ouvido.

— Somos o quê? — ela pergunta.

Eu viro o meu celular para mostrar para ela, e ela dá a volta no sofá.

— A *hashtag* Lar, doce lar está em segundo lugar no país!

A Melly se joga em uma das cadeiras.

— Não acredito.

Eu vasculho a conta dos dois. Os comentários que não são de pura adoração são de *haters* resignados.

— Procure o seu nome.

@MelissaEllenTripp @The_Rusty_Tripp O programa está incrível! Parabéns pros dois! #lardocelar

@MelissaEllenTripp Melly, você tá tão linda! Preciso saber onde vc comprou a jaqueta que usou no episódio 4! #lardocelar

@MelissaEllenTripp @The_Rusty_Tripp Não posso com esse programa. QUERO MAIS #lardocelar

Não acredito que esses dois dominaram a minha lista na Netflix DE NOVO. Quando eu vou ter paz? @melissaEllenTripp @The_Rusty_Tripp #lardocelar

A Melly vai rolando a tela.

— Fiquei tão preocupada que pudessem não gostar.

— Por que você acharia isso? — digo. — Vocês arrasaram, como sempre! Vocês ouviram o que eles queriam e entregaram exatamente isso! Há um monte de programa de decoração por aí, mas isto aqui? — Aponto para o meu celular. — O público adora vocês.

A Melly sorri com lágrimas nos olhos e se volta para o marido.

— Você ouviu? — ela pergunta. — *Nós* conseguimos.

Rusty esfrega sua mão gigante no rosto e recolhe o encosto de pé da poltrona.

— Preciso de mais uma cerveja — ele diz, entrando na cozinha.

Inabalável, a Melly me devolve o meu celular.

— Preciso ligar para o Ted — ela diz. — Obrigada, Carey.

Ela sai de perto, já com o celular no ouvido de novo. O James se aproxima de mim.

— Foi legal o que você fez.

— Eu não disse nada que não fosse verdade. — Dou de ombros, olhando distraída o celular, que começa a vibrar de novo. — A Melly se sai muito bem na frente das câmeras e é ótima com os clientes. Ela só é uma catástrofe em todo o resto.

Nós nos sentamos no sofá e assistimos a mais alguns episódios, ainda recebendo as novidades da Robyn.

O ET tuitou!

O Hypex está fazendo uma live!

A EW postou o primeiro artigo. Adoraram.

As FunGirls estão assistindo e escrevendo sobre o cabelo da Melissa!

Aliás, concordo com elas. A franja dela tá meio esquisita.

Carey, marca um horário pra arrumar isso.

A PEOPLE, Just Jared e Pop Sugar tuitaram sobre o programa.

No episódio seis, eu me sinto empanturrada e me arrependo dos três pedaços de bolo que devorei. Comer estressada é sempre uma péssima ideia. Também não deixei de notar que o Rusty, afundado na poltrona outra vez, está quieto demais, e o James parece ficar mais inquieto a cada episódio.

— Quer alguma coisa? — ele me pergunta, levantando-se do sofá.

— Não, obrigada — respondo, mas algo me chama a atenção. — Você está bem? Está dando tudo certo. Estou com uma boa impressão.

Ele passa a mão no cabelo.

— Estou, claro.

— Tá bom. — Eu o vejo entrar na cozinha.

— Somos o assunto mais comentado! — a Melly grita, jogando-se no lugar que o James deixou vazio. — Segura essa, Joanna Gaines.

O meu celular, o celular da Melly, o celular do Rusty e acredito que o do James também, pela forma como ele sai correndo da cozinha, vibram ao mesmo tempo. Ninguém se atreve a respirar.

Recebemos a proposta para a segunda temporada. É oficial, foi um sucesso.

Se eu olhasse de fora, veria uma mistura engraçadíssima de reações. Saltando do sofá e gritando de alegria, a Melly se abaixa para beijar o marido e logo liga para a Robyn via Skype para saber mais detalhes. O James se entrega, curvando-se em um alívio cansado antes de olhar diretamente para mim com muita intensidade, como quem diz: *Estou tão aliviado que acho que vou chorar* e *Vou te pegar de jeito mais tarde*. Sinceramente, eu gosto das duas interpretações. O Rusty nem se dá ao trabalho de olhar para o celular e, suspirando, abaixa de novo o encosto de pé da poltrona e se levanta.

— Vou sair para caminhar um pouco — ele diz.

— Tá bom. Só... — Eu paro por um momento, porque nem sei o que dizer para um cara de 1,94 de altura. *Se cuida?* — Fique por perto, tá? Vai escurecer logo.

— Tá bom, mãe — ele diz e some para dentro da cozinha de novo.

— Não acredito que deu certo — digo. — Caralho. — Eu me viro e tomo um susto ao ver o James parado ao meu lado.

— Pois é — ele diz e me beija, ali no meio desta sala de estar gigante, com a Melly na sala ao lado. Ele me beija como se este pudesse ser o nosso último beijo. E então para.

— Precisamos decidir o que fazer.

— Sobre o quê? — pergunto, confusa por um momento.

— Sobre o programa. — Ele segura o meu rosto, sorrindo e me beijando de novo. — Olha só, eu quero que você saiba de tudo antes de...

Sua atenção se dispersa, voltando os olhos para a janela.

— James?

— Espera... *Shhh*. Você ouviu isso?

Eu me viro para onde ele está olhando e me estico para tentar entender que barulho é aquele.

— Será que é um carro?

Levamos dois segundos para entender o que aquilo significa. Corremos até a cozinha e saímos pela porta dos fundos, batendo os pés no chão para tentar chegar ao outro lado da casa. O carro sumiu. E o Rusty também.

Meia hora. Levamos meia hora para conseguir encontrar um táxi, e mais quarenta minutos para chegar ao bar mais próximo. Há placas de neon cobrindo grande parte das janelinhas e um letreiro minúsculo onde se lê HOTSY TOTSY pendurado em cima da porta.

Está escuro dentro do bar, mas eu fico feliz por isso. O espaço lotado cheira a cerveja choca, farelos de casca de amendoim e cigarro. Não quero nem imaginar como este lugar seria se fosse iluminado. A sola do meu sapato gruda no piso ao tentarmos cruzar o salão, após vermos o Rusty cercado por outros homens, jogando sinuca.

— Não é o fim do mundo — digo. — Um pouco deprimido, mas ele parece bem. Talvez só precisasse espairecer um pouco. O Rusty fica feliz quando bebe. Ele abraça todo mundo, promete ajudar as pessoas a reformar o telhado da casa delas e depois apaga.

James parece levar o que eu disse em consideração.

— Tá bom, um novo plano. Vamos deixá-lo encher a cara pra valer, aí roubamos a chave e o enfiamos no carro. Acho que ele vai causar mais se a gente tentar convencê-lo a ir embora.

James segura a minha mão e me leva até o bar.

— Este parece exatamente o tipo de lugar que o meu pai frequentava — digo, me sentando em uma banqueta e chamando o barman. Aponto para um peixe gigante pendurado em cima de uma prateleira cheia de garrafas coloridas de bebida. — Acho até que tínhamos um peixe daqueles no porão de casa.

James olha para o peixe para analisar e se senta ao meu lado, sem largar a minha mão. Ele coloca a minha mão na sua perna e fica brincando distraído com os meus dedos.

— Meu pai era mais do tipo de beber no quintal de casa. Pois é — ele diz, dispensando a minha risada. — Ele também usa chinelo com meia, então já se prepare, porque é isso que tem para o futuro.

Para o futuro?

James pigarreia, preparando-se para falar, e então o barman para na nossa frente e nós pedimos um drinque para cada um e agradecemos quando ele se afasta.

O silêncio fica pesado por um instante e, quando eu acho que vai passar batido, ele fala:

— Quer saber, não dá. — Ele se vira na banqueta para me olhar de frente. — Já há um monte de gente tentando nos sacanear. Eu não quero isso. Acho que você tinha razão, a gente precisa conversar sobre como vai ser quando voltarmos para casa.

— Tá bom... — digo, esperando que ele termine o raciocínio.

— Eu não quero que isto acabe.

Eu prendo a respiração. A música que está tocando parece pulsar junto com o meu coração.

— Eu também não quero. — Juro que eu nunca sorri tanto assim na minha vida toda. Então isto é amar? Como se o seu peito fosse um balão de ar quente e você só precisa se segurar para ver onde ele vai levar?

— Que bom. — Um sorriso se abre no seu rosto. — Que bom que estamos em sintonia.

O barman coloca os nossos drinques nos porta-copos à nossa frente.

— Eu sei quem você é. — Nós dois giramos na banqueta ao ouvir uma mulher erguer a voz lá no fundo do bar. — Eu acabei de ver você na TV. Você é casado com aquela designer. A loira!

O Rusty se senta em uma banqueta, com um copo cheio de um líquido transparente e cubos de gelo em uma das mãos e um taco de sinuca na outra.

— A designer. — O Rusty bufa. — Deixa eu te contar uma historinha. A Melissa Tripp é incapaz de desenhar uma pizza, quem dirá uma casa.

Puta merda.

— Puta merda — James diz alto, já saltando da banqueta para interferir. Suspirando, relutante, eu deixo meu drinque no balcão e me levanto para acompanhar. Eu não sou paga para isso.

— Como é? Eu adoro as coisas que ela faz! — a mulher responde. — Você também estava naquele outro programa, né? Aquele com a Miss América.

— A Stephanie? — o Rusty pergunta, e eu sinto meu estômago revirar.

Um homem com uma barba muito cheia sentado na banqueta ao lado do Rusty entra na conversa, soltando uma indireta.

— Ouvi falar que ela é a sua namoradinha.

Rusty concorda.

— Eu transei mais com a Stephanie Flores nos últimos seis meses do que com a minha mulher nos últimos seis anos. Ele pode confirmar — Rusty diz, apontando para o James.

Neste momento, as pessoas começam a olhar. Eu percebo que um casal sentado em um sofá está prestando bastante atenção. Vejo outra pessoa já tirando o celular.

— O que você acha de sairmos daqui? — pergunto, baixinho.

— Foi um dia cheio — James coloca a mão nas costas do Rusty, chamando-o para se levantar.

O Rusty mexe os ombros para se livrar das mãos dele.

— Não dá, Jimmy. Já deu. Você leu a mensagem da Robyn? Outra temporada? Outra temporada vendo a Carey fazer todo o trabalho e a Melly levar a fama? Outra temporada bancando o ajudante trapalhão da mulher com quem eu me casei? — Seus olhos cheios de lágrimas e desespero encontra os meus. — Eles vão querer mais um livro, você sabe disso. Outra turnê, outro programa, e a mentira nunca vai acabar.

— Rusty... — James começa.

— Eu mal consigo me lembrar do último móvel que fiz. Da última reforma na qual a Melly tenha participado de verdade. A gente tinha uma loja, uma vida, e eu era feliz. Já deu para mim, James. — Ele olha em volta e vê o bar cheio de clientes, agora completamente em silêncio para ouvi-lo, chocados. O Rusty leva o copo à boca antes de se dirigir ao público. — Já deu para mim, pessoal, e me desculpem, mas eu não ligo mais. Foda-se se todo mundo descobrir.

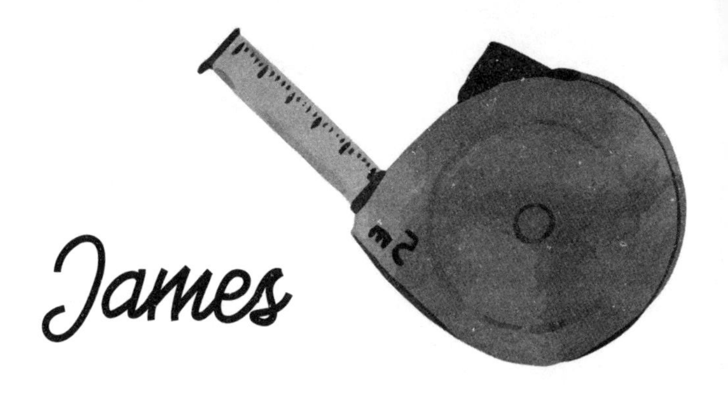

James

Tenho certeza de que todos ficam surpresos quando eu me aproximo do Rusty, ergo-o da banqueta e o empurro pelas costas até chegarmos à calçada do lado de fora do bar, onde temos que apertar os olhos para evitar a luz forte do pôr do sol em Wyoming. Meus olhos levam alguns segundos para se adaptarem à mudança de iluminação e meu cérebro demora mais ainda para entender como eu consegui fazer isto: erguer um homem que pesa, fácil, uns vinte quilos a mais do que eu, escoltá-lo até a saída do bar e fuçar nos bolsos dele para procurar as chaves do carro sem ele perceber. Eu não sou um cara do tipo fortão, mas acho que o pânico nos obriga a fazer coisas estranhas.

A Carey vem logo atrás de nós, de olhos arregalados e respirando com exaladas curtas e ruidosas. Boquiaberta, ela pergunta para o Rusty:

— Que porra foi essa? Você percebeu que tinha gente filmando lá dentro?

Nem se ele bocejasse a expressão dele ficaria mais desinteressada.

— Já era — ele diz, simples assim.

— *Rusty* — Carey diz, com toda a calma do mundo —, não dá para ser assim. Você entende, não entende?

Ele olha, pensativo, para a Carey, depois para mim e então de volta para a Carey.

— Por que vocês dois não estão juntos? Não só juntos, mas *juntos* mesmo — ele fala arrastado. — A Melly não deixa?

A Carey olha para mim completamente apavorada, e eu resmungo, tentando acabar de vez com esta conversa.

— Sério, Rusty, você não pode ficar perguntando esse tipo de coisa para a gente. Nós somos seus funcionários.

— Bom, se for esse o problema, vocês dois estão demitidos. — Ele se vira para mim, mas um soluço interrompe sua risada. — Mas nem a pau que a minha mulher vai impedir vocês de transarem. — Ele pausa para zombar do nosso silêncio pétreo. — Fala sério. Dá para ver o jeito como vocês se olham.

Vejo que a Carey dá uma estremecida.

— Rusty, pelo amor de Deus, não vamos falar sobre isso.

Respirando fundo, vou até o carro encostado na calçada, abro a porta e enfio o Rusty no banco traseiro. Meus olhos encontram os de Carey, e eu aponto com a cabeça, indicando para ela entrar no carro.

— Vamos embora.

A VIAGEM DE VOLTA ATÉ o chalé é silenciosa, mas tenho certeza de que todos estão com o pensamento a mil. Estamos em Laramie, e a maioria das pessoas aqui parece querer só cuidar da própria vida, mas mesmo assim isso pode acabar mal. Tento me lembrar de quantos celulares eu vi com as câmeras apontadas para o Rusty. Pelo menos três. O casal sentado em um dos sofás mais para o fundo do bar muito provavelmente também ouviu o rompante do Rusty, e os dois podem ter facilmente postado as afrontas no Twitter, no Reddit, em sei lá mais onde.

Embora eu fique feliz por ver que a verdade sobre o talento da Carey virá à tona, não sei se deveria ter acontecido assim.

— A gente deveria ligar para a Robyn — Carey diz, baixinho.

Bêbado como está, Rusty só consegue emitir um barulho de protesto, mas a Carey se vira e o encara tão séria que ele imediatamente abaixa a voz e começa a resmungar baixinho.

— É, liga para ela — concordo.

Carey coloca o celular encostado no ouvido e se abaixa para conseguir ouvir a ligação com o Rusty resmungando no banco de trás.

— Alô, Robyn? — ela diz. — É a Carey. Olha, eu preciso que você dê uma conferida nas redes sociais. Acabamos de pegar o Rusty em um bar onde ele estava...

— Contando a verdade! — o Rusty grita, e Carey faz *Shhh* para ele se calar.

— ... falando demais — ela diz, com delicadeza. — Um pessoal lá gravou e tenho certeza de que pelo menos uma pessoa no bar conseguiu... É isso. — Ela olha para a frente, abatida. — A gente *estava* lá. Ele saiu escondido da casa depois de ouvir as estatísticas.

— Porque a minha mulher é um pé no saco — ele desembucha.

— Você também não é nenhuma flor que se cheire, seu idiota — Carey diz, e eu a encaro por alguns segundos antes de me lembrar de que preciso prestar atenção na estrada. A Carey irritada é uma novidade encantadora.

— Tá bom — ela diz, voltando ao celular. — Sim, acho que é uma boa ideia. — Sua voz se altera. — Sim, sim. Eu entendo que você tenha nos dado uma missão impossível. Pode acreditar, sei bem o que você nos pediu, Robyn. Mas eu não vou assumir essa bronca. A Melly e o Rusty estão causando essa treta para eles mesmos.

Ela desliga sem se despedir, e eu a deixo respirar fundo por alguns segundos antes de perguntar:

— E aí, o que ela disse?

Olho para ela e vejo seu maxilar tenso, os tendões saltando no pescoço.

— Ela disse que tem uma coisa ou outra no Twitter, mas vai entrar em contato com os donos das contas para fazê-los apagar. Ela disse que vai vir para cá hoje à noite.

No banco traseiro, o Rusty resmunga, irritado. Eu também não sou um grande fã da Robyn, mas acho bom que ela venha para cuidar dessa bagunça. Que venha alguém assumir o papel de babá.

— Ela começou a falar que estava decepcionada com a gente — Carey diz —, mas sinto muito, *não* vou engolir essa. — Vejo que sua mão está tremendo quando ela tenta colocar o cabelo atrás da orelha, e ela abaixa, sentando-se em cima dos dedos. — Não vou mais engolir essa merda.

QUALQUER ESPERANÇA QUE TIVÉSSEMOS DE que a Robyn poderia resolver depressa o problema no Twitter ou que a Melissa tivesse se desconectado e decidido curtir o resto da noite longe das redes sociais se desfez quando encostamos na entrada longa e de cascalho e vimos a Melissa descendo dois degraus de cada vez. Ela vem marchando, já apontando e gritando com o Rusty antes que ele possa abrir a porta.

— O que você tem na cabeça? — ela berra.

Sem dizer uma palavra, ele passa por ela e entra na casa. Ela vai atrás, chamando-o, e, com certo receio, a Carey e eu entramos logo atrás dele.

Como já esperado, o Rusty vai até o carrinho de bebidas e prepara um drinque.

— Russ — Melissa diz, tentando manter a calma —, é verdade que você foi a um bar e contou para todo mundo que a Carey faz todo o meu trabalho?

Ele leva a mão à frente da boca para arrotar e solta um sonoro: “Aham”.

A Melissa pega um copo da mesa lateral e toma um gole demorado. Se eu não a conhecesse bem, acharia que pudesse ter algo alcoólico naquele copo, pelo jeito como ela sorve, tentando tirar forças da bebida. Ela repousa o copo com cuidado.

— Por que... *por que* você faria isso?

— Porque é verdade.

O rosto da Melissa fica tenebroso de tão vermelho.

— *Não é* verdade.

Rusty solta uma gargalhada.

Sinto a minha boca repuxar, fazendo uma cara de *Vishhh*, e ao meu lado a Carey se mexe sem jeito, esperando a Melissa estourar. Quando eu acho que o Rusty vai continuar dando essas respostas curtas e impensadas, ele desiste de servir o uísque no copo que está segurando, tampa a garrafa e a coloca de volta no carrinho.

— Você não acha que já está na hora de pararmos de mentir um para o outro? — ele pergunta, com uma clareza calma e repentina.

— Que diabos você está falando?

— Nos últimos, sei lá, cinco anos? A Carey cria todos os designs e a gente só leva a fama. — Ele se aproxima da Melissa. — Aparecemos na TV e falamos sobre ideias que nem são nossas.

— Russel, isso não é verdade — a Melissa diz, olhando para mim, com a voz baixa e cheia de tensão. Fico pensando em como seria aquela conversa se eu não estivesse ali. Será que a Melissa admitiria? Será que ela só está negando para fazer uma ceninha porque eu estou ali?

— Claro que é — Rusty diz. — Eu costumava construir as peças com base nos meus próprios projetos. Eram simples, mas eram bons. Aí a Carey chegou, e eu comecei a produzir as peças com base nos desenhos *dela*. — Ele para de falar e encara a esposa, como que esperando ela dizer alguma coisa. Mas ela só fica ali parada, com o rosto vermelho, tremendo. — Nunca foram seus projetos, Melly. Você nunca se deu ao trabalho de fingir que os criava. Por que nunca falamos sobre isso? — Ele leva a mão à testa, como se estivesse encontrando um escape.

A Melissa parece tão brava que não consegue nem falar.

— Eu não ligava — ele admite —, porque pelo menos eu estava com a mão na massa. Pode até ser que estivéssemos roubando as ideias dela, mas pelo menos eu me divertia.

Nossa. Olho para a Carey e vejo que o desconforto dela ao ouvir esta conversa já se transformou em fúria. Ela estica e dobra os dedos em frente ao corpo e em seguida começa a segurar o pulso com a outra mão. Eu me aproximo dela e coloco a minha mão na dela, oferecendo-a. Ela aceita e aperta com força. As cãibra fazem sua mão tremer mesmo enquanto eu a seguro.

— Mas agora — o Rusty diz, apontando para a Carey — ela continua fazendo tudo e a gente só finge. Nem dormimos mais no mesmo quarto. Fiquei dando em cima da Stephanie por meses e você nem percebeu, porque estava ocupada demais com o programa, com os patrocínios, com o livro sobre *casamento*, com a coisa toda. — Ele ri. — Eu deixei a coisa ir longe demais, mas só queria que você me *notasse*.

Quero dizer que talvez seja um momento bem estranho para ele tentar estabelecer esse tipo de limite, mas acho que é melhor para todo mundo se eu ficar de boca bem fechada.

A Melissa passa o peso para o outro pé, olha para mim e depois de volta para o marido.

— Estamos passando por um momento difícil, mas não significa que acabou, Russ. Todo casamento...

Rusty a interrompe, dando um berro ensurdecedor.

— Você está me ouvindo, Melly? É tarde demais. *Eu. Quero. A. Porra. Do. Divórcio.*

Eu não tenho muita noção de como a Melissa vai reagir, mas acho que não é nenhuma surpresa quando ela solta um simples "Não" baixinho.

— Querida — Rusty diz, com a voz mais doce e mansa possível. — Não é você quem decide.

— *Já chega* — Carey diz, com uma raiva silenciosa e tensa. Ela olha para a Melissa, depois para o Rusty e grita: — Vocês estão se ouvindo? Vocês acham que isso faz parte do meu trabalho? — Ela olha para mim, com os olhos fervendo. — Como eles conseguem ter esse tipo de conversa na nossa frente?

Eu só dou de ombros, sem palavras.

— Não tenho ideia.

— Carey, querida... — Melissa começa, mas Carey a interrompe:

— O que aconteceu com aquele casal pé no chão que eu conheci? — ela pergunta. — O que aconteceu com aquelas duas pessoas que davam duro para ganhar a vida, cumprimentavam cada pessoa que entrava na loja deles e se orgulhavam do negócio que construíram?

Ela olha para eles, mas eles só ficam encarando de volta. Tenho certeza de que nenhum deles jamais ouviu a Carey falar com tanta firmeza, e eles não sabem muito bem como lidar com ela. Se eu não tivesse transado com essa mulher, talvez eu me surpreendesse também, mas não. Eu só fico ao lado dela, segurando sua mão e sentindo um orgulho imenso.

— Rusty, você está errado — Carey diz. — A Melly trabalhava nas coisas dela. — Ele começa a protestar, mas ela o cala. — Ela trabalhava, sim. Ela decorava. Não é a mesma coisa, mas ela trabalhava. Ela adorava decorar ambientes com as suas peças, Rusty, e você sabe disso. Não menospreze.

Melissa começa a querer cantar vitória, mas a Carey a interrompe de novo.

— Não, esperem, porque eu não acabei. — Carey se vira para ela. — Sim, você costumava decorar, mas nunca projetou, e você sabe disso. Você sabe que eu entrei e desenhei aquela espreguiçadeira e a mesa de apoio. Você sabe que eu desenhei a escada dobrável, as escrivaninhas, as mesas e tudo mais que veio depois. Você bem sabe que tudo o que está no livro *Pequenos espaços* é trabalho meu. Você *sabe* que é meu e adorava quando todo mundo achava que era seu, me pagando uma boa grana para limpar a sua consciência, mas não é verdade. Você se aproveitou de mim, porque eu preciso do plano de saúde, do emprego. Você se aproveitou da minha insegurança por ter tido uma infância pobre, por não ter podido estudar e por ter medo de não ser boa o suficiente. Você sabe que é isso que você faz, Melly, e é horrível.

Melissa encara Carey, e a cor vai aos poucos sumindo de seu rosto.

O Rusty encosta o braço na moldura da lareira e pega um atiçador para espetar os troncos em brasa. Carey vai até lá, tira o atiçador da mão bêbada dele e o afasta da lareira gentilmente.

— Rusty, vai sentar. — Ela parece tão cansada.

— Você está se demitindo? — ele pergunta, ainda insistindo em apoiar o cotovelo na lareira.

Carey concorda.

— Estou. Estou fora.

Rusty solta um assovio longo e lento.

— Não é incrível? Esse trabalho todo. Temos um programa na TV, temos os livros. — Ele aponta para mim. — Ele ganhando uma bela promoção e você caindo fora.

Meu estômago embrulha e o silêncio domina a sala. Devagar, a Carey tira os olhos do Rusty, que só agora parece perceber que disse bobagem, e olha para mim.

— Uma promoção?

Com toda a sinceridade, fazia horas que eu não me lembrava da promoção e eu ia contar para ela assim que voltássemos para casa. O que antes era a parte mais importante da minha vida — a minha trajetória profissional — tinha caído alguns degraus na minha escada de prioridades. Abro a boca para dizer à Carey que vou explicar mais tarde, mas o Rusty se adianta.

— O Ted me contou — o Rusty diz, fazendo uma careta na minha direção. Há uma certa culpa na expressão dele, mas, se não estou enganado, também percebo uma certa maldade nesse olhar. Parece que, se ele não pode ter o que quer, ninguém pode. O tiozão legal tem um lado obscuro.

— Do que você está falando? — a Carey pergunta.

— O nosso Jimmy aqui negociou um crédito de produtor executivo e o cargo de engenheiro-chefe se conseguíssemos fechar para a segunda temporada.

— Você não me contou isso — Carey me diz, baixinho.

Russell estende a mão e cutuca os dentes.

— Achei que você soubesse. Já que vocês são tão próximos.

Abro a boca e a fecho em seguida. Não quero mentir para a Carey, dizendo que não é grande coisa, e dizer que eu tentei contar vai parecer só uma desculpa. Eu errei feio.

— Merda... Carey, não era assim que eu queria ter esta conversa. Eu não estava tentando esconder de você. Quando o Ted ligou...

— Em *São Francisco*? — ela diz, arrasada. — Na manhã...? — Seus olhos se enchem de lágrimas quando faz o retrospecto dos acontecimentos. Foi justo na manhã depois de termos dormido juntos.

Eu confirmo.

— Eu estava prestes a largar tudo — digo. — Eu também queria que você caísse fora, mas...

Melissa interrompe:

— *Como é que é*?

A Carey e eu falamos em uníssono: "Cala a boca, Melly".

— Mas você não queria — eu lembro. — Você não tinha certeza se estava preparada. Quando o Ted ligou, eu tinha em mente que você não queria sair, que a Melly não aceitaria que nós dois estávamos juntos, então quando o Ted ofereceu, foi a forma que eu encontrei de conseguir encarar o trabalho e ajudar você com os dois, mas conseguindo algo em troca também. A gente fez um acordo e, quando eu voltei para o hotel, você já tinha começado a mudar de ideia, mas aí eu já havia me comprometido.

— Você não me contou — ela diz de novo, e a obviedade dessa traição me dilacera. — Você deveria ter me contado. Eu contei tudo para você. Você achou que eu não entenderia? Eu ficaria feliz por você. Eu teria entendido por que você mudou completamente de ideia e me falou para ficar. Se você tivesse se aberto comigo, eu teria entendido.

Isso parece um soco no estômago. Ela me contou tudo mesmo. Eu virei essa pessoa para ela, um espaço seguro, e eu escondi isso dela. Por que eu fiz isso? Ela vem fazendo todo o trabalho em silêncio por uma década e, depois de uma semana cansativa, eu ganho a promoção da minha vida e ela não leva nada.

— *Será que tem alguém nesta casa que não queira me arruinar?*

Nós nos viramos para olhar para a Melly quando ela começa a se esganiçar. Com os olhos furiosos de uma fera selvagem, ela encara cada um de nós e solta um grito tão feroz e enraivecido que parece rasgar sua garganta.

— Melly — Carey diz, tremendo, incrédula —, como a gente pôde esquecer por dois minutos que você é o centro de tudo?

— O Rusty está pedindo o divórcio — Melly grita com ela. — Você está se demitindo, bem o que ele queria desde que vocês começaram a transar e... o que mais? Eu sou a única que ainda se importa com a empresa?

Rusty passa a mão no rosto e olha para mim.

— Eu preciso das chaves, Jimbo.

— Não vai rolar, Russ.

Ele dá de ombros e se vira para sair da sala. Vejo uma movimentação com a minha visão periférica, mas a Carey deve ter entendido o que está acontecendo antes de mim, porque ela corre na velocidade da luz para tentar segurar o copo da Melissa, que ela arremessa na direção do Rusty e da lareira em chamas. O Rusty se abaixa, chocado, e o copo pesado de cristal passa voando de raspão pela cabeça dele, estourando com um barulho assustador ao se chocar com a lareira de pedra.

Nós ficamos boquiabertos no silêncio ecoante, chocados com a violência do ato. O vidro poderia ter feito o Rusty desmaiar, na melhor das hipóteses, mas a essa distância? A Melissa poderia ter matado o marido. Por alguns momentos de tensão, Rusty só fica encarando a esposa.

E, nesses segundos, vejo o coração dele se despedaçar de vez.

Um estrondo estranho, parecido com um sopro de vento, atravessa a sala. A Carey e eu nos olhamos, compartilhando o instinto de perceber que há algo estranho. Com um sobressalto, Rusty tomba para trás e nós todos olhamos para ele quando ele resmunga: "Caralho" – o carpete debaixo dele está pegando fogo e as chamas já estão subindo pela sua calça jeans.

— Rusty! — grito, empurrando-o.

Praguejando, chocado, ele cai para trás, derrubando o carrinho de bebidas. Rusty depressa pula para longe, e as garrafas de cristal cheias de bebida se estilhaçam no chão. Depois de um segundo de silêncio macabro, o fogo, que antes era só um pequeno rastro de chamas, se transforma em uma explosão ofuscante vinda da lareira.

Sem pensar, eu jogo meu corpo para cima da Carey, rolando junto com ela para o lado. Ouvimos um estrondo e, em seguida, o chiado cada vez mais alto do fogo ganhando vida atrás de nós, alimentado por uma corrente de bebidas destiladas e uma sala cheia de madeira e tecidos. Uma cadeira está pegando fogo. *Fogo.* As chamas crescem cada vez mais, chegando cada vez mais alto, bem ao nosso lado. Eu trago a Carey para perto da parede, apertando-a contra mim enquanto absorvemos tudo o que está acontecendo, tentando pensar no que fazer.

A Melissa está gritando, o Rusty está jogando gelo e gritando também, e eu percebo que o copo da Melissa estava cheio de bebida alcoólica, ela tinha que beber pela primeira vez na vida justo agora; mas eu não posso pensar em nada disso, porque o tapete está em chamas, o sofá está em chamas, o fogo está destruindo tudo como se estivesse esperando há décadas para sair da lareira e dominar a casa inteira.

A sala é quadrada, e estamos no lado oposto ao da saída, de onde poderíamos correr na direção do corredor para chegar ao hall de entrada ou à cozinha. A Carey e eu vamos tateando pelas paredes, andando agachados para tentar manter a postura abaixada. O tempo todo ela sussurra "Meu Deus. Meu Deus" com uma voz apavorada e aguda, e eu quero dizer para ela que vai ficar tudo bem, que eu sinto muito e que vamos dar um jeito de melhorar as coisas para ela, mas a única coisa de que precisamos agora é *não morrer.* No meio da sala, as chamas estão engolindo em ritmo vertiginoso todos os móveis e todos os tecidos, e, logo ao lado, perto da janela, o Rusty e a Melissa estão tentando inutilmente apagar o fogo com um balde de gelo e latinhas de refrigerante. É uma ilusão. Esse fogo está grande demais.

Grito para eles ligarem para a polícia e saírem correndo dali.

Chegando à porta do corredor, a Carey e eu nos levantamos e corremos na direção da cozinha. O Rusty já está lá, gritando o endereço ao telefone, e então deixa cair o telefone no chão. O aparelho bate na parede e fica ali pendurado, balançando. Ele olha para mim. Seus olhos estão arregalados e assustados. Sem dizer uma palavra, Rusty sai correndo pela porta dos fundos para se salvar.

— Melly! — Carey grita, puxando a camisa para cobrir a boca antes de se virar para voltar para a sala. Mesmo no meio de uma crise, mesmo depois de tudo o que aconteceu lá dentro, a Carey ainda está tentando tomar conta da Melissa.

Eu vou atrás, chamando-a, mas a casa está cheia de fumaça e em pouco tempo só ouço a Carey gritar o nome da Melly. Através da fumaça, vejo o vulto das duas vindo e, atrás delas, o fogo parece se aproximar em uma onda poderosa. Sem pensar, eu corro até a cozinha, pego o extintor de incêndio e volto para tentar, sem chance de sucesso, apagar o fogo que consome o hall de entrada e sobe pelas paredes de madeira. Mas é suficiente para nos dar tempo de sair da fumaça pesada. A Carey segura a Melissa e puxa a porta da frente, fazendo entrar uma rajada de ar fresco que é logo engolida pela fumaça. Abaixado, vou atrás dela e conseguimos chegar lá fora, debaixo de um céu escuro e límpido.

O gramado está molhado e frio. Um contraste gritante com o inferno lá de dentro. Por um minuto, eu não consigo acreditar que não previ nada daquilo: a briga, o copo quebrado, a explosão de chamas. Mas nós nos viramos para olhar. A sala de estar queima intensamente, iluminando a casa toda em um show de faíscas e fogo que agora já está se aproximando com voracidade da garagem ao lado e do pórtico enorme, no segundo andar. Diante do cenário feito de estrelas, o incêndio tem uma beleza estranha.

Nós quatro ficamos parados, sem nos tocar, olhando para o desastre. Eu imagino que, depois de escapar de um incêndio, algumas pessoas devam querer se abraçar, se apertar para ter algum consolo. Percebo a distância entre nós quatro quando sinto o ar gelado nos meus braços. Parecemos desconhecidos uns para os outros neste momento de tensão e silêncio.

Olho para a Carey, mas ela não retribui o olhar, mesmo percebendo o calor da minha atenção. *Eu te amo*, penso. *Desculpa*. Mas tenho certeza de que a única coisa em que ela está pensando é: *O que vai acontecer agora*? As chamas, cada vez maiores, se refletem nos seus olhos, e quando ela olha para os Tripp, vejo-os cheios de lágrimas.

Melissa quase matou o marido, mas, em vez disso, o que ela conseguiu foi colocar fogo em uma casa que devia valer pelo menos dez milhões de dólares. A carreira deles está acabada; o casamento, também; mas a única pessoa com quem eu me importo é a Carey. Não foi só a

Melissa e o Rusty que construíram esse império. Foi a Carey também, e eu sei como é ter o nome ligado a um escândalo como este. Ela está vendo o trabalho de toda a sua vida evaporar, a reputação da Comb+Honey ardendo em chamas e — depois desta noite — deve estar sentindo que nunca teve ninguém ao seu lado. O arrependimento parece uma bola apertada e doída no meu peito. Eu estraguei tudo. Nós todos erramos demais, e eu estou apaixonado por ela. O peso da culpa me pressiona tanto que mal consigo respirar.

Exclusivo revista PEOPLE

MELISSA TRIPP ESTÁ PRONTA PARA PASSAR O BASTÃO

Melissa Tripp sabia que a vida estava cada vez mais sobrecarregada, mas nunca se imaginou parada diante de uma casa em chamas na noite da estreia do seu programa, sem conseguir se lembrar direito do que aconteceu.

Aos 44 anos, a estrela do programa *Novos espaços* e autora de livros de sucesso se abriu com a *PEOPLE* sobre como foi se desintoxicar após o incêndio, encontrar um novo lugar fora do mundo do design de interiores e perceber que ela "precisava assumir a responsabilidade pelo que estava acontecendo e pelos rumos que a vida havia tomado".

"O Rusty cometeu erros que ele precisa reconhecer", diz a loirinha, parecendo ainda menor em meio a uma pilha de almofadas de um sofá branco na casa que ela divide com o marido, Russel Tripp, 45 anos, com quem é casada há 25 anos. "Mas meus erros, mesmo que não sejam tão visíveis, são tantos quanto os dele, se não ainda mais."

"A nossa empresa decolou, e eu me deixei levar", ela diz, rindo, e seu sotaque do Tennessee envolve cada palavra. "Qualquer pessoa que me conheça pode imaginar. O Russ não é um cara intenso. Ele quer uma vida tranquila, com um casamento firme. Ele nunca quis ver a mulher de salto agulha, arrastando malas de luxo para lá e para cá em uma turnê de um livro. Ele quer um martelo na mão, um boné do Rockies na cabeça e uma esposa que ria com ele e o ame em igual medida. Eu me perdi da mulher por quem ele se apaixonou. Preciso me lembrar de como ela era."

Tripp reconhece que o casamento, que de fora parecia perfeito, é tão real e cheio de defeitos quanto qualquer outro. "Estamos tentando lidar com tudo, e espero que possamos superar e sair dessa ilesos."

Esses defeitos reais, segundo ela, explicam por que ela e Russel são as pessoas perfeitas para escreverem *Nova vida, velho amor*, o mais recente *best-seller* n.º 1 do *New York Times*, um livro sobre conselhos amorosos que, ironicamente, foi lançado em meio à crise conjugal. "Ninguém quer ouvir conselhos de alguém que nunca passou por isso. O Russ e eu já passamos por poucas e boas", ela diz, rindo. "Não dá para escolher quando os problemas vão acontecer. Se pudéssemos, com certeza teríamos escolhido que acontecessem em outra semana."

A rainha do design de interiores, que acaba de sair de uma estadia de três semanas em um hospital devido ao que sua assessora chamou de "estresse debilitante", diz que está vendo a vida com mais clareza agora. "Quando você dá duro para chegar ao auge, a única coisa que importa é permanecer lá. Você deixa de ver as pessoas que você ama como pessoas amadas. Elas se tornam degraus ou barreiras e, para mim, já não havia nada entre esses dois extremos."

Melissa planeja contar em detalhes o que ela chama de "colapso total" em um livro de memórias a ser lançado. A escrita, segundo o que ela conta à PEOPLE, "se tornou um espaço seguro. Colocar as palavras no papel, as minhas palavras, agora é o único espaço criativo dentro da minha mente para onde eu posso me permitir ir".

Para os fãs do seu estilo de design, a ideia de que Melissa Tripp esteja abandonando o ramo da decoração pode ser uma surpresa. Mas Melissa diz para todos ficarem tranquilos, pois "sempre haverá mulheres brilhantes e criativas chegando ao topo do mundo. A próxima Melissa Tripp pode aparecer a qualquer momento. Mas já não posso ser eu. Tentar ser aquela pessoa todos os dias estava me consumindo".

Na verdade, o próximo gênio criativo a chegar ao topo pode muito bem ser uma pessoa muito próxima dos Tripp. Em uma revelação de fazer cair o queixo, Melissa admitiu recentemente à revista *Entertainment Weekly* que, nos últimos anos, a inspiração criativa da Comb+Honey vinha cada vez mais da sua talentosa assistente, Carey Duncan, de 26 anos, que trabalhava incansavelmente nos bastidores de *Novos espaços* e de *Lar, doce lar*, série muito bem-avaliada, mas que só teve uma temporada.

"A Carey trabalhou comigo e com o Russ desde o início", Melissa conta à PEOPLE. "Foi o único trabalho da vida dela. Quando as coisas ficaram mais agitadas, eu já não tinha mais tempo para lidar com os projetos, e a Carey assumiu o meu lugar. Mas como ela é uma grande artista e uma designer por méritos próprios, a estética dela se tornou uma parte importante da nossa marca, e ficou cada vez mais difícil distinguir onde terminavam as ideias dela e começavam as minhas. Isso funcionou bem por um tempo, mas em certo momento, nós percebemos que a Carey não estava recebendo o devido reconhecimento pelo trabalho criativo que ela vinha desenvolvendo."

Melissa se emociona ao falar sobre sua relação com Carey Duncan, que diz ser "mais uma filha do que uma funcionária", e ela admite que as duas conversam quase todos os dias para tentar lidar com o que aconteceu, entender quem elas são e o que o futuro lhes reserva. "Ela precisa desabrochar e se encontrar, e eu quero ser a voz mais alta da arquibancada, torcendo por ela."

"A vida foi da calmaria ao caos muito rápido. Acho que nenhum de nós percebeu de fato o que a contribuição dela tinha se tornado." Melissa Tripp enxuga uma lágrima e diz, decidida: "Eu tive a minha oportunidade. Agora quero que a Carey ganhe o mundo".

Carey

— Ela não admitiu que foi você que fez tudo desde o começo — Kurt diz, lendo por cima do meu ombro.

Fecho a revista e a enfio debaixo de uma pilha de papéis no balcão da cozinha para não ter que ficar olhando para a foto da Melly, de maquiagem suave, sorriso discreto, vestindo uma confortável camisa xadrez de flanela, e me perguntar quanto daquilo era verdade e quanto era uma jogada de marketing brilhante e calculada da empresária Melissa Tripp. Sinto um aperto na garganta, como se tivesse algo entalado bem no alto, deixando difícil respirar ou engolir.

Eu entendo que a situação era absurda, mas, mesmo depois de tudo, não achei que eu sofreria tanto ao ver a desgraça da Melly.

— Isso é o suficiente — digo para ele. Sinceramente, ela me reconheceu mais do que eu jamais imaginei. — Isso é bom o suficiente.

Agora quero que a Carey ganhe o mundo.

Sendo verdade ou não, as palavras estão lá, em preto e branco. Com esse bastão sendo passado de forma honesta, eu me sinto fortalecida e sobrecarregada ao mesmo tempo. Por um lado, eu poderia ligar para o Ted, enviar alguns dos meus projetos e perguntar se ele conhece alguém que queira ver essa fênix ressurgir das cinzas. Mas, por outro, embora eu adore projetar, eu não quero ser a próxima Melissa Tripp. De todos nós, a Melly era a única que queria o mundo inteiro para ela. Nós todos só queríamos um pouco de satisfação.

E eu estou tentando entender o que isso significa para mim. Faz seis semanas que o incêndio aconteceu, e a minha vida não tem mais nada a ver com a vida que eu levava antes daquela noite.

Em primeiro lugar, eu me mandei de Wyoming por um tempo: a primeira coisa que fiz depois que a polícia me dispensou foi viajar para o Havaí sozinha... no dia seguinte. Saí da delegacia, peguei um táxi até um hotel em Laramie, reservei a minha viagem e dormi por quase quinze horas seguidas. Quando acordei, vi quatro ligações não atendidas do James, duas da Melly e uma do Rusty. Mandei uma mensagem para a Melly, informando que eu enviaria uma carta de demissão oficial em breve, e fui para o aeroporto.

Foram cinco dias e quatro noites em Kauai e, depois de chegar lá e dormir por mais dez horas a fio, eu não tinha ideia de o que fazer. Li metade de um livro. Cochilei bastante. Saí para longas caminhadas, mas quando eu voltava para o resort, ficava morrendo de tédio. Percebi que eu não sabia como relaxar, porque fazia uma década que eu não tinha dois dias de folga consecutivos.

Era de se imaginar que, com tanto tempo livre, eu passaria algum tempo pensando na Melly e no Rusty. Era de se imaginar que eu dedicaria um tempo para processar tudo o que aconteceu com o James. Mas foi como se uma parede tivesse se erguido e, sempre que eu tentava rememorar o caos da semana anterior, meu instinto de proteção entrava em cena, e eu literalmente caía no sono. Na espreguiçadeira da piscina. Na cadeira da sacada do meu quarto. Uma vez, até na mesa do restaurante do hotel.

Quando cheguei em casa, eu logo quis dar meia-volta e retornar ao aeroporto. Não sei se eu estava estressada porque eu estava voltando para Jackson, ou porque eu teria um longo trabalho pela frente para lidar com as minhas questões emocionais, ou porque eu teria que encarar a página em branco do meu futuro profissional, mas todos esses pensamentos me davam ânsia de vômito. Passei a fazer terapia duas vezes por semana.

A Debbie me falou para fazer uma lista de todas as coisas que eu queria, para eu me concentrar em fazer planos, e não em me torturar pelo passado, e para começar a encontrar uma forma de realizar cada um deles. Alguns planos seriam mais fáceis do que outros, ela disse. Alguns demorariam mais. O objetivo, é claro, é não parar de agir para começar a viver a vida que eu quero viver.

Então, uma semana depois, com um "bônus" do meu trabalho em *Novos espaços*, eu comprei uma casa.

Uma casa melhor do que qualquer lugar em que eu já me imaginei morando, quem dirá sendo proprietária: uma linda casa de madeira, na região metropolitana de Jackson. Venezianas verdes, um belo telhado triangular e uma entrada para carros forrada de pedrinhas, logo depois de uma estrada de terra batida. Meu vizinho mais próximo fica a meio quilômetro de distância. Nos fundos, há uma ampla varanda e, descendo uns quinze metros, há um córrego em que dá até para nadar. Eu amo essa casa mais do que achei que amaria qualquer coisa na vida.

A Debbie se esforçou para me parabenizar pela minha compra impulsiva e não aparentar que estava questionando todos os conselhos que já tinha me dado.

Mas a satisfação escorre devagar. É como uma torneira pingando. Devagar, o meu balde está enchendo. Eu falo bastante sobre a Melly e o Rusty na terapia. Comecei a organizar jantares aos domingos com o Kurt, a Peyton e a Annabeth. Às vezes, o Rand também vem, quando ele consegue desencostar do balcão do bar e vir a minha casa para beber cerveja. Às vezes, o Kurt traz também o melhor amigo dele, o Mike. Eu não cozinho como o James: faço macarrão ou tacos, e ninguém reclama das minhas gororobas ou de ter que comer em cadeiras de praia em uma sala de jantar vazia. A ironia do momento é a minha completa incapacidade de decorar a minha própria casa.

Tive uma reunião com um consultor financeiro que me falou que eu tenho dinheiro guardado suficiente para pagar pelo plano de saúde e pelo meu tratamento, e que posso me bancar ainda por um ano, enquanto tento colocar as ideias em ordem. Mas eu também não sei o que quero fazer. Estou aos poucos construindo aquelas conexões pessoais de que eu sentia tanta falta e, embora eu não queira sair com o Mike, como o Kurt gostaria, eu consigo imaginar uma vida em que é possível namorar. O que significa que eu tenho tempo para mim. Descobri que eu gosto de levantar da cama tarde, ir dormir de madrugada, fazer exercícios no meio do dia e desenhar enquanto tomo meu café da manhã. E descobri também que as minhas mãos reagem muito melhor nesse esquema.

Mas sempre que começo a pensar na minha carreira, sinto um sufoco de estresse no peito, então vou deixando o assunto de lado. O meu primeiro instinto é ligar para o James para me abrir, mas, por motivos óbvios, eu não liguei. Aí eu acabo ligando para o Kurt ou para a Peyton e a Annabeth, e nós saímos para caminhar, ou elas vêm até a minha casa e nós nos sentamos no chão da sala e ficamos simplesmente curtindo a vista, cheia de árvores imensas e retorcidas e montanhas escarpadas.

Posso não estar pronta para falar sobre trabalho, mas depois de três semanas de sessões dobradas com a Debbie, eu penso sobre o James o tempo todo. Penso na voz dele e na forma como ele acompanhava com os olhos todos os meus movimentos – primeiro com interesse e depois com adoração. Penso em como ele é inteligente e ambicioso e fico me perguntando o que ele estará fazendo agora que a Comb+Honey acabou de vez. Penso em como era gostoso conversar com ele e em como eu gostaria de poder conversar daquele jeito com alguém.

Às vezes, penso que talvez eu volte a encontrar algo assim se eu continuar procurando, mas parte de mim sabe que o que nós tivemos acontece só uma vez na vida, e eu tenho sorte de ter vivido aquilo tudo. Penso na risada dele, nos sons que ele fazia e, sim, penso bastante no corpo dele, ainda mais à noite. Mas também penso no que aconteceu no finalzinho, naquela falta de confiança de merda, sendo que ele ouviu tudo o que eu tinha para dizer, mas não teve a capacidade de me contar que havia encontrado uma escada para chegar ao topo e não teria problema algum em me deixar para trás.

Tenho certeza de que ele saiu da delegacia naquele dia, mas não sei se foi antes ou depois de mim, porque eu não o vi após dar o meu depoimento. Eu não vi nenhum deles. Ninguém foi incriminado pelo incêndio. Imagino que os Tripp tenham pagado pelos enormes prejuízos que o fogo causou e que a coisa toda tenha sido varrida para debaixo do tapete.

Mas agora o meu irmão acerta ao interpretar o meu olhar perdido.

— O James vai vir hoje?

Eu tento disfarçar.

— O quê?

Kurt olha em volta na sala de jantar. Mesmo os recebendo com frequência, desta vez eu tentei organizar uma espécie de coquetel e até que saiu um belo banquete: tábuas de frios, bandejas com legumes e drinques diversos. Tudo servido no único móvel que eu tenho: uma mesa gigante entregue há dois dias pelo próprio Rusty. Ele bateu à minha porta sem avisar, com dois exemplares dos caras mais parrudos de Wyoming atrás dele segurando aquela peça colossal. Poderíamos ter conversado sobre tantas coisas: o incêndio, as novidades da vida, eu poderia ter perguntado se a Melly estava mesmo tentando se encontrar com a pessoa que ela foi um dia, se eles ficariam casados. Mas a nossa interação foi básica, como de costume.

— *Oi, Russ.*

— *Oi, garota.*

Eles colocaram a mesa ao lado da janela imensa da sala de jantar, que tem vista para a encosta de uma colina coberta de coníferas. Com um beijo na minha testa e dizendo um simples: "Sempre penso em você", ele foi embora e meu coração parecia que não ia mais caber no meu peito.

A nogueira cintila com a luz do sol do cair da tarde; o tampo é feito com o corte mais lindo que eu já vi em uma peça de madeira, com veios dourados, vermelhos e marrom-escuros. Eu estava com o Rusty quando ele encontrou aquele pedaço em uma madeireira em Casper, há quase cinco anos. Eu me lembro de que fiquei lá parada ao lado dele, olhando para a tábua, imaginando que nós dois estávamos tentando criar a mesma coisa na nossa cabeça: uma peça digna daquela madeira.

Ele teve tantas oportunidades de transformar aquela madeira em uma peça deslumbrante para aparecer na TV, mas acho que o Rusty é assim: ele prefere esperar pelo momento perfeito. Sem pressa, sem se preocupar em ter que impressionar alguém. Como sei que ele adorava esconder mensagens, soube onde procurar: na parte debaixo da mesa, as palavras "Amamos você, Carey" estão inscritas no estilo de entalhe inconfundível do Rusty.

Kurt reformula a pergunta para tentar chamar a minha atenção:

— O James foi convidado?

— Não... como assim? *Não*. — Mordo o lábio, ignorando a pressão do meu irmão. Eu preferiria muito mais ficar viajando na minha cabeça a ter que me explicar sobre a festa que eu, por sei lá qual motivo, decidi organizar.

Eu já havia planejado tantos coquetéis. Era de se esperar que eu tirasse de letra, mas estou sentindo a minha barriga borbulhar de tão nervosa que estou. A primeira coisa que me vem à mente ao imaginar o James aqui é uma onda de alívio por saber que ele se ofereceria para me ajudar sem pestanejar. Eu me pergunto se isso é um bom sinal. Mas a verdade é que...

— Eu nem sei se ele está morando na cidade.

Ao dizer essas palavras, meu alívio vai por água abaixo, e sinto meu rosto enrubescer de medo. E se eu estiver certa? Depois de todo o trabalho que eu tive para processar todo o ocorrido nas sessões com a Debbie, será que eu perdi a chance de conversar com o James sobre o que aconteceu?

Quando acho que meu irmão vai soltar alguma pérola de sabedoria, ele apenas solta um "Hum", coça a barriga e vai para a cozinha.

Peyton e Annabeth chegam às seis em ponto. Tenho a impressão de que elas estavam sentadas no carro, esperando ansiosamente pela hora de entrar. *Sou uma mulher de sorte*, penso. E logo me dou conta: *aos vinte e seis anos é a primeira vez que me vejo como uma mulher.*

A Annabeth já chega com tudo, me puxando para um abraço. A Peyton espera uns segundos até a Annabeth me soltar e, finalmente, dá um jeito de abraçar nós duas juntas. Percebo que elas trouxeram presentes: flores, um conjunto de taças de vinho e uma toalha de mesa, sem se preocuparem em embalar para presente. E eu me sinto sortuda e um pouco patética ao mesmo tempo, porque as minhas duas amigas me viram há dois dias e aqui estão, me abraçando demoradamente com tanto carinho que me faz pensar que elas duvidavam de que um dia eu teria a minha própria casa onde eu poderia até dar uma festa.

— Tá bom, meninas — digo ainda por cima do ombro da Annabeth —, tenho a impressão de que vocês estavam começando a ficar preocupadas comigo.

Com uma risada de quem não quer negar, elas se afastam e olham em volta com grandes expectativas. Fico feliz por elas não comentarem o fato de eu não ter evoluído muito na decoração, mesmo para os padrões de uma festa.

O Kurt vem da cozinha e entrega a elas os seus drinques preferidos: gim-tônica para Peyton e uma cerveja para a Annabeth. Murmurando agradecimentos, elas bebem e o silêncio nos engole.

Por um instante, sinto falta da exuberância das habilidades de anfitriã da Melly.

— Acabei de perceber que tenho mais garrafas de bebida do que móveis — digo para ninguém em específico.

— E olha que você nem é de beber — Peyton diz.

— Achei que para uma designer, decorar a própria casa seria a parte mais divertida. — Annabeth olha para mim. — Mas olha só para você.

— Olha só para mim — concordo.

— Por que eu tenho a impressão de que você está com medo?

Dou de ombros, por mais que a resposta não seja lá um grande mistério.

— Eu sempre tive só um quarto para mobiliar, e nunca parava em casa para aproveitar. Uma casa toda... é grande demais.

— É grande, mas é tão iluminada — Peyton diz. — É a casa dos meus sonhos.

Como não quero começar uma festa admitindo que, até pouco tempo atrás, eu não tinha nenhum sonho pessoal, digo:

— Acho que ainda preciso pensar nos meus próximos passos. Na carreira, na vida. — Eu me aproximo da janela e sinto que elas vêm atrás. Nós quatro ficamos olhando para a encosta da montanha. Adoro aquelas rochas escarpadas e a forma como as árvores lutam para crescer naquele terreno difícil. Há uma certa criatividade ali, em como elas pressionam o solo para tomar alguma forma. As madeiras nobres e linhas modernas que antes me inspiravam já não ficam mais fervilhando na minha cabeça. Mas essas rochas ficam.

— Será que eu quero que as minhas peças sejam parecidas com as que eu venho fazendo há dez anos? — pergunto para aquela vista. — Ou será que há um novo estilo esperando para sair da minha cabeça?

— Caso alguém queira saber — Kurt faz questão de dizer às minhas amigas —, o James não vem.

Eu me viro para encará-lo.

— Que do nada. Valeu.

Annabeth me olha com seus olhos escuros.

— Você não convidou o James?

— Nem sei se ele está morando por aqui — digo.

— Está, sim. — Peyton toma um gole da sua gim-tônica.

Eu fico pasma.

— Como você sabe?

— Eu vi — ela diz. Ela quase me deixa louca quando dá de ombros, como se não fosse nada.

— Como você sabe como ele é?

— Um tipo charmoso, magricelo, de óculos, usando um terno de corte perfeito? Bem fácil de reconhecer por aí.

Fico esperando que ela fale mais alguma coisa, mas tirar algo desses sacanas é como subir uma montanha empurrando uma pedra.

— *Onde* você viu o James?

Ela dá mais um gole.

— No mercado.

O silêncio deles é como o julgamento duro dos rostos esculpidos nas rochas de Monte Rushmore, e vejo na expressão deles o equivalente a um *assovio inocente*. É claro que eu consigo visualizar o James fazendo compras de terno.

Meus batimentos aceleram, e sinto um incômodo, um peso na garganta.

— Por que eu o convidaria? — pergunto.

A Peyton e a Annabeth trocam um olhar com o Kurt, que dá de ombros e leva o copo de cerveja à boca. É a primeira vez que tenho vontade de dar um soco nele desde que eu tinha treze anos.

— Sério, falem por que eu deveria ter convidado o James.

— Porque você gosta dele. — A voz do Kurt ecoa dentro da garrafa.

— Pois é, eu gostava. — Fico com o olhar perdido entre os três. — Mas vocês não entenderam a parte em que ele...

— Em que ele fez uma cagada, tentou explicar o que aconteceu e você nem atendeu o telefone? — Kurt pergunta, olhando bem para mim.

— Ah, desculpa aí — digo, brava —, será que o meu recém-descoberto instinto de autopreservação está incomodando alguém?

Ele parece se arrepender na mesma hora.

— Não foi o que eu quis dizer. A Melly sacaneou você por uma década, e aí você fica de conversinha com ela quase todos os dias, mas o James não merece nem uma mensagem?

Sinto a pancada e percebo que ele entendeu que me atingiu, porque faz aquela cara repuxada de quem está tentando parecer despreocupado, como se estivesse olhando para o além, mas o além é a parede da sala de estar vazia a menos de dois metros de distância, e não há nada ali para ficar olhando.

— Vocês acham que eu deveria ter ligado para o James? — pergunto, baixinho.

Ouço três vozes falando "Sim!" ao mesmo tempo.

Sinto um pouco como me sentia quando eu derrubava uma caixa todinha de Lego no chão para brincar, animada e confusa ao mesmo tempo. Só que estou lidando com a minha vida e, com tantas pecinhas para escolher, ainda não sei o que quero construir.

— Tá bom, mas eu não liguei. — Eu me viro e aponto para a mesa repleta de comidas do outro lado da sala. — Vão lá comer e parem de se meter na minha vida.

A festa já está uma droga e mal começou. Talvez ajude se eu ligar uma música.

O meu som fica na sala de jantar, em uma mesinha de canto que encontrei em uma venda de garagem. Dou dois passos para chegar até lá quando ouço a campainha tocar.

— Alguém abre para o Mike, por favor? — digo. — Vou ligar o som.

— Eu escolho a música — Annabeth diz, correndo na minha frente. — Vá você atender a porta.

Fico olhando para ela por um segundo, me segurando para não perguntar qual é o problema deles, mas o Kurt aponta o copo para o outro lado da sala, erguendo a sobrancelha, como quem diz: "Vai logo".

— É o Mike, Kurt. Ele sabe abrir a porta.

As palavras dele saem com um sorriso.

— Ou talvez seja o James.

— Mas por que diabos seria...

— Porque a Peyton o convidou — Annabeth diz, jogando a bomba com um sorrisinho maligno.

Sinto meu estômago dar piruetas e olho para a Peyton.

— Você não teve coragem.

Isso faz a idiota da minha amiga rir.

— Não, *você* não teve coragem. — Ela ergue o queixo, apontando para a porta. — Mas pode apostar que eu tive.

MEUS PÉS PARECEM TIJOLOS. LEVO uma semana para chegar à porta e mais dois dias para abri-la.

Com o sol atrás dele, sua sombra longa se projeta nos ladrilhos da minha entrada. À contraluz, não consigo ver seu rosto. Mas quando ele se move, tapando o sol da minha vista, vejo-o bem. Óculos. Nada de camisa social, mas sim uma camiseta justa no peito. Calça jeans baixa no quadril. Abaixo os olhos. Tênis.

— Oi — ele diz, e eu me dou conta de quanto tempo passei só observando.

— Oi — digo.

Ele pisca, olhando para a minha boca por um segundo apenas, mas o movimento é tão evidente que acabo tendo a mesma ideia. E então começo a encarar: o lábio inferior carnudo, aquele que eu quero puxar para dentro da minha boca e chupar como se fosse uma bala.

— Que casa bacana — a boca diz. — Pelo que eu vi de fora.

Volto a atenção para os seus olhos.

— Quer entrar?

Ele está segurando um buquê de íris.

— Claro.

Dou um passo para trás e o deixo entrar na minha frente. Estrategicamente, todo mundo sumiu para dentro da cozinha. Tenho certeza de que o James também está ouvindo aqueles sussurros empolgados.

— Uau — ele diz, tentando absorver tudo por alguns segundos antes de me olhar de novo. — Para você.

Ele coloca as flores na minha mão, segurando firme por alguns segundos. Ele é tão quente. Deixa as mãos caírem ao lado do corpo e dá mais uma olhada ao redor. Que bom, porque assim ele não vai ver que meus braços estão arrepiados.

— Você comprou uma casa mesmo — ele diz, de sobrancelhas erguidas.

— Foi estranho — admito. — Eu estava caminhando e passei na frente, liguei para o corretor e fiz uma oferta na hora.

— Uau — ele diz de novo, e não posso culpá-lo, pois não sei o que mais ele poderia dizer além de *Você enlouqueceu de vez?* A minha resposta seria *Talvez*. Mas com ele aqui, tenho uma sensação de estar colocando devagar os pés no chão.

— Está vazia — digo, constrangida.

— Ainda se decidindo?

— É. — Ouço minha emoção transparecendo nessa única palavra e fazendo-a titubear. A pergunta foi simples, mas transbordando compreensão. Típico do James. — Estou indo com calma.

Ele afunda um daqueles dentes perfeitos no lábio, mordendo a boca para conter um sorriso.

— Na verdade — digo —, eu fiz uma lista.

— Uma lista? — James nem precisa concluir o raciocínio, como dizendo: *Depois de trabalhar para a Melly, como ainda consegue olhar para uma lista?*

— Fiz na terapia. É para mim. É uma lista legal.

Vejo na sua expressão que ele entendeu. Ele sabe que eu faço terapia com a Debbie há algum tempo, mas me pergunto como essa lembrança o faz se sentir, sabendo que eu tenho conseguido me abrir com alguém, enquanto ele não ganha nada além do silêncio.

— É uma lista das coisas que eu quero ter na minha vida.

Sua sobrancelha permanece erguida, demonstrando interesse, então eu prossigo.

— Por incrível que pareça, a casa parecia o mais fácil.

Vejo que ele não gostou da resposta.

— O que mais havia na lista?

Eu me esquivo da pergunta.

— O que você tem feito?

Ele dá de ombros, colocando a mão no bolso da frente da calça. O cós da calça desce um pouco, expondo de relance uma parte da sua pele, o que me faz ficar com água na boca.

— O Rusty me apresentou para uns caras da prefeitura.

— De Jackson?

James faz que sim.

— No departamento de engenharia civil?

Ele pisca, olhando para a minha boca, e logo desvia o olhar.

Quero sentir o calor da mão dele em mim. Quero admitir para ele que o primeiro item da minha lista é uma relação que combine perfeitamente a sensação de ter um porto seguro e um pouco de diversão com safadeza.

— Você está gostando? — pergunto, vendo que ele parece não conseguir mais produzir palavras por conta própria.

— Não é nada de mais. Não é o trabalho mais emocionante do mundo, mas acho que eu também estou me decidindo. — Um segundo de silêncio e ele diz: — Eu ainda não estou preparado para sair da cidade.

— Está começando a gostar de Jackson, né? — Eu sorrio.

— Pode ser. — Ele pausa, respirando fundo, trêmulo. — Acho que é mais porque eu te amo e não quero ficar longe de você.

O chão se abre diante de mim. As vozes da cozinha enfraquecem e parecem sumir.

Preciso me esforçar para engolir antes de perguntar.

— O quê?

James passa o peso do corpo para o outro pé, inseguro.

— Você quer que eu fale de novo ou só está surpresa?

— Os dois — murmuro.

Minha resposta o faz sorrir.

— Tá bom, então vou falar de novo: eu não estava preparado para desistir. Então, na hora de procurar outro emprego, eu quis algo por aqui. O Rusty me ajudou. — Ele se aproxima. — Tudo bem para você?

Olho para a sua boca novamente. Faço que sim, surpresa com a velocidade com que tudo está acontecendo, com a simplicidade.

Devagar, ele se inclina, e o seu sorriso se aproxima do meu.

— Você não se importa de eu ainda estar morando em Jackson?

Balanço a cabeça.

— E aquela outra coisa que você disse…

Ele ri, e a sua respiração quente chega à minha boca.

— Que eu te amo?

— Sim. Isso.

— Você gostou de ouvir?

Uma onda de desejo toma conta de mim, tão enorme que me sinto atordoada outra vez.

— Gostei.

O sorriso desaparece e os seus lábios se entreabrem. Estou hipnotizada.

— Carey?

— O quê?

— Desculpa por não ter contado sobre o acordo que eu tinha com o Ted.

Eu pisco para me concentrar, lembrando que, por mais apetitosos que esses lábios sejam, este assunto ainda é uma barreira que me impede de saboreá-los. Está acontecendo rápido *demais*.

— É, aquilo não foi nada legal.

O Kurt tem razão. Eu perdoei a Melly tantas e tantas vezes. Mas agora estou tentando me preservar mais.

James ajeita a postura.

— Eu sei que parece uma desculpa, mas quero que você saiba que eu sempre tive a intenção de contar. Eu falei de você para ele também.

— Mas não é estranho? — pergunto. — Eu trabalhava lá há uma década e você chega há dois meses e é você que precisa encher a minha bola com o Ted? É machista, é elitista e me faz lembrar de como a Melly queria que eu passasse despercebida por todos esses anos. E você acabou fazendo a mesma coisa.

Vejo o impacto das minhas palavras, porque os seus ombros tombam para a frente, como se ele tivesse sido literalmente empurrado.

— Eu sei. — Ele respira fundo para se recompor e, por fim, se aproxima mais um pouco.

Ele está a apenas alguns centímetros de distância de mim. À distância de um beijo. Quando ele se abaixa, sinto o calor da sua mão envolvendo a minha.

— Não é desculpa, mas eu estava desesperado, e ele me pegou desprevenido — ele diz. — Você tinha desaparecido da minha cama e praticamente disse que estava tudo acabado. Sei que nós dois estávamos tentando nos preservar. A situação toda era uma confusão danada. — Distraído, ele massageia os meus dedos quando sente as câimbras começarem. — Mas eu me arrependo por ter resolvido as coisas desse jeito.

E, se isso importa, acho que você é brilhante. Não me importo se você quiser passar o resto da vida nesta cidadezinha. Não me importo com o que você decidir fazer pelo resto da vida. A única coisa que me importa é ter uma chance com você.

Esses malditos lábios roubam a porcaria da minha atenção de novo.

— Carey? — os lábios dizem. Eles ficam parados e se curvam em um sorrisinho cheio de intenções, e James espera até que ergo o rosto para olhá-lo. — Eu ainda tenho uma chance com você?

Minha expectativa era de fazê-lo se esforçar um pouco mais. Mas, na realidade, eu concordo com todo o meu entusiasmo.

Ele solta uma risada aliviada.

— Caramba, posso beijar você agora?

Eu não respondo em palavras. Eu me ergo, passando a mão por trás da sua nuca e o puxando para perto de mim. Sinto sua pele quente nas minhas mãos. Quando seu sorriso encosta no meu, sinto um gosto dolorosamente doce, mas só por um segundo, porque o alívio me consome e faz com que eu me sinta no limite entre chorar de tristeza por quase tê-lo perdido e chorar de alegria por tê-lo aqui comigo de volta.

E pensar que eu tinha me esquecido desta sensação, do mecanismo perfeito do nosso beijo. As memórias que eu guardava não passavam de uma representação triste e sem cor da realidade. Ele vem tão seguro, me puxando para junto dele, se inclinando para nos encontrarmos no melhor ângulo, bem ali, na entrada da minha casa nova.

Minha mão que segurava o buquê se contrai e, num espasmo tenso, abre, deixando as flores caírem. As íris vão parar no chão e, por um segundo, temo que possa estragar o nosso momento, pois ele pode se abaixar para pegar e sugerir que encontremos um lugar para colocá-las. Aí seríamos interrompidos pelas apresentações e teríamos que aguentar esta festa horrorosa que eu planejei. Mas James só sorri e me beija de novo. Nós dois sabemos que eu vou deixar coisas caírem pelo resto da vida, e as flores vão ficar bem onde estão.

— Eu também te amo — digo.

Isso arranca um suspiro surpreso dele, e ele me abraça, levando uma das mãos para trás da minha cabeça e me segurando pelas costas com a outra. E ali ficamos, por um tempo que não parece suficiente. Uma semana assim ainda seria pouco.

Mas só conseguimos ficar abraçados por mais alguns minutos, porque a Peyton aparece para pegar o buquê, e a Annabeth tira as flores da mão dela para colocá-las na água, e o Kurt pigarreia sem jeito, porque ninguém gosta de ver a própria irmã agarrada nos braços de alguém.

Fazemos as apresentações, a Annabeth volta e o Kurt tenta parecer mais alto ao ver o James. Sinto que ele aprova, pois se oferece para pegar uma bebida na cozinha. Eu tenho vontade de cair na gargalhada ao ver a cara que o Kurt faz quando o James pede uma taça de vinho.

Mas a festa não é tão ruim assim, acho. A conversa deslancha. O James sabe ser charmoso pra caramba e, pelo que entendi, sua irmã, Jenn, era uma estrela do softbol universitário, então a Peyton passa a amá-la na mesma hora. O Kurt entrega o vinho para ele e me olha com uma cara de: *Se você diz*. E eu lanço um olhar, como quem diz: *É isso aí, digo mesmo, seu cretino.*

No meio de toda aquela conversa sobre softbol e o James conquistando todo mundo, menos o Kurt, o Mike entra em casa e me entrega um engradado de cerveja antes de começar a chiar em voz alta.

— Quando é que você vai arranjar uns móveis para essa casa, Carey?

— Quando me der vontade, Mikey.

Ele sorri e olha por cima do meu ombro. Uns braços compridos deslizam pela minha cintura e James apoia o queixo no topo da minha cabeça. Marcando território com elegância.

— Este é o James — digo ao Mike.

Ele se estende para apertar a mão que James oferece para cumprimentá-lo.

— Oi, James. Sou o Mike. — Ele me dá um sorrisinho de aprovação. — Ouvi falar muito sobre você.

— Não ouviu, não — respondo, olhando feio para ele.

— O silêncio fala alto, Carey. Percebi que você gostava dele quando você mudava rápido de assunto sempre que falava sem querer o nome dele.

— Que seja — digo. — Você pode até estar certo desta vez. E, como você vê, ele estava no topo da lista, antes dos móveis. Então vocês vão ter que se acostumar a se sentar no chão enquanto eu vou riscando as coisas da minha lista, no meu próprio ritmo.

James é o único que entende, mas eu percebo que ele gosta da resposta, porque o beijo que ele dá no meu rosto é como um porto seguro, e a sensação do seu corpo pressionando as minhas costas é uma promessa de diversão com muita, muita sacanagem.

— Falando em listas — ele diz, baixinho —, eu também fiz uma lista, e nadar pelado é prioridade absoluta.

Eu me viro para encará-lo, sorrindo.

— Está certíssimo.

— Notei que há um riacho lá nos fundos. — Ele aponta o queixo para a janela. — Você só precisa de uma escada que leve até lá embaixo.

A felicidade parece um animalzinho saltitando feliz dentro do meu peito.

— Se eu conhecesse alguém que soubesse construir uma escada — provoco, baixinho.

Ele beija a ponta do meu nariz e ergue a mão.

— James McCann: assistente, engenheiro e namorado apaixonado ao seu dispor.

Antes de conseguir traduzir em palavras a vertigem desatinada que essas palavras despertam, o namorado apaixonado se inclina, tocando os lábios nos meus. Ele toma cuidado para não intensificar demais o beijo, mas mesmo com essa moderação toda, sinto que ele quer me erguer no colo e me segurar firme.

— Vou construir tudo o que você precisar — ele sussurra, beijando o meu queixo. — Eu faço qualquer coisa por você.

Que alívio eu sinto, porque eu também faria qualquer coisa por ele. Então esta é a sensação de estar com alguém que quer doar simplesmente pelo prazer do gesto.

Eu puxo James para perto de mim, abraçando-o com a intensidade que acho que ele precisa, e ele quase me deixa sem ar, soltando um gemido de felicidade. O alívio de estar nos braços dele é como se jogar em uma cama macia. A casa parece mais iluminada, o ar parece mais fresco. Por cima do ombro dele, olho para a janela e vejo aquela vista. A minha vista. A minha casa. A minha vida, finalmente se encaixando do meu jeito, uma peça de cada vez.

www.faroeditorial.com.br

Campanha

Há um grande número de pessoas vivendo com HIV e hepatites virais que não se trata. Gratuito e sigiloso, fazer o teste de HIV e hepatite é mais rápido do que ler um livro.

Faça o teste. Não fique na dúvida!

ESTA OBRA FOI IMPRESSA
EM FEVEREIRO DE 2023